제13회
본본 쿠킹 개최!!
"이…… 이런 커다란 고기는 처음 봤어요."
"맛보기라면 맡겨줘~!"
"본본, 이게 대체 뭐죠?"
류에
레이스
오잉크
백수, 마왕의 모습으로 이세계에
Bored, Sacred and Now a Devil!
가끔은 치트인 유유자적 여행
6

“사실 항상 손님들에게 이야기를 들어서 내심 부러웠거든요.”
류에가 먼저 가게를 보자고 제안하자,
팸플릿을 확인하던 레이스가
천천히 눈을 감고 기쁨을 곱씹듯이 말했다.

“카이 씨, 보세요. 수확제가 정식으로 열리는 건
모레인 15일부터인가 봐요.
그러니까 우리는 모든 이벤트를 즐길 수 있어요.”
“그거 희소식이군.
역시 축제는 처음부터 끝까지
즐겨야 제맛이지.”

백수, 마왕의 모습으로 이세계에 6

Bored, Sacred and Now a Devil!

〈가끔은 치트인 유유자적 여행〉

Contents

백수, 마왕의 모습으로 이세계에

Bored, Sacrod and Now a Davil!

〈가끔은 치트인 유유자적 여행〉 6

아이아츠시 지음

카츠라이 요시아키 일러스트

김장준 옮김

프롤로그

창문을 열고 베란다로 나가 아침 햇살이 쏟아지는 거리를 내려다봤다.

이 땅에 사는 사람들에게 하루의 활력을 나눠 받듯 숨을 깊게 들이쉬고 눈을 감았다. 시야가 검게 변하자 이 도시에 와서 겪은 격동의 나날이 머리를 스쳤다.

……마침내 레이스를 끈질기게 노리던 숙적을 이 세상에서 없애 버렸다.

이곳 알비스를 포함해 광대한 영지를 지배하며 마왕을 자칭하던 자, 아캄.

비정상적인 종족 간 격차를 야기하고, 광적인 가치관을 오랜 세월 주입해 온 그자의 소행에 과연 무슨 목적이 있었는지는 결국 마지막까지 알 수 없었다.

어쩌면 과거 이 대륙을 다스리던 왕가처럼 다시 마족 중심의 통치 체제를 부활시키려는 만행이었을지도 모른다.

그런 남자가 살았던 저택에서 지내고 있기 때문일까? 간혹 그 인간의 행동에 관해 생각할 때가 있다.

물론 그것을 이해하거나 공감할 생각은 털끝만치도 없지만.

"그러고 보니 오늘…… 꿀돼지랑 회담하는 날이었지?"

오늘은 이 도시와 영지의 복구 계획을 짜기 위해 오잉크가 참석하는 회담이 열린다.

거기에는 아캄의 오른팔로서 그를 보좌했던 이크스 씨와 계약에 묶여 자유를 빼앗긴 채 오랜 세월 그에게 복종했던 엘프 여성들도 동석할 예정이었다.

그리고 레이스에 관한 문제도 아직 남았다. 게다가…… 그 쌍둥이의 문제도.

애초에 일반 시민에 지나지 않는 내가 이곳에서 살아갈 주민들의 미래를 결정할 수는 없거니와 구체적인 방안을 생각할 능력도 없었다.

하지만 적어도 내가 아는 사람을 위해서라면 조금은 도움이 될 수 있을지도 모른다.

가까운 사람에게 힘이 되어 주는 정도라면 지금의 나로서도 가능할 테니까.

잠에서 깨어나 비교적 마음이 차분한 지금, 나는 그렇게 결의를 다졌다.

내가 생각해도 꽤 괜찮은 방법이라고 생각하며, 오늘도 몸에 익지 않은 예복으로 갈아입었다.

§ § §

"카이본 님, 안녕하십니까?"

"이크스 씨도 잘 잤어요?"

"존대하실 필요 없습니다. 지금 이 저택의 주인은 카이본 님이십니다."

"아니…… 아무래도 익숙하지 않아서요. 좀 봐주세요."

복도로 나오자마자 평소처럼 구김살 하나 없이 턱시도를 빼입은 이크스 씨와 딱 마주쳤다. 아마 나를 깨우러 왔겠지.

원래 영지 관리의 절반은 그녀가 맡고 있었다고 한다.

아캄이 오른팔로 둔 인재답게 그녀는 도시의 전반적인 재무부터 토지까지 관리하고 있었다.

물론 지금은 오잉크가 길드에서 파견한 직원이 돕고 있지만 말이지.

오잉크에게 도시의 복구를 도우라는 말을 들은 이후로 일주일이 지났다.

마족을 통합하던 자가 하루아침에 사라진 혼란이 진정되기에는 너무나도 짧은 시간이지만, 그래도 도시 내부는 제법 안정되어 가는 추세다.

원래 변화하려는 의지를 가졌던 도시였다. 그것을 가로막던 최대의 장애물인 아캄의 죽음은 주민들이 앞으로 나아가기에 충분한 영향을 줬다.

반면, 아캄 신봉자들은 아직도 나를 새로운 구심점으로 생각하고 마족 복권을 위해 일어날 것이라고 믿어 의심치 않으며 도시 주위에 조용히 머물러 있었다.

"오잉크가 무슨 좋은 수를 짜내야 할 텐데……."

"오잉크 님께서는 오늘 정오에 방문하실 예정입니다. 원하신다면 류에 님과 어머니…… 레이스 님을 모셔오겠습니다."

"어머니라고 불러도 돼요. 레이스도 그걸 더 기뻐할 테니까."

"……이제는, 저도 조금 부끄러운지라……."

음, 쿨한 미녀의 홍조. 좋은 걸 봤다.

이크스 씨는 과거 레이스가 양녀로 키운 아이들 중 한 명이었다.

듣기로는 레이스와 함께 윙레스트에서 살던 스펠 씨의 친언니라고도 했다.

"류에가 진행 중인 저주를 푸는 작업은 잘 되고 있나요?"

"예. 일시적으로 계약을 수정하는 것까지는 성공했지만, 완전히 해제하려면 조금 더 시간이 걸린다고 합니다."

"그래요? 그럼…… 오늘 회담에는 류에와 레이스도 불러 주세요."

나는 이 저택의 부서지지 않은 곳에서 지내게 됐지만, 레이스와 류에는 이곳이 아닌 『프로미스 메이든』, 레이스가 가장 처음 세운 가게에서 옛 아이들과 함께 지내고 있다.

물론 이크스 씨에게도 함께 지내자고 제안했지만, 일시적인 계약 수정으로는 저택을 오래 벗어날 수 없어서 지금은 나와 함께 생활하고 있었다.

미녀와 한 지붕 아래에…… 참으로 가슴 설레는 말이지만, 안타깝게도 이놈의 지붕이 지독하게도 넓어서 고마운 사고가 일어날 일은 없었다.

정말로 거대한 저택이다. 저택 부지에 있는 탑에서 생활하는 사용인들이 총동원되어야 유지될 정도니 말이다.

반파된 지금도 쓸데없이 넓었다. 사용인들이 모두 해방된 터라 지금 이 저택을 유지하고 관리하려면 많은 인력이 필요했다.

그러나, 이곳에는 **그 아이들**이 있었다.

저택 지하로 내몰린 수많은 **햄쥐 족** 소녀들이…….

아캄이 그녀들을 좋아하지 않아 절대 눈에 띄지 않는 곳에서만 일을 시켰으나, 지금은 전체적인 저택 청소부터 결전의 여파로 무너진 저택과 정원 손질까지 해주는 상황이었다.

이크스 씨와 함께 식당으로 향하자, 오늘도 미리 차려진 아침 식사가 먹음직스러운 향기로 잠에서 깬 빈속을 자극했다.

"그 아이들은 정말로 부지런하네요."

"예. 항상 처우 개선을 고려했지만, 제가 할 수 있는 일은 남은 요리를 몰래 가져갈 수 있도록 허가하는 것뿐이었습니다. 그녀들에게는 미안할 따름입니다."

몸에 배어 버린 교육 때문인지 식당에서 그녀들의 모습은 이미 사라지고 없었다.

준비된 식탁에 앉은 나는 오늘 회담에 대비해 이크스 씨와 함께 아침을 먹었다.

§ § §

정오가 되어 아침을 먹은 식당에서 손님들이 모이길 기다렸다.

전에는 회의실도 있었지만, 싸움의 여파로 붕괴되어 부득이 규모가 같은 이곳을 선택했는데…… 어째 마지막 한 사람이 좀처럼 도착하지 않았다.

"오잉크가 늦네. 무슨 일 있나?"

"문제라도 생긴 걸까요……?"

양옆에 있던 류에와 레이스가 걱정스럽게 말했다.

이 두 사람도 나와 같이 도시 복구에 힘쓰고 있었다.

레이스는 휴먼 보호 구역 최심부에 머물며 인근 주민들의 상담을 들어주는 사이, 어느새 구역을 감독하는 대표처럼 취급받았다.

윙레스트에서 살던 때의 경험을 살려 주민들의 고민을 해결해주고 있다고 한다.

그에 비해 류에의 활동 무대는 도시 내부보다는 외부였다.

전투 당시 아캄이 불러들인 대량의 익룡은 도시 뒷산에서 사육하던 마물이었지만, 주인을 잃고 우리 집 흑룡도 사라져 우두머리를 잃은 탓에 원래 사육을 담당하던 아캄의 사병들을 공격했다고 한다.

그때 우리 집 류에 아가씨가 바람처럼 등장해 순식간에 모든 용들을 굴복시키고, 순순히 말을 듣도록 사병들과 함께 다시 길들였다.

"들어 봐, 요즘 내가 가면 다들 배를 드러내고 눕더라니까?"

그렇게 기뻐하며 얘기하지만, 그건 용으로서 괜찮은 것인가? 야생성아, 돌아와라!

그렇게 두 사람의 근황을 확인하는데, 노크와 함께 이크스 씨의 목소리가 들렸다.

문으로 들어온 사람은 여느 때처럼 길드 제복을 차려입은 우리 꿀돼지였다.

최근 며칠 동안 영내 법령을 제정하느라 동분서주했다던데, 그런 피로가 느껴지지 않는 당당한 모습에 내심 감탄했다.

"늦었나요?"

"약 2분 지각이야. 이거 통구이를 해야겠군……."

"으앙~! ……그럼 바로 시작할까요?"

오잉크는 옛날처럼 내 농담을 받아줬지만, 이내 표정을 고치고 자리에 앉았다.

그리고 도시 주변에 있는 마족, 아캄의 신봉자들에 관해 이야기했다.

이 도시의 변화를 보고 당황한 분위기, 자신들의 행동에 관한 의문, 그분(나)의 진의는 무엇인가? 자신들은 앞으로 어떻게 해야 하는가?

요컨대 결국 마족도 이 도시 사람들과 다르지 않았다.

그렇다면 이것만은 내가 직접 나서서 그들과 교류를 트고 조금씩 생각을 바꿔 가는 수밖에 없을 것이다. 한때 이 도시에 살았던 마족들이 그리했듯이…….

"그렇죠. 카이본은 신봉자들과 대화할 자리를 갖는 게 좋겠어요."

"그러는 수밖에 없겠군. 무슨 문제가 불거지기 전에 움직여야겠어."

"영지 경영은 이미 이크스 씨 쪽에서 길드 직원에게 인수인계하고 있어요. 이크스 씨는 앞으로 카이본을 보좌해주세요."

"알겠습니다. 도시 밖에 계신 분들과는 안면이 있습니다. 제가 있으면 대화하기도 편하겠지요."

이크스 씨가 그렇게 답하자 옆에 앉은 레이스가 기쁘게 미소 지었다.

『내 딸이 이렇게 훌륭하게 컸구나!』라고 생각하고 있는 것일까?

그녀도 내 시선과 표정을 알아차렸는지 볼을 살짝 붉혔다.

자, 그럼 다음 의제로 넘어가자. 오늘 굳이 레이스와 류에를 부른 데는 이유가 있었다.

그것은 물론 이크스 씨에게 걸린 저주에 관해 이야기하기 위해서였다.

진척 상황을 묻자, 류에는 긴장감도, 불안함도 보이지 않고 명랑하게 이미 방법은 대충 짐작이 간다고 말했다.

그 말에 레이스가 벌떡 일어나 류에에게 다가갔다.

"어, 어떻게 해야 하죠?"

"이크스 씨를 묶은 저주는 마술적인 계약이 아니라 아캄의 힘으로 억누르는 방식이잖아? 그렇다면 거기에 가까운 인간의 마력을 쓰면 저주를 푸는 건 어렵더라도 계약에 구멍을 낼 수는 있지 않을까? 파고들 틈만 생기면 끝난 거나 마찬가지야."

"그렇군요. 지니아와 리네아, 쌍둥이 중 한 명이 협력해줘야 한다는 건가요?"

"내 견해로는 지니아가 더 낫지 않을까 싶어."

오잉크의 입에서 나온 이름들은 아캄이 남긴 두 자식의 이름이었다.

그들은 이 미친 도시의 중심에서 오랫동안 살아왔다. 어떻게 보면 가장 큰 피해자라고도 할 수 있었다.

그리고…… 그중에서도 지니아는 마음에 큰 상처를 얻고 말았다.

내가 멈춰 세우지 않았으니까. 자기 어머니를 살해하겠다고 결심한 그녀를…….

지니아는 지금도 길드 지하 감옥에서 지내고 있었다.

원래 말수도, 감정의 기복도 적었지만, 최근 며칠 사이에는 그마저도 변화가 보이지 않고 감옥에서 조용히 하루를 보낸다고 이야기를 들었다.

내가 상태를 보러 가면 언제나 철창 너머로 홍차를 끓여 주면서 「저는 뭘 하면 될까요?」라고 묻는데…… 그 꿋꿋함이 어쩐지 대견하면서도 구원을 바라는 것처럼 보였다.

"아캄의 아이들인가요……. 저는 그 아이들과는 직접 만나본 적이 없어요."

"나는 있어. 한나절뿐이었지만, 지니아 담당 메이드였거든."

자신을 괴롭히던 인간의 아이라서 역시 감정이 좋지 않은 모양인지, 레이스가 복잡한 표정을 지으며 약하게 중얼거렸다.

그 두 사람은 앞으로 어떻게 될까? 나는 물어보듯이 오잉크를 향해 고개를 돌렸다.

"그 두 사람 중 동생인 리네아는 이미 길드에서 교육을 시작했어요. 주로 사무 업무지만요."

"걔를 고용하게? 마족 우월주의를 기본으로 깔고 있던데."

"그는 좋든 나쁘든 어린애예요. 제대로 교육하면 아직 갱생할 여지는 충분할 거예요. 다행히 이미 무서운 아저씨에게 혼쭐이 났으니까요."

"……겁만 조금 줬거든? 자기가 맘대로 기절했을 뿐이거든?"

"아무튼 그는 비범한 재능을 발휘하고 있어요. 사병단 재무 관리부터 편성까지 맡았던 이유가 있더라고요. 역시 부단장이에요."

류에가 방금 지니아가 더 낫다고 말한 이유는 리네아의 힘이 그렇게 강하지 않기 때문일 것이다.

이면에서 활동하던 동생과 힘을 과시하며 대외적으로 활동하던 누나.

그렇다면 역시 그녀는 다시 사람들 앞에 서야 할지도 모른다…….

"오잉크. 지니아에게 외출 허가를 내려줘. 이크스 씨의 저주를 풀기 위한 일이기도 해."

§ § §

쇠뿔도 단김에 뺀다는 생각인지, 아니면 마음이 조급한 레이스를 보다 못해서인지, 오잉크는 곧바로 직원에게 지시를 내렸고, 얼마 지나지 않아 저택에 지니아가 도착했다.

한때 자신이 살았고, 갑자기 쫓겨나야만 했던 저택.

전투로 인해 볼품없이 망가져 버린, 자신이 태어나고 자란 생가.

그런 곳에 그녀를 다시 불러들이는 것은, 어쩌면 마음을 무겁게 짓누르는 행위일지도 모른다…… 그렇게 생각해 약간의 죄책감을 느꼈다. 그러나—.

“안녕하세요, 카이본 님. 오랜만에 뵈어요, 류에 씨. 처음 뵙겠습니다, 레이스 님.”

여전히 그녀는 무표정이었다. 지금 기분이 어떤지 짐작도 가지 않을 만큼.

지하 감옥에서 하루 종일 지낸다고 생각하기 어려울 만큼 전에 만났을 때와 변함이 없었다.

자신의 어머니를 스스로 살해했다고 믿기 어려울 만큼 그날과 변함이 없었다.

그것이 이 아이의 일그러진 부분이라고 생각하자 왠지 가여웠다.

“저는 왜 이곳에 불려왔죠? 저는 이곳에서 죽어야 하나요?”

“아무도 그런 말은 안 했어. 오늘 널 이곳에 부른 건 네가 필요해서다.”

그 말을 꺼낸 순간, 말없이 내 앞까지 다가온 지니아가 가슴이 닿을락 말락 할 정도로 몸을 밀착하고 나를 올려다봤다.

감정이 느껴지지 않는, 투명한 두 가지 색 눈동자가 나를 응시했다.

왜, 왜 이러시나? 그렇게 빤히 바라보면 오빠가 좀 당황스러운데…….

“……저는 필요한가요?”

“……그래. 꼭 필요해.”

기쁨을 드러낸 것일까? 아니면 흥분한 것일까?

평범한 사람과는 어딘가 다른 그녀를 향해 레이스가 미심쩍은 표정으로 다가갔다.

"당신을 부른 건 제 딸…… 이크스에게 걸린 저주를 풀기 위해서예요. 부모가 풀어야 할 죄를 자식인 당신에게 떠넘기려니 마음이 불편하지만요……."

"딸……. 레이스 님은 이크스 님의 어머니신가요?"

지니아가 이번에는 신기하다는 표정으로 레이스를 돌아봤다.

……실수였나. 지니아는 자기 부모에게 어떤 애정도 받지 못해서 어떻게 해야 자신도 사랑받고 보호받을지, 그것만을 생각하던 인간이었다.

그런 그녀에게 이렇게 딸을 아끼고, 아이를 향한 사랑으로 흘러넘치는 레이스를 보여주면…….

"저는, 뭘 하면 될까요?"

조용히 묻는 지니아의 모습에 마음이 조금 아팠지만 상황을 지켜봤다.

"좋아. 그럼 지니아는 이 문양 위에 서줘. 조금 따끔할지도 모르지만, 참아줄 수 있겠어?"

"괜찮아요."

"이크스 씨는 이쪽 문양 위에 서줘. 똑같이 따끔하겠지만, 가능한 한 움직이지 말고 안에 있어야 해."

"이 문양은……. 이렇게 작은 규모에 대체 얼마나 많은 술식이……."

"후후, 나는 계약 계열 술식에는 제법 자신이 있거든."

저택 뒤편으로 가서 빛나는 잉크 같은 액체로 그린 두 문양 위에 지니아와 이크스 씨가 섰다.

계약 술식…… 그건 혹시 옛날에 류에 본인을 숲에 묶었던 것과 유사한 종류일까?

「제법 자신 있다」는 말로 끝낼 수준이 아니지 않을까.

그때, 그런 내 생각을 차단하듯 문양에서 강한 빛이 솟아올라 두 사람을 감쌌다.

류에는 이크스 씨에게 달려가 양손을 앞으로 뻗어 뭐라고 주문을 외웠다.

주문이 끝났을 무렵에는 빛도 사그라들었고, 서 있던 두 사람도 그게 다냐는 양 어리둥절한 표정을 짓고 있었다.

"자, 끝났어. 그럼 확인해 볼까?"

"네? 저…… 지금 잠깐 서 있었을 뿐인데 끝인가요?"

"응. 이크스 씨, 자기소개를 해볼까?"

정말로 순식간이었다. 잠깐 빛이 났을 뿐인데 저주가 풀렸다고 하니 당사자도, 주변 사람들도 어리둥절해하며 모두 입을 멍하니 벌릴 수밖에 없었다.

이크스 씨에게 걸린 저주는 『자신의 이름을 잃는다』였다.

그리고 이름을 빼앗긴 자는 빼앗은 인간의 명령에 거역할 수 없었다.

그 효력은 대단하여 이크스 씨의 진짜 이름을 알던 레이스의 기억에서도 완전히 사라졌고, 거기에 관련된 기억까지도 무의식중에 감춰지고 말았다.

그것은 『이름을 빼앗는다』기보다 『세상에서 이름을 지운다』에 가까운, 이 세계로부터 저주를 받는 느낌의 주술이었다.

그런 것을 그 짧은 순간에 풀어 버렸다고 하니 다들 반신반의하는 것이었다.

하지만 그 직후 이크스 씨의 입에서 나온 이름을 듣고 나와 오잉크, 그리고 류에의 몸은 굳어 버리고 말았다.

"제 이름은— 『이크스펠 **다리아 브라이트**』입니다."

§ § §

"그러니까 서디스 대륙에서 태어난 아이 중에는 그 이름을 가진 사람도 있다고?"

"예. 저는 『성녀 다리아 님』이 깨어나신 해에 태어난 축복으로 이 이름을 받았습니다."

일단 저택으로 돌아와 그녀의 이름에 관해 묻자 돌아온 대답이 지금 이것이었다. 『다리아』와 『브라이트』라는 이름은 내게 충격을 주기에 충분했다.

그 반응에 의문을 품은 것은 사정을 모르는 이크스 씨와 그녀의 어머니인 레이스였다.

"오잉크. 다리아의 상황은 어때?"

"……이크스 씨의 말대로 다리아는 지금 성녀라고 불리며 나라의 중책을 맡고 있어요."

"그랬군. 그럼 이크스 씨, 당신이 가진 브라이트라는 이름은……."

"……모르겠습니다. 저는 동생과 함께 그 나라에서 도망쳐 온 몸인지라……."

한순간, 정말로 한순간이지만, 그 옛날 류에를 두고 떠난 일족에게 품었던 분노가 그녀를 향할 뻔했다. 정신 차리자, 그녀는 레이스의 딸이자 함께 싸운 동료다.

바로 그 생각을 떨쳐내고 치밀어 오른 감정을 없앤 뒤 그녀에게 뒷이야기를 듣기로 했다.

하지만 그 이야기는 레이스가 대신 들려줬다.

"이 아이는 아무것도 기억하지 못해요. 아니, 정확히는 아무것도 배우지 못한 채 마술 지식만 주어졌죠. 안타깝지만 이 이상은……."

"죄송합니다. 당시 저는 제 주변 환경조차 파악할 능력이 없었습니다."

"아뇨, 저야말로 무례한 질문을 드려서 죄송합니다. 그나저나……."

『깨어났다』는 건 대체 무슨 말인가?

그 의문에는 이크스 씨를 대신해 오잉크가 대답했다.

"두 사람은 어떤 큰 전쟁이나 예측 불허한 사태가 발생할 때를 대비해 평소에는 잠들어 있다고 해요. 저는 운이 좋아 두 사람이 깨어났을 때 잠깐 이야기를 나눌 수 있었죠."

슌과 다리아는 지금 그런 상태란 말인가.

그것은 대체 어떤 인생일까? 어떤 기분일까?

많은 생각이 드는 이야기였다.

하지만…… 야, 다리아. 하필이면 네가 『성녀님』이냐?

술과 편의점 반찬을 사 들고 낄낄대며 찾아오던 네가?

싫어. 난 그런 성녀님 싫어…….

아무튼 지금은 먼 땅에 있는 친구의 정보를 조금이라도 얻은 것에 만족하고 이야기를 매듭지었다.

문득 조금 전부터 말이 없는 류에가 신경 쓰여 힐끔 곁눈질했다.

"와~, 성녀님이 되고 이름이 성씨로 쓰여? 대단한걸. 지니아도 그렇게 생각하지?"

"그런가요? 저는 방금 저주를 푼 류에 씨나 아캄을 해치운 카이본 님이 더 대단하다고 생각해요."

"에헤헤, 그래? 쑥스럽네~."

좋아. 즐겁게 잘 지내는 것 같으니까 그냥 넘어가자.

오늘 회의와 더불어 이크스 씨의 저주가 풀렸기에 오잉크는 바로 향후 예정을 짜기 위해 길드로 돌아갔다.

같은 도시라고는 해도 워낙 넓다 보니 이렇게 연일 오가면 피곤할 텐데…….

밖에 세워 둔 마물 마차에 오잉크가 뛰어오르고 뒤이어 지니아가 타려던 때, 배웅하던 레이스가 그녀를 불러 세웠다.

"지니아 씨. 이번에 제 가게…… 아니, 집에 와 보실래요?"

"레이스 님 댁이요? 알겠습니다."

지니아는 특별히 놀라지도 않고 여전히 무표정으로 무덤덤하게 대답한 후 마차에 올랐다.

마차를 배웅한 뒤, 나는 왜 그런 제안을 했는지 궁금해 레이스를 봤다.

"저 아이의 환경이나 겪었던 사건은 들었어요. 이건 어쩌면 동정일지도 모르고, 미래의 우환을 없애기 위한 포석일지도 모르죠."

"……망가진 채로 만약 아캄 같은 힘을 가진다면…… 그렇게 생각했어?"

"……모르겠어요. 그냥…… 그곳을, 그 구역을 보여주고 싶었어요."

아마 자신을 괴롭힌 인간의 자식이라는 사실이 네 마음에 그늘을 드리웠겠지.

하지만 네 행동의 이유는 분명…… 사랑받지 못하고 최악에 가까운 방식으로 부모와 헤어진 그녀를 못 본 척할 수 없기 때문일 것이다. 그것이 네 모성이기에…….

그렇다면 그녀에 관한 문제는 레이스에게 맡기자.

이크스 씨의 문제도 해결됐고, 남은 마족에 대한 대책도 조금씩 진행되고 있었다.

아마 머지않아 우리는 이 땅을 떠날 것이다.

그렇다면 그 짧은 시간 동안 이 도시에 가능한 한 많은 희망을, 미래의 가능성을 남겨 두자고 나는 결의했다.

§ § §

멀리 떨어진 이국의 땅. 주위를 둘러싼 나무들과 인공 구조물이 섞인 신비로운 장소에서 두 인물이 푸르스름한 빛을 받으며 대화를 나눴다.

"역시 과거 우리가 깨어난 뒤로 봉인이 몇 번 흔들렸어."

"……그냥 흔들렸을 뿐이잖아. 그렇게 신경 쓸 일이야?"

"적어도 원인이 이 대륙 내에 있진 않아. 그렇게 중요하게 생각할 일도 아니긴 하지만…… 그냥 대의명분이라고 해야 하나? 내가 일단은 성녀잖냐."

"……그래서 다른 대륙에 원인이 있을지도 모르니까 조사하러 가겠다고?"

한 명은 젊은 여성. 소녀라고 불러도 지장이 없을 만큼 앳된 티를 벗지 못한 목소리였다.

그리고 또 한 명 역시 변성기가 오지 않은 듯한 어린 남자 목소리였다.

"까놓고 말해서 평소보다 일찍 일어나 시간적 여유가 있으니까 여행을 떠나고 싶어."

"그런 소리를 할 입장이 아니잖아. 마음은 이해하지만……."

"조만간 옆 대륙 수도에서 수확제가 열리지? 그럼 한때 일본인으로서 노점이라도 돌아주는 게 예의 아니겠냐?"

"……그거 괜찮겠군. 흔들림의 원인을 조사한다는 명목이면 가능하겠는데?"

"오, 말이 통하네. 그럼 잠깐 의논하고 올 테니까 그쪽도 일정 조정해줘."

두 인물은 마치 놀러 갈 약속이라도 하는 것처럼 가볍게 말을 나누고 헤어졌다.

사소한 사건. 별 이유 없는 변덕에서 비롯된 우연.

하지만 이때 두 사람의 길이 그들의 길과 살며시 겹쳐졌다.

1장 각자의 여행

시간은 빠르게 흘러, 자고 일어나서 샤워하지 않고는 견디기 어려울 정도로 여름을 실감하는 날이 이어졌다.

이 도시에 온 지도 오늘로 정확히 두 달째였다. 한 도시에 이렇게 오래 머문 적은 없었다. 하지만 날이 갈수록 빠르게 변해 가는 이 영지 생활은 지루하다거나 지겹다는 생각이 들 틈을 주지 않았고, 오늘도 도시를 시찰하러 거리를 돌아다니는 중이다.

나는 영주나 정치가로서 갖춰야 할 시각을 갖추지 못했다.

그렇기에 이렇게 주민과 눈높이를 맞춰서 세상을 보려고 노력했다.

불만을 가지거나 야심을 품은 마족과도 매일 대화하고, 때로는 함께 거리를 걸었다.

내가 무엇을 바라고 어떤 미래를 원하는지 조금이라도 이해해주길 바랐다.

그런 노력 덕분일까? 최근에는 아캄을 신봉하던 이들이 자신들의 마을에서 상인을 불러들여 구 휴먼 보호 구역 주민과 상인의 교류를 주선하는 움직임을 보였다.

나는 전보다 부쩍 늘어난 마차와 사람들의 왕래를 지켜보면서 오늘 볼일이 있는 장소, 구 휴먼 보호 구역으로 발걸음을 옮겼다.

"카이본 님, 이곳까지 오시느라 고생하셨습니다."

"마중 나와 줘서 고맙다."

"이게 제 일이니까요."

지금은 훌륭한 아치문이 세워진 구 보호 구역 입구에 경갑을 입은 여성이 한 명 서 있었다.

마중을 나와 준 그녀는 아직은 표정의 변화가 드물지만 기쁨이 확실하게 전해지는 지니아였다.

지니아는 길드가 파견했다는 명목으로 사람들의 변화가 현저한 이곳에서 일하게 됐다.

듣기로는 외부에서 온 마족이 이곳에서 마찰을 몇 번 일으키는 바람에 길드에 실력 있는 사람을 파견해 달라고 요청한 결과, 상위 마족이자 이곳의 대표로 부상한 레이스와 면식이 있는 지니아가 그 후보에 올랐다.

전 영주의 딸인 지니아와 주민들 사이에는 감정적 응어리가 남아 있었지만, 불행인지 다행인지 지니아에게는 그런 분위기를 파악할 능력이 없어서 오로지 자신에게 주어진 일만을 성실하게 수행했다.

원래 그녀는 마족 우월주의에 빠지지도 않았을뿐더러 심성이 악한 인간도 아니었다.

날이 지나면서 주민들이 그녀에게 감사 인사를 하는 일이 늘었고, 정기적으로 레이스에게 초대받기도 하여 지금은 조금, 정말로 조금이지만 감정의 변화를 보이게 됐다.

"보호 구역은 어떻지? 뭔가 특별한 일이나 애로 사항이 있나?"

"곤란한 일이 있습니다. 요즘 아이들의 이름을 외우지 못해서 곤란해요."

"그건 네가 곤란한 일이겠지. 그런데 뭐야? 아이들이 널 좋아하나?"

"……그런 건가요? 자주 맛있는 걸 나눠주곤 해요."

"……개나 고양이처럼 다루는군."

말없이 음식을 받아먹는 모습이 재미있다거나 그런 이유겠지.

그래도 어떤 형태로든 주민들과의 거리가 줄어든다면 좋은 일이었다.

앞으로 더 많이 소통하면 자연스럽게 이름도 외워질 거라고 충고하고 주민들에게 인사하며 안쪽으로 들어갔다.

전에는 건물 자재를 재활용한 건물들이 눈에 띄는 구 보호 구역이었으나, 최근에는 도시 밖에서 건축재를 들여와 재건축이 이루어지며 정말로 이 도시의 일부로 거듭나기 시작했다.

이전의 다소 난잡한 분위기도 싫지는 않았지만, 주민들이 쾌적하게 생활하려면 현재의 신축 건물이 더 나을 것이다.

주민들이 건네는 말을 받으면서 점점 안쪽으로 들어가자 『프로미스 메이든』으로 가는 길이 보였다.

얼마 전까지만 해도 잔해로 뒤덮여 사람 한 명 지나가는 게 고작이었던 길이 지금은 말끔하게 정비되어 많은 주민들이 안쪽에 사는 레이스에게 상담을 하러 오간다고 들었다.

구역장은 뭐하냐고 물어봤지만, 그도 상담을 받아주는 모양이었다.

"이 길의 포장은 제가 주도했어요."

"응? 그래?"

앞장서 가던 지니아가 갑자기 말을 꺼냈다. 흠, 스스로 도시를 개선하려고 행동하다니, 그녀도 점점 달라지는 것인지도 모르겠다. 내 딸은 아니지만, 그 성장이 기뻤다.

"이곳을 지날 때 제 날개가 걸렸거든요."

"……그렇게 자랑스럽게 말할 일인가?"

돌아본 그녀의 표정에서는 조금이지만 흥분한 기색이 엿보였다.

일단 머리라도 쓰다듬어줄까……. 류에와는 감촉이 조금 다르군.

그제야 만족한 것처럼 지니아는 다시 앞으로 돌아서서 걸음을 옮겼다. 기분 탓인지 걸음걸이가 한층 가벼워 보였다.

통로를 빠져나가자 예전처럼 공터에 덩그러니 남겨진 건물이 아니라 넓은 화단에 둘러싸인 프로미스 메이든이 보였다.

레이스가 길드에 『근처 숲이나 초원에서 좋아하는 꽃을 뿌리째로 캐서 가져와 달라』라는 요청을 넣었고, 그것을 본 아이들이 약초와 함께 가지고 온 꽃들이라고 했다.

그 꽃들을 가지런히 심어 이곳을 일종의 추모 공원으로 만든다는 게 레이스의 목적이었다.

오늘은 그 상징이 될 위령비 완성 피로회가 있어 불려왔다.

이것으로 레이스 나름대로 마음의 정리가 될까? 레이스의 아이들뿐만 아니라 이 도시에서 안타깝게 죽어 간 사람은 너무나도 많았다. 레이스는 그들을 기리기 위해 쭉 이번 일을 진행했다.

화단을 지나 현관문을 두드리자 바로 레이스의 목소리가 들렸다.

“어서 오세요, 카이 씨. 그리고 지니아도.”

“오래 기다렸지? 다른 사람들은 다 모였어?”

“하루 만에 또 뵙네요, 레이스 님.”

어제도 만났나 보군. 역시 사람이 그리운가?

오늘 피로회에는 구역장과 가족을 잃은 주민들, 그리고 길드 대표로 오잉크도 참석했다.

다들 이미 건물 뒤편, 위령비 앞에 모여 있다고 했다. 우리는 바로 그곳으로 갔다.

옛 비극의 상징처럼 남은 이 건물이 색색이 꽃으로 장식되어, 이제는 추모의 장소로 탈바꿈하려 하고 있었다.

어쩌면 오늘이 이 도시가 진정한 의미로 재출발하는 날일지도 몰랐다.

뒷마당으로 가자 사람들이 모두 한곳을 주목하고 피로회가 시작하기를 기다리고 있었다.

역시 조금 늦었다. 모인 사람들에게 사과하며 나도 그 대열에 참가했다.

흰 천을 씌운 3미터 높이의 조각상 앞에 레이스가 대표로 서서 우리를 돌아봤다.

"오늘 이 자리에 모여 주셔서 감사합니다."

레이스는 짧게 두세 마디를 한 뒤 이 추모 공원에 관해 이야기했다.

"구역장님이 의견을 주셨어요. 아직 마음의 상처가 아물지 않은 분들, 슬픔에 잠긴 분들이 많다고……. 저도 그 마음은 가슴에 사무치도록 잘 압니다. 그래서 하다못해……."

도시가 변했다고 잃어버린 것이 돌아오지는 않으니까.

그리고 나도 적잖게 빼앗아 버렸으니까.

아무 말 없이 그녀의 말 한마디 한마디를 놓치지 않기 위해 귀를 기울였다.

"변혁한 도시의 상징인 아이들이 모은 꽃에 둘러싸여 기도할 수 있는 장소를, 지난날을 돌이켜볼 수 있는 장소를, 옛 모습을 남긴 이곳에 만들고자 생각했어요."

생각해 보면 이 도시를 바꾸자고 마음먹게 된 계기는 마족에게 혹사당하는 아이들이었다.

거기서부터 마족과 휴먼의 관계가 변해 갔고, 이 도시도 차츰 본디 자연스러운 모습으로 변해 갔다. 그렇게 생각하면 이곳이 생긴 내력은 지금 이 도시에 무척 잘 어울렸다.

마치 알비스의 과거와 현재와 미래를 상징하는 것 같아서…….

이야기를 마친 레이스는 위령비를 덮은 천을 잡아당겼다.

서서히 드러난 조각의 모습에 일동이 동시에 탄사를 흘렸다.

"어쩐지…… 마음이 따뜻해지네요."

"나도 도왔어. 노후화를 막는 방호 술식을 넣었지."

"아, 희미하게 보이는 무늬 같은 건 류에 작품이었나요?"

"대단한데……. 대체 뭐로 만들었지……?"

그것은 흰 아치에 덩굴이 얽힌 조각이었다.

꼭대기에는 종이 달렸고, 그 소리가 마치 영혼을 하늘로 인도하는 것만 같았다.

유기적인 곡선을 그리는 모습은 오잉크의 말마따나 따스함이 느껴졌고, 사람들이 모여 기도를 올리는 곳에 어울리는 숨결이 느껴졌다.

예로부터 이 지방에 전승되는 식물의 수액을 이용한 도료를 몇 겹으로 덧칠했다고 한다. 그러고 보니 옛날 이곳은 수공예가 성행했다는 이야기가 떠올랐다.

"그럼 마지막으로, 변혁의 주역인 카이 씨가 종을 쳐주셨으면 합니다."

"음? 내가 해도 돼?"

"네. 꼭 해주셨으면 해요."

레이스의 요청에 따라 종 아래로 가서 밧줄을 건네받았다.

이것을 정말로 내가 해도 될까, 하는 망설임도 있었다. 그러나 이번 일을 처음 시작한 사람은 나였다.

그렇다면 책임지고 끝맺는다는 의미도 담아 내가 울려야 한다고 생각해 밧줄을 강하게 당겼다.

"……잘 울리는군."

종소리가 아래쪽이 아닌 주위로 울려 퍼졌다.

아이들이 모은 꽃, 구시대의 모습이 남은 가게, 새로 태어난 도시 전체에 울리도록…….

음색은 이윽고 여운을 남기며 하늘로 올라가듯 사라졌다.

"……이걸로 그 아이들도, 편안히 잠들 수 있을까요?"

"……분명 그럴 거야."

그때, 꽃잎과 함께 한 줄기 바람이 불었다.

희미하게 종을 흔들며 하늘로 오르는 그 모습이 마치 그녀를 향한 메시지 같았다.

§ § §

소박한 추모식이 끝남과 동시에 오잉크에게 나중에 길드로 오라고 부탁받아, 요즘 얼굴 마주칠 일이 없었던 옌 씨, 루이 씨와 인사를 한 후 곧장 길드로 향했다.

길드도 전과 달라져 종족 구분 없이 파티를 맺거나 아이들도 숲에서 채집해 온 약초를 팔러 오는 등 도시 사람들이 자연스럽게 모여드는 곳이 되었다. 하지만 내가 등장하면 어김없이 그 화기애애한 분위기가 순식간에 돌변했다.

모두 작업을 중단하고 나를 돌아보며 머리를 숙였다.

공포에서 비롯된 행위가 아닌 것은 알지만, 이리도 공손하게 굴면 되레 거북했다. 게다가 기껏 좋아진 분위기를 망치는 기분이라서 미안하기도 했다.

그런 이들의 시선을 모으며 오잉크가 기다리는 길드장실로 향했다.

문에는 손 글씨로 【란란 가축장실】이라고 쓴 표지판이 걸려 있었다.

내가 만들었지만 참 잘 만들었다고 마음속으로 자화자찬하며 노크 후 안으로 들어갔다.

“나 왔어, 돼지야.”

"아, 잠시만 기다려주세요."

들어오자마자 눈에 들어온 광경에 살짝 현기증이 나서 관자놀이를 꾹 눌렀다.

그곳에는 책상 위에 도토리를 쌓으며 노는 우리의 길드 총수님이 계셨다.

두 대륙에 뿌리내린 거대 조직의 수장으로서 이래도 되는 걸까?

구성원의 한 명으로서 조금만 더 체통을 지켜줬으면 하는 순수한 마음에, 정말로 가슴 아프지만, 일부러 발을 쿵쿵 울리며 다가가 책상 가장자리로 손을 뻗었다.

"무너져라, 얍!"

"으아아아아아! 사, 사과하세요!"

"도토리 탑이 무너져서 노발대발하는 길드 총수가 있다는 게 사실인가요?"

"……알았어요. 제가 불렀으니까 어쩔 수 없죠."

정말 울 것 같은 표정으로 가까스로 눈물을 삼키고 평정심을 되찾는 우리의 총수님. ……솔직히 내가 너무했으니까 사과의 뜻으로 선물을 주자.

전에 류에와 지내던 숲에서 구한『칠엽수 열매』.

그것을 아이템 박스에서 하나 꺼내서 던지자—.

"오호~! 엄청 동글동글해요. 이렇게 좋은 걸 받아도 괜찮나요?"

"……기분 풀고 용건을 빨리 말한다면 줄게."

이래 봬도 직책상 내 상사입니다. 소속 조직의 정점에 선 구국의 영웅입니다.

남에게는 절대로, 하물며 이 대륙 주민에게는 절대로 이 모습을 보여줄 수 없겠다.

아무튼 손안에서 열매를 굴리며 나를 돌아본 오잉크는 헛기침을 하며 잠깐 뜸을 들인 후 입을 열었다.

"외부에서 이 도시로 이주하길 원하던 사람들을 수용할 준비, 주변 도시의 의식 개혁, 아캄 신봉자들의 적극적인 봉사 활동에 구 보호 구역 주거지 재건. 그리고 오늘, 어떻게 보면 마지막 작업이라고 할 수 있는 추모식도 치렀어요."

"한 달 남짓이었는데 많이 진행했군. 엔드레시아 왕에게는 아무리 고마워해도 모자라."

오잉크는 이쪽으로 건너오기 전에 엔드레시아 왕에게 많은 인재를 빌려 왔다.

그들의 협력을 받아 영지에 존재하는 다른 도시들도 병행해서 개혁을 진행했다.

물론 순수한 친절이 아닌, 세미피나르 대륙의 보호자라고 할 수 있는 엔드레시아의 의무이기도 하겠지만.

"그에게 너무 빚을 지고 싶지는 않지만요. 좌우지간—."

오잉크는 잠깐 침묵한 뒤 긴장을 풀듯 나에게 웃음을 지어 보였다.

“이 영지는 충분히 복구됐다고 봐요. 이제 이 도시는 자립할 수 있겠죠.”

“그 말은, 나도 이제 쉬어도 된다는 거야?”

“그렇죠. 이미 본본도 느끼고 있지 않나요? 본인이 사람들의 자립을 가로막고 있다는 걸.”

어렴풋이 느끼고 있었다. 그들은 이미 자신들의 의지로 서로를 지탱하며, 지금까지 벌여 놓은 간극을 메우기라도 하듯 타지와 교류하고 경제의 흐름에 참여하려고 했다.

그러나 내 존재가 그들의 자립을 가로막았다. 그 증거로 새로운 일을 시작하려다가 내 신경을 거스를까 봐 두려워 물어보지도 못한 채 발만 동동 구르는 경우가 제법 있었다.

……그래. 슬슬 영주민에게 이별을 고할 때가 온 걸지도 모른다.

“오잉크. 사람들에게 이별을 전할 자리를 마련해 줄 수 있어?”

“네, 물론이죠. 성대하면서도 엄숙하게, 마왕다운 새 출발을 연출해드릴게요.”

“……역시 그렇게 해야겠지?”

에라, 까짓것 마지막 무대다. 마왕으로서 확실하게 마지막을 장식하자.

§ § §

“이곳을, 떠나시나요?”

“응. 이 영지는 이제 스스로 일어나 걸을 수 있는 수준까지 왔어.”

“그래…… 시간은 참 쏜살같아. 여기에 오고 벌써 두 달이나 지났어.”

그날 밤. 류에와 레이스를 저택으로 불러 머지않아 이곳을 떠나겠다고 밝혔다.

원래 이곳에 온 당초 목적은 친구인 다리아, 슌, 그리고 류에를 속인 브라이트 일족을 만나기 위해 『서디스 대륙』으로 가는 것이었다.

그리고 그 도중에 고대에 봉인됐다는 『칠성』을 조사한다는 목적도 있고 말이지.

하지만 이곳에서 나의 소중한 반신, 가족이라고 부를 수 있는 레이스와 만나면서 그녀를 고통에서 해방한다는 목적이 생겨 이 도시까지 왔다.

그 목적은 달성했고, 또한 내 행동에 대한 책임까지 다한 지금, 더 이상 이 땅에 머무를 이유는…… 결코 많지 않았다.

하지만 레이스는 어떨까? 이곳에는 잃었다고 생각한 가족도, 집도 있었다.

어디 그뿐인가. 고향이 고난을 뛰어넘어 새로운 길로 나아가려고 하고 있었다.

만약 그녀가 이곳에 남기를 원한다면…….

큰 결단을 내려야 한다고, 홀로 각오를 다지려고 했다.

하지만 그럴 필요가 없다는 것처럼 레이스는 가벼운 말투로 입을 열었다.

"그럼 내일이라도 아이들에게 이야기해야겠네요."

"……! 어렵게 만났는데, 괜찮아?"

내 물음에 그녀는 마치 내 의도를 이해할 수 없다는 듯이 어리둥절한 표정을 지었다.

"저는 카이 씨와 함께 여행하겠다고 정했어요. 그걸 도중에 그만둘 리 없잖아요? 게다가……."

레이스가 말을 끊고 자리에서 일어나 내 바로 옆까지 다가왔다.

천천히 뻗은 손이 내 손등을 다정하고 사랑스럽게 매만졌다.

레이스를 돌아보자 도착적이기까지 한 미소에 가슴이 크게 뛰었다.

"저는 이제 두 번 다시 당신에게서 떨어지고 싶지 않아요. 어디까지든 함께할 거예요."

"……그렇게 똑바로 쳐다보면서 말하면…… 나라도 좀 쑥스러워."

"후후, 죄송해요. 그래도 이건 거짓말이 아니라 제 진심이에요."

"나도나도! 계속 함께 있을 거야! 카이 군도, 레이스도!"

얼떨결에 얼굴이 붉어질 뻔했는데 류에가 소외감을 느꼈는지 달려왔다.

……그렇지. 설령 무슨 일이 있어도 우리 세 명이 헤어질 일은 결코 없다.

함께할 수 있다는 현실에 감사하며, 오랜만에 우리는 함께 밤을 보냈다.

이튿날 아침, 눈을 뜨자 이미 침대에서 두 사람은 보이지 않았다.

그리고 때마침 방문을 노크하는 소리와 함께 이크스 씨가 부르는 소리가 들렸다.

입실 허가를 하자 왠지 얼굴이 붉은 이크스 씨가 머뭇거리며 들어와 어색하게 입을 열었다.

"아, 아침 식사 준비가 끝났습니다……. 어, **어젯밤 일**로 피곤하지 않으시다면 식당으로 와주시기 바랍니다……."

"왜 그러세요? 이크—."

거기까지 말하다가 입을 다물었다. ……좋아, 지금 상황을 객관적으로 정리해 보자.

『어머니가 집에 묵으러 오셨어!』→『남자랑 같은 침대에서 주무셨어』→『그 남자를 딸인 내가 부르러 오게 됐어』→『어색해』.

……아니, 오해라니까요? 그런 짓 안 했어요.

품에 안기거나 간지럼 태우거나 끝말잇기를 한 게 전부라고요!

요즘 청소년들 저리 가라 할 만큼 건전한 밤을 보냈고말고요.

하지만 이크스 씨는 변명할 기회도 주지 않고 허겁지겁 떠나 버렸다.

어, 언젠가 현실에서 일어날 일이니까 억지로 정정할 필요는…… 없겠지?

"카이 군, 들어 봐! 방금 햄쥐 아이들이 모여 있었어!"

식당으로 가자 왜인지 흥분한 류에가 달려왔다.

아무래도 이 저택에서 일하는 아이들을 발견한 모양인데…….

"스무 명이나 저택 문 앞에 모여서 한 아이를 배웅하고 있었어."

"햄쥐 일족은 자기가 일하는 곳에서 더 이상 할 일이 없다고 느꼈을 때 남몰래 그곳을 떠난다고 해요. 무척 진귀한 광경을 보셨네요."

"오…… 모두가 배웅할 정도면 꽤 인망이 두터웠나?"

자리에 앉으며 두 사람 앞에 준비된 식사를 봤다. 어쩐지 메뉴가 평소보다 호화로웠다. 어쩌면 동료의 새 출발을 기념

하려는 의도일지도 모르겠다.

우리보다 먼저 떠난 아이에게 묘한 동질감을 느끼며 식사를 한 입 먹었다.

요리를 먹는데 조금 떨어진 자리에 앉은 이크스 씨가 뭔가를 이해할 수 없다는 양 고개를 갸웃했다. 조금 전 일도 있어서 조금 어색했지만, 왜 그러냐고 물었다.

"……이상해서요. 이 저택에 있는 햄쥐는 모두 스무 명일텐데."

"하지만 분명히 스무 명이 배웅했어. 줄을 맞춰 섰으니까 잘못 봤을 리 없어."

"어쩌면 여행하는 햄쥐였을지도 모르겠네요."

흐음, 햄쥐 소녀들…… 갈수록 비밀이 많은 종족이군.

§ § §

"……왜죠?"

"원래 우리는 여행의 후환을 없애려고 여기 들른 거야. 어쩔 수 없어."

"……싫어요. 여기 있어 주세요."

"그건 안 돼. 이미 정해진 일이야."

"그럼 저도 데려가 주세요."

"……동행을 늘릴 생각도 없어."

도시를 떠나기 전 송별식을 의논하려고 다 같이 길드를 방문했을 때였다.

마치 우리를 기다렸던 것처럼 입구에 지니아가 서 있었다.

그 옆에는 동생인 리네아도 함께 있었고, 감시를 위해서인지 오잉크도 있었다.

다른 사람들보다 먼저 관계자라고 할 수 있는 두 사람에게 내가 떠난다는 소식을 알려줬다. 그랬더니 지니아가 반발하여 내가 올 때까지 계속 기다린 모양이었다.

그녀가 말하는 내용은 몹시 유치해 꼭 어린아이가 아버지에게 떼를 쓰는 것 같았다.

……아니, 실제로 떼를 쓰고 있었다. 외모는 반쯤 어른에 들어선 소녀가, 어른 이상으로 인생에 달관하고 어리숙하고 무지하지만, 그럼에도 현명한 이 소녀가 말이다.

"……제가 필요하다고 하셨잖아요."

"그래, 필요하지. 이 도시에, 이 도시의 미래에 네가…… 지니아가 필요해."

떼쓰는 누나를 눈앞에서 보던 동생 리네아가 비통한 표정을 숨기기 위해 얼굴을 숙였다.

그 행동을 말릴 수 없다고, 이해한다는 듯이…….

쌍둥이니까. 성격은 달라도 같은 환경에서 살아온, 단 하나뿐인 가족이니까.

마음 한편으로 누나의 일그러진 부분, 내면의 어둠을 알고 있었을 것이다.

“카이본, 누나를 데리고 가주면 안 돼?”

“……안 돼. 지니아는 이 도시에 필요한 사람이야. 너도 지금 길드에서 영지 정세를 배우고 있다면 내가 하는 말이 무슨 뜻인지 알겠지.”

“하긴, 이 영지에서 우리보다 강한 피를 가진 마족은 없어. 이 도시의 길드 아래에서 억제력으로서 살아가는 게 무엇보다 강한 견제가 된다는 걸 나도 알아. 하지만…….”

부성(父性)을 느끼고 말았다. 피가 이어진 친아버지를 죽이고, 어머니를 죽이도록 내버려 둔 이런 쓰레기 같은 나에게.

어렴풋이 이렇게 되지 않을까, 하는 예감은 있었다. 나는 목숨을 끊으려는 지니아를 억지로, 나를 위해서 살라는 식으로 말렸다.

하지만 그렇다고 해도 그녀를 데리고 갈 수는 없었다. 이 도시의 미래를 위해서라도.

깊숙이 박힌 쐐기로부터 어떻게 하면 그녀를 해방시켜 줄 수 있을지 고민하던 그때였다. 레이스가 한 발 앞으로 나왔다. 그리고 눈물을 쏟을 것처럼 노려보는 지니아 앞에 섰다.

“……네가 없어지면 도시 아이들이 슬퍼할 거야. 어떻게 하면 네가 웃을지, 아이들이 매일 나한테 와서 상담했어. 그게 다가 아니야. 내 딸들도 네가 맛있다고 말해주는 요리를 만들려고 매일 고민하고 있지.”

마치 어린아이를 달래는 어머니처럼 레이스가 지니아의 눈을 들여다보며 말했다.

말귀를 못 알아듣는 아이는 아니었다. 분명 지니아도 사실은 자신이 하는 말이 단순한 억지이며, 이루어질 수 없는 희망임을 알 것이다.

다만, 그렇다고 바로 받아들일 수 있을 만큼 그녀는 『보호』나 『애정』을 잘 알지 못했다.

레이스는 그저 담담하게, 하지만 자신의 말이 그녀의 마음속에 녹아들기를 기다리듯 끈기 있게 말을 이었다.

「너는 이미 이 도시에 없어서는 안 될 사람이다」, 「이제는 네가 사람들을 지켜줘야 하지 않느냐」, 그리고—「떨어져 있어도 너는 내 가족이나 마찬가지다」라고.

……그래, 그렇고말고. 네가 지니아의 환경을 알고 깊은 관계를 맺은 지금, 그녀를 단순한 타인으로, 원수가 남긴 핏덩이라고 생각할 리가 없다.

"부탁할게……. 여기 남은 네 가족들과 도시 사람들을 지켜줘, 지니아."

애초에 지니아는 깨닫지 못했다.

지니아가 한때 나에게 물은 『어떻게 하면 보호받을 수 있느냐』는 질문.

그녀는 이미 보호를 받는 쪽이 아닌 보호하는 쪽에 서 있다는 사실과—.

보호가 아니라 신뢰받는 쪽에 있다는 사실을…….

레이스는 말했다. 주민들이 얼마나 지니아에게 기대고 그녀를 받아들이고 있는지를.

아이들이 어떤 감정을 가졌고, 레이스를 포함한 어른들이 그녀를 어떻게 생각하는지를.

알 것이다. 그 장소, 구 보호 구역에서 언제나 주민들 곁에 있었던 너라면.

"……저는, 필요한가요?"

"필요해. 내가 안심하고 여행을 떠나기 위해서, 그리고 너를 따르는 아이들이나 너를 지켜봐 주는 어른들을 위해서도. 지니아, 너는 이 도시에 없어서는 안 될 사람이 됐어."

"솔직히 나도 누나가 안 갔으면 좋겠어. 세상에 단 하나뿐인 남매잖아."

"그러고 보니 너도 있었지. 지니아, 너는 네 동생을 혼자 남겨 둘 생각이야?"

"난 안중에도 없어? 솔직히 지금 길드에서 나만큼 열심히 일하는 사람이 누가 있다고?"

"……리네아는 이미 도움이 필요 없을 만큼 자립해서 솔직히 별로 신경을 안 썼어요."

……전부터 생각했는데, 너 동생한테 너무 매정하지 않니?

동생의 한탄에 지니아의 굳었던 표정이 조금 풀렸다.

지니아는 생각을 정리하는 것처럼 눈을 감았다.

회상하는 것일까? 이 도시에서 지냈던 나날을, 주민들과의 교류를…….

다시 그 눈동자를 보였을 때, 지니아는 평소처럼 평탄한 어조로 이렇게 말했다.

「알겠습니다. 저는 이곳에서 제 가족들을 지키며 살겠습니다」라고…….

§ § §

먼 하늘에서 소나기구름이 생물처럼 존재감을 뽐냈다.

한없이 푸르고 눈부신 햇살이 쏟아지는 하늘 아래, 종족을 불문하고 사람들이 한자리에 모였다.

기이하게도 아캄이 레이스와 약혼을 발표하던 날과 참석자들이 같았다.

아직 그 싸움의 상처가 남아있는 저택 앞에서, 나는 새롭게 만든 단상 위에 올랐다.

모든 시선을 한 몸에 받으며 이 사연 많은 땅에 모인 모든 사람들의 얼굴을 돌아봤다.

……안심했다. 나는 그놈과 달리 두려움을 사지는 않은 것 같았다.

경외심은 있을지라도 공포는 없었다. 다만, 내용이 알려지지 않은 소집에 의아한 기색만 내비쳤다. 그런 주민들 모두에게 들리도록 나는 목청을 높였다.

"이 땅에 사는 백성들은 들어라!"

마왕다운 어투로 연설을 시작했다. 부끄럽지만, 절반은 오잉크가 생각해 준 원고의 내용이었다. 바꿔 말하면 나머지 절반은 내가 생각한 말이지만.

오늘 이 저택에 모인 이유는 다름 아닌 내가 떠난다는 말을 전하기 위해서였다.

그러나 일방적인 통보는 아니었다. 뜻을 이어주기 바란다는 요청과 아직 마음 한구석에 마족 복권의 꿈을 품은 자들에 대한 당부도 겸했다.

영주민의 마음 깊은 곳에 남을 만한 연설을 해야 했다.

즉, 거의 퍼포먼스라고 해도 좋을 내용이었다.

구체적으로 말하면…….

각본	오잉크
연기 지도	레이스
자문	류에
협연	이크스
주연	나

네 사람 모두 퍽 즐거워 보였다. 이크스 씨마저 신이 났다.

여하튼 모두 협력하고 고민해서 짜낸, 이 도시에 보낼 마지막 말이었다. 계산을 가지고 하는 말이지만, 모두 이 땅을 생각해서 하는 말이었다. 그렇다면 진심을 담아, 영혼을 담아 전해야 한다.

"나는 오늘, 이 땅을 떠나기로 마음먹었다."

이미 우리 집 흑룡이 상당히 비대해진 탓에 앙증맞게 보이는 객차를 끌고 광장에서 대기하고 있었다.

용을 봤을 때부터 내 의도를 어렴풋이 예감하던 자들은 어깨를 늘어뜨렸고, 많은 주민들이 놀라움과 한탄의 목소리를 자아냈다.

"내가 애초에 이곳에 온 이유는 그릇된 통치를 일삼던 그자, 우리 마족이 쌓아 올린 역사에 먹칠을 하던 자에게 철퇴를 내리기 위함이었다."

여기서 의문이 생긴다. 마족이 쌓아 올린 역사란 무엇인가?

거기서 오잉크와 함께 생각한 거짓 이유를, 거짓 역사를 당당히 발표했다.

"우리 마족은 본래 미움과 박해를 받는 종족이었다. 어느 종족보다도 마물의 힘을 받아들이기 쉬우며, 우수한 마도구 개발 기술을 가졌던 우리를 시기해서겠지."

이것은 게임 시절 설정과 지금까지 들었던 정보를 바탕으로 만든 허구의 역사였다.

"하지만 그래도 우리는 언제나 다른 종족과 함께 살고자 노력했다. 그렇게 쟁취한 관계를 어지럽힌 과거 왕족들을 떠올려라. 그것은 인과응보였다!"

반발의 목소리가 나오겠지만 다시 한 번 이 대륙의 역사를 떠올리고 곱씹어 볼 필요가 있다며 오잉크가 넣은 문구였다.

애초에 따지고 보면 원래 이 대륙을 지배한 종족은 마족이니까 그 통치 체제를 지금과 같은 형태로 바꾸면 반발이 생기는 것이 당연했다.

"왜 손을 잡지 않는가? 옆에 선 사람을 봐라. 누가 보이는가? 노예인가? 지배자인가? 아니다, 모두 평등한 동포이자 백성이다."

주민들은 남녀노소 할 것 없이 옆 사람의 얼굴을 돌아봤다.

물론 휴먼도 마족도 모두.

모두 옆을 보고 고개를 끄덕였다. 여기 있는 건 같은 백성이라고 서로 확인하듯이.

"나는 이 뒤틀린 통치를 바로잡아야 한다고 생각했다. 그리고 이제는 모두가 본인의 의지로 손을 잡을 수 있게 되었다."

단상에 오르기 전까지는 이 원고를 정말로 내가 읽어야 하냐며 창피해하기도 했다. 하지만 열이 오른 탓일까? 창피하다는 감정은 이미 사라졌고, 그저 주민들에게 이 말을 남기고 싶다, 미래를 축복하고 싶다는 생각만이 남았다.

"자신이 무엇을 할 수 있는지, 어떻게 하면 사람들이 기뻐할지, 무엇을 지키고 무엇을 이루며 살아갈지…… 너희는 이미 그 답을 알고 걸어 나가기 시작했다. 그렇지 않은가?"

목소리 톤을 낮춰 점잖게 들려주듯 일동을 천천히 돌아봤다.

가면을 벗고 최근에야 무서워하는 사람이 줄어든 마안을 드러낸 채로 미소를 지어 보였다.

마치 아이를 달래고 연인에게 사랑을 속삭이려는 듯 천천히 눈을 감았다.

시야가 가려진 어둠 속에서 귀를 기울였다. 들리는 소리는 없고 찬물을 끼얹은 듯한 정적이 이어졌다.

그 여운 속에서 다시 눈을 뜨자, 그때를 기다린 것처럼 신음과 탄식, 슬픔의 목소리가 흘러나왔다. 겹쳐진 소리들이 깊은 슬픔의 물결이 되어 단상으로 몰려왔다.

『좋은 통치자는 영주민에게 여린 모습을 보이지 않는다』라는 이크스 씨의 의견과 『사람의 마음에 남으려면 반드시 다정함이 필요하다』라는 레이스의 반대 의견이 있었다.

그렇다면 말이 아닌 다른 형태로 다정함을 보여야 한다. 그래서 이렇게 나답지 않게 주제에도 없는 부드러운 어투에 미소를 지었는데, 효과가 있었나 보다.

이제 내 소원은 모두에게 전해졌을 것이다. 그렇다면 마지막 매듭을 맺자. 나는 내가 떠난 뒤의 이 도시, 영지를 인계해야 한다.

아이템 박스에서 『어떤 검』을 꺼내서 단상에서 치켜들었다.

이것은 아캄과 싸우면서 빼앗은 놈의 마검이었다.

한때 왕가에서 하사했다는 검. 이 땅의 영주로 군림하던 놈의 애검을 『그녀』에게 양도하는 계승식을 진행했다.

무시무시한 성능을 자랑하는 마검을 넘기는 것은 아깝지만, 이것도 필요한 일이었다.

이 정도 장비라면 사용할 수 있는 사람도 얼마 없었다.

그렇다면 레이스보다 레벨이 높고, 길드에서도 영주 대행 후보로 오른 그녀에게 건네는 것이 타당하다고 생각했다.

"이크스. 옆으로 와다오."

"옛!"

평소 집사 차림이 아닌, 귀족으로 착각할 만한 의례복을 입은 이크스 씨가 천천히 단상으로 올라왔다.

날씬하고 긴 팔다리를 가진 그녀는 역시 바지가 잘 어울린다고, 상황에도 맞지 않은 감상을 품었다.

그리고 모든 사람들이 지켜보는 가운데, 그녀가 무릎을 꿇었다. 흡사 기사 작위 수여식 같은 풍경이었다.

"이 영지를 너에게 맡기겠다. 아마도 이 나라의 대표가 새로운 통치자를 선정하기 전까지겠지만, 그래도 나는 너라면 지금 이 영지를 올바르게 이끌리라 판단했다."

"뜻을 받들겠습니다, 카이본 님."

양팔을 뻗은 그녀에게 똑바로 검을 건넸다.

내 결정과 선언에 이의를 제기하는 사람은 없었고, 길드의 수장인 오잉크가 스타트를 끊어 큰 박수를 보냈다.

길드도 인정한다는 인상을 심자 박수는 파도처럼 퍼져 나갔다.

식은 의도한 대로 문제없이 진행됐다. 이크스 씨가 사람들에게 축복받고 인정받은 것에 마음속으로 안도의 한숨을 내쉬면서 나는 천천히 단상에서 내려갔다.

§ § §

"그럼 나는 내가 해야 할 일을 하기 위해 다시 여행을 떠나겠다."

마차에 올라타서 주민들에게 들리도록 선언하고 문을 닫았다.

거대한 날개를 퍼덕이는 소리와 함께 객차가 힘차게 끌리는 충격에 몸을 맡겼다. 마치 비행기가 이륙할 때 같은 강한 압박을 느끼면서 깊게, 정말로 깊게 숨을 내뱉었다.

"하아아아아아아아아아아…… 다 싫어. 창피해서 죽고 싶어."

"수…… 수고하셨어요. 저기…… 아주 멋졌어요."

"카이 군, 연기 잘하던데? 이제 와서 뭐가 창피하다고 그래."

"나는 일이 다 끝난 후에 그런 게 몰려온다고……."

객차 안에서 마왕 룩 세트를 해제하고 자리에 앉아 축 늘어졌다.

다 싫어. 이제 이 대륙에서 나갈 때까지 마왕 룩 봉인할

거야. 잊자. 그건 내가 아니야. 어디 사는 마왕 비스무리한 녀석이 정의감에 불타서 나타난 게 분명해.

낯간지러운 마음에 한참 몸을 뒤틀다가 한 번 더 크게 한숨을 쉬었다.

그러나 안타깝게도 이대로 새로운 여행을 떠날 수는 없었다.

이미 내 의도대로 진로를 잡은 흑룡이 알비스가 보이지 않게 됐을 즈음 천천히 하강하여 깊은 숲으로 들어갔다.

미리 정해 둔 넓게 트인 장소에 안전하게 착륙해 어떤 인물이 오기를 기다렸다.

짙은 풀 향기와 그것을 시각화한 것 같은 진녹색 초목에 둘러싸인 채 30분이 지났다.

숲 밖에서 무언가가 닫히는 소리, 그리고 달리는 소리가 들렸다.

왔구나. 예상보다 늦은 등장에 불평을 한마디 해주려고 고개를 돌렸다.

"죄송해요, 조금 늦었어요."

"이건 통구이…… 아니, 동파육형(刑)에 처해야겠군……."

"으앙~!"

찾아온 사람은 바로 우리의 식료, 고기계의 프린세스, 동파육 해먹고 싶은 총수 No.1!

방금 도시에서 헤어진 오잉크였다.

"어쩔 수 없잖아요. 그 분위기를 수습하지 않고 저까지 빠져나올 수는 없는걸요."
"그것도 그런가? 그럼 이 뒷일은 예정대로?"
"네. 이 대륙 수도까지 안전하게 호위해주세요, 본본."
그렇게 말하며 겨우 성녀의 가면을 벗은 친구가 눈길을 빼앗는 웃음을 지어 보였다.
마왕의 가면을 벗은 내가 왜 오잉크와 함께 여행하게 됐는가?
사건의 발단은 그날, 길드에서 지니아를 설득한 날까지 거슬러 올라간다.
지니아를 달랜 후 오잉크에게 식전에 관해 상담하려던 때였다.
소문으로 얼핏 들어본 적이 있던 대규모 수확제가 가까운 시일 내에 대륙 수도에서 개최되며, 거기에 참석하기 위해 오잉크도 『수도 사이에스』로 가야 한다고 했다.
그래서 그곳까지 호위해달라고 지명됐는데, 거기서 한 가지 의문이 떠올랐다.
그것은 대단히 단순한 의문— 『애초에 너한테 호위가 필요하냐?』는 것이었다.
너 레벨 몇이야? 아캄은 몰라도 다른 인간에게 질 일은 없잖아? 레이스뿐만 아니라 어쩌면 류에까지 이길지도 모를 녀석이…….
사정을 물으니 오잉크는 내 전투력보다 『예상치 못한 사태에 대비한 보험』이 필요하다고 했다.

수확제가 끝나자마자 국회가 개최되는데, 그곳에서 이번 사건을 보고해야 하며, 거기서 마족 의원의 반발이 예상되므로 당사자인 내가 중재해줬으면 좋겠다는 것이었다.

우리의 총수님을 힐끔 봤다.

함께 여행할 수 있다고 기뻐하는 류에에게 안겨 생글생글 웃고 있었다.

……그래. 지금은 일시적이나마 옛 동료와 함께 여행을 할 수 있다는 것에 기뻐하자.

“류, 류에? 오잉크 씨를 너무 귀찮게 하시면…….”

“음? 오잉크, 내가 귀찮아?”

“후후, 귀찮긴요. 저도 안길 건데요? 에잇~!”

“꾸엑!”

……어째 친척 누나가 놀러 와서 기뻐하는 아이 같아서 흐뭇하다.

한참 놀다가 만족한 류에가 오잉크를 놓아주자, 나는 오잉크에게 앞으로의 계획을 물었다.

“그것 말인데요, 이 드래곤…… 솔직히 너무 눈에 띄지 않나요? 아무리 본본이 마왕 룩을 숨겨도 이러면 관계자에게 바로 들키지 않을까요?”

“그건 그렇지……. 나는 이번에 너무 눈에 띄었어. 가능하면 수확제는 편하게 즐기고 싶은데."

듣고 나서 깨달았다. 우리 집 드래곤님은 이제 날개를 펼치면 어지간한 저택을 통째로 덮어 버릴 크기까지 자랐다. 이래서야 숨길 수가 없었다.

어떻게 해야 하나 싶어 머리를 굴리는데, 류에가 좋은 생각이 떠오른 것처럼 쉬고 있는 드래곤 곁으로 걸어갔다.

"드래곤아, 잠깐 머리 좀 숙여 줄래?"

역시 사람의 언어를 이해하는지, 드래곤은 머리를 천천히 숙이고 땅에 엎드렸다.

류에가 드래곤 머리에 손을 대자 무엇을 해석하는 것처럼 옅은 빛이 흘러나왔다.

뭔가를 알게 된 것일까? 빛을 거둔 류에가 우리를 돌아봤다.

"카이 군의 마력이 이 아이에게 힘을 공급하는 것 같아. 일시적으로 마력 공급 연결을 약하게 하면 원래 크기에 가까워지지 않을까?"

"그래? 하지만 정말로 피를 나눠줬을 뿐이라서 조절하는 법을 모르겠어."

"그건 아마 아직 연결이 불분명해서 그럴 거야. 계약을 분명하게 맺으면…… 예를 들어 이름이라도 정해 보면 어떨까? 이름이란 건 중요한 요소야."

"이름이라……."

생각해 보면 애완동물이든 뭐든 이름은 중요하겠지?

하지만 나에게 작명 센스를 기대하는 건…….

"……류에랑 레이스 이름도 내가 정하긴 했지만."

"네? 저기…… 뜬금없이 충격적인 사실을 들은 저는 어떻게 반응해야 하죠……?"

"나도 동감! 카이 군, 몸뿐만 아니라 이름도 정해줬어?!"

"두 사람 이름은 어떻게 된 까닭인지 자연스럽게 떠올랐어. 하지만 드래곤의 이름을 정하려니 영…… 다 같이 생각해 보자."

내가 무슨 이유로 그런 혼잣말을 했는지 아는지, 오잉크가 나를 보며 히죽히죽 웃었다. 아, 괜히 화나네. 이렇게 해주마!

손을 뻗어 오잉크의 볼을 양손으로 꾹 눌렀다. 받아라, 강제 입술 오므리기!

"네가 감히 웃어? 그러는 네 이름은 뭔지 말해 봐!"

"부우우우우! 놔즈제엿~!"

일그러진 미인의 얼굴은 뭐랄까…… 참 좋죠?

그때, 말랑말랑한 볼을 만끽하는 내 손을 레이스 누님이 붙잡았다.

그 얼굴에 떠오른 것은 살짝 비판적인, 예를 들면 재미없는 책이라도 읽은 것 같은 표정이었다.

"카, 카이 씨? 여성에게 이런 행위는 조금……."

"고, 고마워요. 본본도 참 너무해요. 게다가 이 이름은 제가 야식으로 먹던 컵라면에서 두꺼운 차슈를 보고 힌트를 얻은 유서 깊은 이름이라고요."

"레이스, 놔줘. 나한테는 이 돼지에게 한 번 더 벌을 줄 의무가 있어."

"아, 안 돼요."

고집스럽게 손을 놓지 않는 레이스를 어떻게 할까 고민한 끝에, 그 손을—.

"에잇!"

……촉촉, 탱글탱글.

내 뺨으로 가져와 댔다.

혹시 오잉크랑 놀아서 질투라도 한 건가?

아니아니, 이 돼지는 미인으로 분류되지만, 동시에 마스코트니까 그 점은 걱정하지 않으셔도 됩니다.

"다들~! 이름을 정했으니까 계약할게~."

그때, 혼자 드래곤 이름을 생각하던 류에가 말을 걸었다.

류에만 홀로 두고 놀던 것에 죄책감을 느끼면서 곁으로 다가갔다. 류에는 우리를 보며 자신만만하게 후훗 웃었다.

"내가 이 아이에게 멋있고 강해 보이는 이름을 지어 줄게! 이제 카이 군이 그걸 승인하고 이 아이를 불러주면 계약 완료야!"

왜일까? 엄청 안 좋은 예감이 든다. 류에가 이런 식으로 웃을 때는 절대로 그냥 넘어가는 법이 없다.

"『칠흑의 바람, 새도 서번트』야. 어때?!"

"안 돼, 탈락. 불가."

"왜?!"

맙소사, 우리 류에 아가씨가 중2병 환자라니!

앞에 붙은 이명은 대체 뭐야? 그 이름 어디에 바람이 들어갈 요소가 있냐고?!

그때, 오잉크가 웃음을 참으며 손을 들었다.

"다음은 제 차례예요. 간단하게 『란 슈바인』은 어떤가요?"

"직역하면 『란 돼지』잖아. 장난쳐?"

하지만 어감이 멋있다는 점은 인정하겠다. 역시 독일어 선생님이시다.

다른 이름이 없을까 고민하는데 이번에는 레이스가 쭈뼛쭈뼛 손을 들었다.

응? 이거 언제부터 거수 방식이 됐지?

"방금 오잉크 씨가 오래된 언어로 이름을 붙이셔서 저도 생각해 봤어요."

"지금 그게 오래된 언어구나."

독일어는 고대 언어로 취급되는 모양이었다.

생각해 보면 마술이나 마검 이름은 영어든 독일어든 외국어가 사용되는 경우가 많은데, 이것들도 전부 고대 언어로 취급될까?

“『쾨니히』는 어떤가요? 오래된 말로 『왕』이라는 의미예요.”

“왕…… 그럴 만한 위엄도 있고, 잘은 모르지만 어감도 멋있군…….”

정말로 간단하면서도 멋있고, 지금 모습에도 잘 어울렸다.

“뭐~? 『어둠의 축복, 다크니스 허리케인』이 더 좋지 않아?”

묘하게 이름이 변했다. 이거 이제 보니 대충 멋있는 단어를 늘어놓은 거였군.

“좋아. 그럼 레이스의 의견을 채용! 오늘부터 네 이름은 쾨니히다.”

내가 이름을 선언한 순간, 문득 머릿속에 기묘한 느낌이 오갔다.

마치 뭔가 새로운 신체 부위가 생긴 것 같으면서도, 내 의지로 움직이는 무언가가 새롭게 덧붙여진 것 같기도 한, 표현하기 힘든 기묘한 감각이었다.

그리고 머릿속에 마치 속삭임 같은 소리가 들렸다. 딱 한 마디, 『예』라고.

……「꺄아아아아아아, 말했다아아아아!」라고 소리라도 질러야 하나?

아니면 「이 녀석! 내 머릿속에 직접 말을 걸었어!」라고 놀라야 하나?

너무 갑작스러워서 어떤 반응을 보여야 할지 모르겠네.

“아, 계약이 완료됐어. 카이 군, 상태는 어때?”

“잘 모르겠어……. 다만, 의사소통이 가능해졌어.”

실험 삼아 머릿속으로 연결이 약해지도록 힘이나 의식을 보내지 않게 주의하며 작은 모습으로 돌아가라고 빌어 보았다. 그러자 또 그 목소리가 들렸다.

『예』라며 깊이 울리는 목소리와 함께 쾨니히의 몸이 빛났다.

이윽고 빛이 잦아들자, 아기다르를 떠나기 전 계약했을 무렵의 크기까지 체구가 작아졌다.

“오오, 성공했어. 어때? 오잉크. 이 모습이라면 문제없겠지?”

“앗, 네……. 설마 이런 크기에서 그렇게 거대하게 성장했을 줄은…….”

“후후후, 어때? 우리 애 굉장하지?”

“개는 주인을 닮는다더니, 사기캐 밴 좀요.”

말없이 뺨을 쭈욱 당겼다.

§ § §

오잉크를 데리고 여행을 시작한 지 이틀째. 오늘도 하늘을 나는 건 참고 수도로 이어진 기나긴 길을 하염없이 달렸다.

쾨니히의 능력은 역시 비범하여 지구력도 속도도 일반 마물과는 비교를 불허했다.

태양이 하늘 꼭대기에 올랐을 무렵, 마차를 세우고 휴식에 들어갔다.

"카이 군, 혹시 잊어버렸을지 몰라서 한 번 더 말하는데……."

점심을 준비하려고 야영 도구를 설치하려던 때였다.

살짝 불만스러운 표정을 지은 류에가 곁으로 와서 입을 열었다.

"내가 한 부탁, 슬슬 들어줬으면 좋겠어……. 나, 로스트비프가 먹고 싶은데……."

"……아, 깜빡했다."

"역시 잊고 있었어! 카이 군, 너무하잖아."

아캄을 쓰러뜨린 그날, 류에와 레이스의 소원을 들어주기로 약속했다. 그러고 보니 류에는 그때 커다란 로스트비프가 먹고 싶다고 했다.

아뿔싸…… 너무 바빠서 새까맣게 잊고 있었다.

하필 음식 관련 약속을 잊다니, 내가 이런 실수를……. 미안한 마음으로 가득했다.

야외라서 오븐도 뭣도 없지만…… 그 소원, 내가 반드시 이루어 주겠다!

"좋아! 그럼 오늘 점심은 오랜만에 실력 발휘 좀 해볼까!"

"만세! 마침내 커다란 로스트비프를 먹을 수 있어!"

어쩜 이리도 순수하게 기뻐할까……. 미안, 오빠가 영주 행세에 너무 빠져 있었어. 이번에는 성심성의껏 최고의 작품을 만들어야겠다.

그러자 내 이야기를 들었는지, 레이스가 눈치를 보며 곁으로 다가왔다.

……그러고 보니 고기를 좋아했지. 쑥스럽게 다가오는 모습이 이렇게 귀여울 수 없다.

"생각해 보면 저는 아직 본본이 진심으로 만든 요리를 먹어본 적이 없네요."

그리고 세 명째. 우리 총수님이 눈을 초롱초롱 빛내며 마차에서 내렸다.

"요즘엔 미리 만들어 놓은 샌드위치만 먹었지?"

"물론 그것도 맛있지만, 역시…… 옛날부터 궁금했던 사람으로서 만감이 교차하네요. 평소에 채팅으로 다 같이 전골을 먹는다느니 바비큐를 예정 중이라느니 하는 이야기를 손가락만 빨면서 지켜봤거든요."

듣고 보니 슌과 다리아와 놀 계획을 게임 안에서 자주 잡고는 했다.

너무 부러워해서 요리 사진만 우리 파티용 게시판에 올렸었지.

그럼 바로 준비를 시작하자. 나는 간이 주방을 설치할 만한 곳이 없을까 주위를 돌아봤다. 그러자 류에가 이미 도구를 차려 놓고 자신은 근처에 깐 시트에 살포시 앉아 날 바라보고 있었다. 어서 만들어 달라는 무언의 압박이 느껴졌다.

좋아, 그럼 오랜만에 이 멤버가 모였으니 그걸 해볼까?

레이스가 옆에 섰다. 그에 내가 뭘 하려는지 깨달은 류에가 급히 달려와 나란히 섰다.

자, 오프닝 멘트부터 시작하자.

“그럼…… 이번이 몇 번째였지?”

“아기다르에서 2회라고 했으니까 세 번째예요.”

“좋아. 그럼 제3회 본본 쿠킹, 시작합니다~.”

“와, 박수~!”

말을 마치자마자 류에가 후다닥 시트로 돌아갔다.

“오늘은 내 소원을 들어주는 거니까 난 방청자가 될게.”

“저기…… 본본, 이게 대체 뭐죠?”

“그런 얼굴로 보지 마. 의례적으로 하는 거니까 신경 쓸 거 없어.”

자, 오늘도 꺼내 봅시다. 류에 씨의 마법 가방!

세계 각지에서 모인 온갖 물건이 보관된 창고와 직통으로 연결된 가방에 손을 넣어 큼직한 소고기가 없을까 생각하며 안을 뒤졌다.

그러자 손바닥에 서늘하고 축축한 물체가 닿았다. 그것을 두 손으로 잡아 단숨에 들어 올렸다.

가방 입구보다 큰 고기가 만화 속 4차원 주머니처럼 크기를 무시하고 튀어나와 도마 위에 쿵 떨어졌다.

“어쩜 크기가…… 대형견 정도는 될 것 같아요…….”

“이…… 이런 커다란 고기는 처음 봤어요……. 아아…… 멋져요, 카이 씨.”

황홀하고 관능적인 눈빛으로 고기를 바라보는 우리 집 육식계 누님.

아무리 그래도 이렇게 큰 걸 통째로 쓰지는 못하거든요?

어둠 마법으로 일본도 같은 식칼, 참치 해체용 칼을 닮은 형상을 만들어 고기를 상식적인 크기, 약 4킬로그램의 블록 형태로 나눴다.

……그렇게 슬픈 표정 짓지 말아 줄래요? 레이스 누님.

"이건 무슨 고기지……? 크기에 비해 써는 맛은 보통 고기 같은데."

"그런가요? 제가 한번 봐도 될까요?"

그 말에 레이스에게 식칼을 건넸다. 겉모습과 달리 칼이 쉽게 들어가자 레이스도 놀라는 표정을 지었다.

그러나 칼은 도중에 멈추고 말았다. 아무래도 힘줄에 닿은 모양이었다.

나는 다시 자리를 교대해서 힘줄을 따라 칼을 넣어 깔끔하게 블록 형태로 고기를 썰었다.

"그럼 이 힘줄은 버릴게요."

"아니, 나한테 줘."

그걸 아깝게 왜 버려? 이따가 몰래 술안주로 먹어야지.

자, 그럼 본격적인 요리에 들어가기 전에 자른 고기를 아이템 박스에 넣어 상세 정보를 확인해 보자. 일단 먹을 수 있는 고기인지 확인해야 하니까.

『강진영봉(剛震靈峰) 쿠자타의 목심』

또야! 대체 누구야! 이런 네임드 몬스터 같은 걸 잡아서 헌납하는 사람이! 전에 피닉스 고기도 그렇고, 내가 싸우고 싶을 정도라고!

아이템 박스에서 꺼내 이번에는 맛을 보기 위해 끄트머리를 잘라 불에 살짝 익혔다.

그러다 그때, 방청객을 맡고 있던 두 사람이 어느새 사라진 것을 깨달았다.

"맛보기라면 맡겨줘~!"

"으, 늦었네요. 본본, 저도 맛보기라면 자신 있어요."

언제 왔냐? 아니, 이건 그냥 맛보기가 아니야. 요리의 방향성을 정하기 위한 거라고.

내심 가장 맛을 보고 싶어 할, 그리고 제대로 된 경험과 지식을 바탕으로 감상을 말해줄 레이스에게 고기를 건넸다. 고기 조각은 아름다운 입으로 냉큼 들어갔다.

"으앙~!"

"왜애애애애애!"

"간을 정하기 위한 맛보기야. 만드는 사람의 특권이지."

두 사람이 터덜터덜 자리로 돌아가는 모습에 웃음을 참으면서 레이스가 감상을 말하길 기다렸다.

“크기에 비해 육질은 송아지처럼 부드럽네요. 하지만 소고기 본연의 풍미가 강해요.”

“흠, 재미있군. 그럼 허브로 타임을 넉넉하게 넣어 볼까?”

그렇게 간을 한 소고기를 이번에는 어떻게 구울지 생각했다.

오븐…… 밀폐 공간에서 구울 수 있으면 좋겠는데…….

일단 실험해 보자. 나는 식칼을 만들었을 때처럼 어둠 마법으로 상자를 만들었다.

그리고 그렇게 생성된 칠흑빛 상자의 한쪽을 열어 강도를 확인했다.

……음, 이 정도면 밀폐성과 보온성도 문제없겠어.

어둠 마법은 다른 속성에 간섭한다. 그렇다면 내부에 열을 전달하는 것도 간단하다.

“레이스, 당근과 양파, 그리고 셀러리를 얇게 썰어 줄래?”

“이미 해놨어요. 후후, 로스트비프를 만드는 방법은 저도 알아요.”

“척하면 착이군. 그럼 이 검은 상자 바닥에 꽉 채워줘.”

고기가 타는 것을 막고, 채소의 풍미를 더하기 위해서였다.

그리고 익은 채소는 그래비 소스의 재료로 쓸 계획이었다.

그런데 레이스가 채소를 깔기 직전, 문득 어떤 생각이 떠올랐다. 어쩌면 **그것**이 이미 류에의 가방에 있을지도 몰랐다.

한 번 더 가방에 손을 넣고 찾는 물건을 상상하자, 또다시 차갑지만 단단한 무언가가 손에 닿았다.

"있네, 있어! 자, 레이스. 이걸 검은 상자 바닥에 깔고, 그 위에 채소를 올려줘. 구이판 같은 거야."

"이건…… 석판인가요? 자잘한 구멍이 나 있네요……."

"식어서 굳은 용암을 받침대로 가공한 거야."

그렇다. 이것은 전에 머문 아기다르에서 얻은 돌이었다.

주민들은 화산 분화로 인한 손해를 메우기 위해 이렇게 새로운 자원을 활용했다.

아마 완성품 몇 개를 소신전에 봉납했겠지.

이 석판만 있으면 단순히 굽는 데 그치지 않고 원적외선 효과까지 얻을 수 있을 것이다.

그렇게 모든 준비를 마치고 검은 상자를 닫아 불을 붙이려고 했다.

하지만 여기서 문제가 발생했다. 이미 어둠 마술을 발동한 상태에서, 고기를 구우려면 화염 마술까지 써야 했다.

발동 자체는 불가능하지 않지만, 안타깝게도 내 역량으로는 어둠 마법을 유지하면서 섬세한 온도 조절을 하기는 어려웠다.

어쩔 수 없지. 오늘은 방청객으로 있겠다고 말했지만, 우리 집 매직 마이스터에게 협력을 요청할 수밖에.

§ § §

"저기, 카이 군, 고기 익으려면 아직 멀었어?"

"앞으로 한 10분 남았나? 미안, 또 도와달라고 해서."

"이 정도는 쉬우니까 괜찮아. 그래도 이 상자는 안이 안 보여서 심심하긴 해."

"아…… 확실히 안쪽을 볼 수 있어야 편하겠지."

류에에게 불 관리를 맡기고 나는 소스를 만드는 중이다.

하지만 중요한 그래비 소스를 만들려면 고기와 채소가 익을 때까지 기다려야 했다.

그동안 만들려던 두 가지 소스도 이미 완성했다.

레이스도 곁들임 메뉴로 으깬 감자를 만들었고, 바게트까지 이미 준비했다. 할 일이 전혀 없었다.

그때, 자기만 아무 일도 돕지 않아 눈치가 보였는지 오잉크가 다가와서 검은 상자를 빤히 들여다봤다.

"이것도 어둠 속성 마법인가요? 이건 검 효과가 아니라 본본 본인이 습득한 것 같네요."

"맞아. 마술 계열은 이쪽 세계에 와서 배웠어."

기다리는 동안 할 일도 없었는데 마침 잘됐다. 나는 오잉크와 오랜만에 게임 시절처럼 능력이나 기술에 관해 이야기했다.

오잉크는 이 세계에 온 뒤 새로운 기술을 배운 적이 없다고 했다.

"그러고 보니 본본의 검 어빌리티는 늘었나요?"

"그야…… 아!"

그때 나는 중대한 사실을 잊고 있었다는 것을 깨달았다.

로스트비프보다 훨씬 중요한, 나에게 깊은 관련이 있는 사정.

바로…… 아캄을 쓰러뜨리고 내 스테이터스를 확인하지 않았다는 것을 말이다.

내 정신 좀 봐…… 싸운 뒤에도 정신없는 사건이 이어져서 까맣게 잊고 있었다. 창피하다.

"……겨, 결과 발표!"

"오호~! 뭐예요? 혹시 아캄과 싸우고 뭔가 얻었나요?"

괜히 멋쩍어서 목청을 높이고 스테이터스를 열어 확인했다.

【Name】 카이본

【종족】 인간(?), 휴먼

【직업】 탈명 기사 (5) ←NEW, 권투사 (50)

【레벨】 401 ←NEW

【칭호】 원초의 마왕 ←NEW

용제(龍帝)를 도륙한 자

신의 적대자

마음을 구한 영웅 ←NEW

【플레이어 스킬】어둠 마도, 얼음 마법, 불 마법
검술, 장검술, 대검술, 찬탈
격투술, 새크리파이스
커스 기프트, 포스드 컬렉션 ←NEW

[포스드 컬렉션]

커스 기프트를 부여한 대상에게서 임의로 스킬 하나를 빼앗을 수 있다.

커스 기프트를 해제한 경우 스킬은 반환된다.

놀랍게도 직업 레벨뿐만 아니라 내 레벨까지 올랐다.

으음…… 설마 사람을 죽이면 그 사람이 쌓은 경험치를 빼앗는 구조인가?

하지만 그보다 눈길을 끄는 것은 새로 배운 직업 스킬이었다.

이건 지금까지와는 방향성이 다른 사기 기술이 아닐까?

[커스 기프트]의 발동 조건은 상대를 시야에 담는 것. 그렇다면 상대방을 보기만 하면 확실하게 능력을 약화시키고 내 힘을 강화할 수 있다는 뜻이 아닌가?

심지어 커스 기프트는 내가 해제하지 않으면 영원히 지속된다.

요컨대 영구적으로 상대가 가진 유용한 스킬을 빼앗을 수 있는 셈이었다.

"그런 스킬을 얻었습니다. 소감 한마디 부탁합니다."

"저…… 애초에 그런 직업으로 변했다는 말도 금시초문인데 [커스 기프트]라는 무서운 스킬까지 배웠다고요? 혹시 그것 말고도 그런 스킬을……?"

"자세한 내용은 비밀이지만, 더 있다고만 말해 둘게."

아쉽지만 모든 정보를 공개할 수는 없다. 누가 뭐래도 꿀돼지는 한 나라의 요직에 앉아 있으니까.

개인에 대한 믿음과 집단에 대한 믿음은 별개다.

아무튼 이야기를 돌려 스테이터스를 계속 확인했다. 가장 기대되는 신규 웨폰 어빌리티 목록으로 넘어가자.

자, 대체 놈에게서 어떤 어빌리티를 얻었을까…….

[절대 강자]

자신의 HP가 줄어들지 않았을 때만 모든 능력치가 20% 상승한다.

[살육 가속]

전투 중 생명을 하나 빼앗을 때마다 이동 속도 +5%.

음, 이번에도 별난 어빌리티가 두 개나 들어왔다. 하지만 강력한 효과라는 것은 틀림없었다.

[절대 강자]는 내가 애용하는 [생명력 극한 강화]를 병용하면 거의 상시 능력치를 강화시키는 스킬이라고 봐도 무방했다. 그보다 더 신경 쓰이는 쪽은 다른 하나였다.

이 [살육 가속]은 아캄 본인이 가졌던 스킬로 추정된다.

놈과 싸웠을 때를 돌이켜보면 압도적인 순발력, 기동력에 농락당한 기억이 있었다.

그렇다면 설마…… 이 어빌리티로 상승한 속도는 영구 적용인 건가?

나중에 마물이라도 잡아서 실험해 볼까……. 아니, 너무 빨라져서 일상생활에 지장이 생기면 싫은데. 생각 없이 움직이다가 벽에 충돌하는 사태는 피하고 싶다.

"예상하다시피 사람을 상대로도 어빌리티를 습득할 수 있어. 이걸 봐."

어빌리티 항목에서 이번에 입수한 어빌리티 하나를 열람할 수 있게 설정해서 보여줬다.

"[절대 강자]라…… 이 효과를 지속시키려면 원거리 전투가 낫겠네요. 공격을 신경 쓰느라 적극성을 잃으면 주객전도예요."

"아…… 그러네. 일리가 있어."

오잉크는 [생명력 극한 강화]를 모르기에 게임 시절의 상식, 아니, 오히려 일반적인 경지에서 이 어빌리티를 평가했다.

너무 일상적으로 사용해서 신경 쓰지 않았지만, 생각해

보면 내 직업이 『탈명 기사』로 변한 후 배운 스킬보다 용신에 관련된 어빌리티 쪽이 훨씬 사기성이 짙었다. 말 그대로 비밀 병기이자 최종 병기였다.

이것도 되도록 비밀로 하는 게 좋을지도 모르겠다.

"이제 슬슬 시간이 됐군. 식탁을 준비할까?"

"그 정도는 저도 도울게요."

"좋아. 그럼 오잉크, 네 발로 엎드려 줄래?"

"어째서 이런 심한 짓을 하는 거야아아아아아아아아!"

§ § §

로스트비프 같은 큰 고기를 구울 경우, 상온에 뒀다가 저온에서 방치하면 잔열로 인해 내부 온도가 균등해지고, 내부 수분, 흔히 말하는 육즙이 고기 전체로 퍼져 식칼로 찔렀을 때 필요 이상으로 빠지지 않게 방지하며 촉촉함을 유지해준다.

마술로 온도를 식히는 방법도 생각해 봤지만, 역시 얼음이 어는 온도로는 좋지 않다고 생각해 실험적으로 어둠 마술을 음식에 랩을 씌우는 느낌으로 써 보니…….

"이게 되네……. 이쯤 되면 조리 도구를 전부 마술로 대체해도 되겠는데?"

어둠 속성의 특성으로 현상에 간섭하여 고기의 열을 완전히 빼앗는 데 성공했다.

그리고 밀폐됐기 때문인지 육즙도 빠지지 않고 촉촉한 로스트비프가 완벽하게 완성됐다.

이미 식탁에 자리를 잡은 일행에게 일류 호텔에서도 좀처럼 보기 힘든 거대 고기를 가져가자 세 사람에게서 감탄이 터져 나왔다.

"엄청 커! 아캄 저택에서 본 로스트비프의 두 배는 되겠어!"

"확실히 이건…… 정말 크고 아름답네요……. 조금 흥분돼요."

레이스, 아웃. 굳이 설명하지는 않겠지만, 그 발언은 내게는 아웃입니다.

그렇게 황홀한 표정으로 말씀하시면, 제가 이래저래 곤란합니다.

하지만 그런 가운데서도 침묵을 지키는 사람이 있었으니, 바로 우리의 총수님이셨다. 옳거니, 이 세상에서 오래, 그리고 높은 지위에 있었던 너는 이 정도로는 놀라지 않는군.

그렇다면 좋다. 먹고 나서 실컷 놀라고 감동해—.

"오호! 오호! 오호! 오호~!"

"이 자식, 안 되겠어. 너무 놀라서 돼지가 되어 버렸어."

접시를 식탁에 놓고 우선 끝부분을 썰었다.

이 부분은 너무 많이 익었으니까 다음에 다른 요리에 쓰기로 하고, 지금은 안쪽에 드러난 단면을 침을 삼키며 응시했다.

진한 분홍색에 고깃결도 망가지지 않은 매끈한 단면은 투명한 육즙이 배어 나오는 아슬아슬한 상태를 유지하고 있었다.

색도 균등하거니와 지나친 가열로 인한 냄새도 없었다. 완벽하게 구워졌다.

"이만한 크기를, 그것도 처음 사용하는 방법으로 완벽하게 완성하셨군요. 『요리를 조금 잘하는 사람』 정도로 생각했는데 진짜 전문가였나 보네요."

"누구 마음대로 사람으로 돌아왔어? 하지만 그러는 너도 눈썰미가 제법이야."

"후후, 보통 수준은 되죠. 그럼 조금 얇게, 음, 3밀리미터로 커팅 부탁할게요."

"사람을 시험하는군, 총수님. 뭐, 맡겨만 줘."

이 크기를 얇게, 실수 없이 썰기란 꽤 어려운 요구사항이지만, 재미있기도 했다.

나는 다시 마술로 회칼을 생성했다.

그리고 지정된 두께에 맞춰 칼을 대고 천천히 칼을 움직였다.

얇게 잘린 부분이 팔랑 늘어지며 그 면적이 점점 넓어지더니, 이내 도마 위에 내려앉았다.

"훌륭해요. 그럼 소스는…… 그래비 소스로—."

"나, 나! 다음은 내 거 잘라줘! 난 얇게 하지 말고 이만하게!"

어느샌가 형성된 우리 두 사람의 세계에 먹고 싶은 Girl 류에가 난입했다.

손가락으로 두께를 제시하면서 눈망울을 반짝이는 류에를 보자 나까지 행복한 기분이 들었다. 그래, 나는 젠체하기보다 이렇게 소중한 사람을 웃게 하는 요리나 식사가 좋다. 그래도…… 솔직히 그 두께는 무리 아닙니까, 류에 씨.

"아니야, 아니야. 더 크게 해, 카이 군. 이 정도로!"

"그러면 먹기 불편하고 맛도 느끼기 힘들어. 한 5센티미터로 하면 어때?"

"그런 거야? 그럼 그렇게 부탁할까? 소스는 알아서 골라줘!"

"저, 저기…… 저도 류에랑 같은 두께로 부탁드릴게요. 소스는 그래비 소스랑 휩버터로 해주세요."

"하하하, 오케이, 오케이."

역시 육식계 누님이시다. 그럼 커팅도 끝났겠다, 나도 먹어 볼까?

하지만 그 전에— 숨겨 둔 다른 고기 한 덩이를 꺼내 몰래 썰었다.

"자, 오잉크. 이건 다른 고기를 써서 만든 거야. 먹어 봐."

"어머? 이쪽은 색이 연하네요……."

살짝 흰색을 띤 고기는 겉에 비계가 조금 붙은 부위였다.

달고 육즙이 많은 『그 고기』가 오잉크의 마음에도 든 모양이었다.

"이건…… 비계가 입안에서 살살 녹는 이 감미로움…….
간장 소스랑 잘 맞겠네요."

"그렇지? 참고로 토막상식인데, 소 비계는 인간의 입속 온도로는 녹지 않아."

"그런가요? 그럼 이건 왜…… 잠깐, 이건 무슨 고기죠?"

"……이 녀석은, 꿀꿀하고 울지."

"어째서 이런 심한 짓을 하는 거야아아아아아아아아!"

아, 귀엽군. 콘셉트에 충실한 돼지는 귀엽구나.

식사를 마치고 다 함께 더없이 만족스러운 표정을 지으며 여운에 잠긴 듯 느긋한 시간을 보냈다.

여름인데도 일본과는 달리 습도가 낮은 탓인지 어쩐지 상쾌한 더위를 느끼며 가끔 부는 온화한 바람에 몸을 맡겼다.

희미하게 풍기는 밀 향기…… 흠, 어디에 제분소라도 있나?

불필요한 건물도 없고, 배출 가스도 없는 이 광대한 토지에서는 바람이 상상 이상으로 먼 곳까지 많은 것을 실어다 줬다.

다시금 이곳이 이세계라고 실감하면서 잠시 그 여운에 잠겼다.

"끝없이 펼쳐진 밀밭…… 이 나라는 정말로 농업 대국이군."

"네. 이구조 씨가 칠성을 해방하고, 그가 전한 농법과 제가 전한 농기구 지식이 합쳐져서 지금 이 나라가 있는 거예요. 후후, 제 자랑거리 중 하나죠."

"하하하, 마치 국왕 같은 말투군. 그만큼 나라를 위해 노력했다는 뜻이겠지."

실하게 여문 밀밭이 크게 일렁였다. 과거의 위인과 지금 눈앞에 있는 그녀의 업적을 칭송하듯이…….

"하긴, 지금은 오잉크 씨가 국왕이나 다름없네요."

뜨개질을 하던 레이스가 뜨개질바늘을 내려놓으며 말했다.

그에 문득 이 대륙에서 살던 레이스가 생각하는 오잉크의 인물상이 궁금해졌다.

그러나 오잉크 본인은 왠지 거북하다는 듯이 고개를 돌렸다.

"오잉크 씨는 이 나라 의원들 중에서도 특별히 발언권이 강한 『3대 의장』 중 한 명이니까요. 옛날보다는 많은 의견을 받아주는 세상이 됐지만, 내심 오잉크 씨가 지도자로 어울린다고 생각하는 주민이 많았어요."

"……응? 오잉크, 너 그렇게 잘난 사람이었어? 엔드레시아에서는 국왕에 버금가는 권력을 가졌었지? 여기서도 그런 지위야?"

"으…… 일부러 말 안 했는데 왜 굳이 말하세요, 레이스……."

"그, 그랬나요……? 죄송해요."

뭐야…… 그럼 정말로 거의 이 나라의 최고위 인사 아니야?

그렇다면 그런 오잉크도 제거하지 못했던 아캄은 설마…….

"3대 의장 중 한 명, 구체제에서 이어진 전 귀족이나 그들의 친인척을 하나로 묶던 인물이 아캄이에요. 그러니까 본본은 이 나라의 정점에 있는 인물 중 한 명을 해치운 거죠."

"돼지야…… 그런 건 더 일찍 알려주면 좋잖아……."

"괜한 마음고생 시키지 않으려는 제 배려예요."

일단 밉살스러운 볼이나 당기자.

3대 의장? 어쩌라고. 에잇, 더 늘어나라. 이 말랑말랑 볼살!

"하지만 감회가 새로운 건 나도 마찬가지야. 내가 만든 요리를 설마 너한테 대접하는 날이 올 줄은 몰랐어. 오잉크, 만족스러웠어?"

"저기요…… 볼 당기면서 갑자기 진지한 표정 짓지 마세요. 쑥스럽잖아요."

"어이쿠, 미안. 감촉이 좋아서."

나라의 최정상에 선 친구를 보고 문득 그런 생각이 들었다.

다리아와 순도 지금은 특정 국가의 높은 지위에 있다고 그랬지.

지금 이렇게 오잉크를 옛날처럼 대하고 있지만, 이것이 과연 허락된 행위일까? 그리고 앞으로 만날 두 사람도 옛날처럼 날 받아들여 줄까?

원래 나는 오잉크의 현실 사정을 거의 몰랐다. 그래서 이렇게 옛날과 똑같이 대할 수 있는 부분도 있었다. 하지만 그 두 명은 어떨까?

잘 아는 사람이기에, 만약 이 세계에서 변해 버렸다고 생각하면…….

"……본본은 제가 어떤 지위에 있어도 변하지 않네요."

"조금 더 대우해주는 게 좋아?"

"아니에요. 당신은 지금 이대로 있어 주세요."

오잉크가 중얼거렸다. 마치 내 생각에 끼어들듯이, 불안함을 지우려는 듯이…….

지금 어렴풋이 품은 고민에 힌트를 주는 듯한 그 말에 마음이 가벼워졌다.

아…… 그렇군. 분명 오잉크도 변해 버린 것이겠지. 그래서 변치 않는 것을 바라는지도 몰랐다.

그렇다면 나만은 변하지 말자. 설령 그 두 사람이 변해 버렸을지라도…….

"카이 씨, 아까도 말했지만 여성에게 그런 행동은……."

"아차, 내가 또 실수를……. 그럼 대신 레이스랑 할까?"

뺨을 만지작거리면 어김없이 레이스가 나타났다.

그래서 대신 레이스의 뺨으로 손을 뻗었다.

……역시 질투 나서 그러는구나? 꿀돼지 괴롭히기는 계획적으로 합시다.

"후후, 그럼 본본, 슬슬 출발 준비를 할까요?"

"오케이. 그럼 식탁을 정리하고 출발할까?"

"아, 네. 그런데 류에가 잠들어 버렸는데요……."

좋아. 그럼 이번에는 잠든 류에의 뺨을 만져볼까.

"류에, 일어나야지~. ……아야!"

"우물우물……."

너, 꿈에서 로스트비프라도 먹고 있니……?

2장 혁명 도시의 수확제

알비스를 떠난 지 오늘로 일주일째. 우리 쾨니히의 힘 덕분에 생각보다 일찍 목적지인 『수도 사이에스』의 영지에 당도했다.

평범한 마물 마차라면 열흘, 걸어서 온다면 두 달은 각오해야 하는 거리였다.

그런 입지 조건에도 옛 왕족의 의도가 포함됐을지 모른다고 홀로 생각했다.

어쩌면 당시의 왕도 아캄을 경계해 그를 먼 곳에 두지 않았을까?

"영지에 들어서니까 밀밭이 많이 줄었어."

"옛날에 이곳에서 전쟁이 있었으니 땅이 오염됐는지도 모르죠."

"레이스도 이곳에서 싸웠어? 알비스에서 꽤 먼 곳인데."

"아뇨. 저는 이 영지에 들어오기 직전까지요. 딱 밀밭이 줄어들기 시작했던 부분이죠."

마부석에 앉은 사람은 레이스와 류에, 그리고 나, 이렇게 세 명으로, 아쉽지만 이 자리는 3인용이었다.

물론 오잉크를 따돌리려는 의도는 아니고, 영지에 들어섰으니까 오잉크를 함부로 노출시키면 안 된다는 내 배려였다. 오잉크 본인은 불만이 가득해 보이지만 말이지.

객차 안을 살피기 위해 귀를 기울였다. 조금 전까지는 「지루하니까 한 명은 여기로 오세요~!」라고 호소했지만, 지금은 마냥 잠잠했다.

하지만 더 집중해서 귀를 기울이자 바퀴 소리에 섞여 작게 말소리가 들렸다.

이상하네. 오잉크는 혼자 있을 텐데 대체 누구랑 이야기하는 거지?

"돼지야, 누구랑 얘기하니? 외로움에 못 이겨 상상의 친구라도 만든 거야?"

『네, 일을 크게 만들지는 말아주세요. 그럼 이만 끊을게요.』

물어도 역시 대화 소리 같은 속삭임만 돌아왔다. 마부석 창문을 열어 안쪽을 살펴봤다.

그러자 마침 오잉크가 무선 전화기 같은 것을 검은 상자에 끼우고 있었다.

저건 알비스에서 내 뒤에 숨었을 때 가지고 있던 물건이었다.

아마도 휴대용 통신 마도구라고 생각하지만, 이런 곳에서도 쓸 수 있나?

"그거 얼마나 먼 곳까지 쓸 수 있어? 꽤 편리하겠는데."

"아, 이건 길드 건물 안이나 이 영지 일부에서만 사용할 수 있어요. 이 가도는 저도 자주 이용해서 통화권으로 설정됐고요."

"흠, 길드 건물 안에서 써봤자 의미 없지 않아?"

"없진 않죠. 내선이나 무선 전화처럼 쓸 수도 있으니까요."

"그렇군. 그런데 지금 누구랑 통화한 거야?"

"지금 사이에스 길드에 연락해서 도시 밖으로 마중 올 사람을 보내달라고 했어요. 지금 가면 혼잡할 게 뻔하거든요."

수도가 어느 정도 규모인지는 모르겠지만, 사전에 연락해야 할 만큼 수확제에 모이는 사람이 많다는 뜻이었다.

조금 기대가 부풀었다. 대체 어떤 이벤트가 열릴까?

"레이스는 수확제가 어떤 축제인지 알아?"

"자세히는 모르지만, 이 시기가 되면 외부에서도 많은 사람들이 방문해요. 윙레스트에도 엔드레시아에서 온 여행자들이 많이 머물죠."

"오! 사람이 많이 모이나 봐? 카이 군도 기대되지?"

"그래. 분명 처음 보는 신기한 게 많이 모이겠지."

"후후, 세 사람 모두 첫 참가인 모양이니까 특별한 일이 없는 한 귀찮게 하지 않을게요. 자유롭게 돌아보세요. 다양한 콘테스트도 열리니까 마음껏 즐기세요."

오잉크는 그렇게 말하며 미소를 지었다. 마치 자랑스러운 컬렉션을 보여주고 싶어 흥분한 것처럼 순진무구한 자신감이 드러나는 미소였다.

§ § §

얼마 안 있으면 도착한다며 휴식 없이 가도를 달려 언덕길에 진입했다.

그리고 꼭대기에 오르기 직전에 그것이 나타났다.

작은 벽이라고 생각한 그것은 앞으로 나아가면서 옆으로도, 위로도 커졌고, 이윽고 어디까지 이어졌는지 알 수 없을 만큼 길게 뻗어 나갔다.

그것은 이 광대한 평야에 갑자기 나타나 앞길을 가로막는 거대한 외벽이었다.

"오잉크…… 굉장한데! 이게 전부 도시야?!"

"네. 이 외벽이 도시 전체를 둘러싸고 있어요. 대단하죠?"

그 비상식적인 규모에 나답지 않게 흥분했다.

오잉크는 이렇게 거대한 도시를 함락하고 나라를 해방했단 말인가…….

그것은 확실히 영웅이라고 불리며 모두에게 신뢰받기에 합당한 위업이리라.

왠지 분해서 말로 하지는 않았지만, 나 또한 오잉크에게 경의를 품었다.

틀림없이 너는 영웅이야. 분명 많은 고난을 뛰어넘었겠지.

"그래……. 정말로 대단해, 오잉크."

길 끝을 보자 수백 미터에 이르는 행렬이 있었다.

흠, 외벽 규모에 비해 문이 하나밖에 없는 것은 아무리 그래도 너무 적지 않나? 장사진을 이룬 원인은 틀림없이 입구가 너무 적기 때문이었다.

새로운 문을 만들 수 없는 이유라도 있나?

"카이 씨, 마차 좀 세워 주실래요?"

"응? 왜 그래, 레이스?"

"여기에는 의원이나 관계자들이 많아요. 혹시 모르니까 변장하고 싶어요."

"응? 그래도 윙레스트에서 살았을 때는 지금과 달리 머리랑 눈 색깔도 바꾸고 살았잖아? 게다가 날개도 숨겼고."

"사실 알비스에 안착하기 전에 제가 처음으로 내려온 곳이 이 도시 바로 옆이었어요. 당시 사람은 거의 안 남았겠지만…… 그 무렵 저는 너무 무지해서 적을 많이 만드는 바람에……."

"그랜드 마더로 만난 사람은 몰라도 그 전에 만난 인간과는 말썽을 일으킨 적이 있다는 거야?"

전부 이야기해주지 않고 있지만, 당시 이곳은 왕정 국가, 심지어 그들의 본거지였다. 아마 아캄 같은 인간에게 쫓긴 일도 많았겠지.

이미 그 왕가가 무너졌으니 큰 문제가 발생할 것 같지는 않지만, 레이스가 그러고 싶다면 거부할 이유도 없었다.

레이스는 분무기를 꺼내 머리에 칙 뿌렸다.

그리고 주문을 읊자 그녀의 보라색 머리가 이전처럼 흑발로 변했다.

또한 그녀의 머리와 등에 난 날개가 마치 빛 가루가 된 것처럼 사라지고, 거기에 달았던 커프스가 톡 떨어졌다.

"후후, 지금은 귀에 달까 봐요."

"레이스, 익숙하지 않은 모습이라 왠지 긴장돼."

그러자 레이스는 짓궂게 일부러 내 쪽으로 몸을 붙였다.

진정해라, 내 심장. 고동을 조금만 늦춰라. 끙, 난 왜 이렇게 미인에 대한 면역이 없지?

"음…… 저기, 카이 군? 카이 군은 변장 안 해도 괜찮아?"

"마왕 룩을 안 하면 문제없다고 보는데, 안 될까?"

"글쎄요…… 가면을 벗을 기회도 많았고, 듣자 하니 사람들이 무서워해서 마안을 해제한 적도 있으시다면서요? 날개와 뿔이 없다지만 지금 모습으로 알아볼 가능성이 없다고는 못 하겠어요."

수확제에 알비스 영지의 인간이 한 명도 출석하지 않을 리가 없지.

차라리 코주부 안경이라도 쓸까? 액세서리로 가지고 있는데.

"맞아! 카이 군, 요리할 때 머리를 묶잖아. 그거면 괜찮지 않을까?"

"그럴까? 한번 묶어 볼게."

밀져야 본전이다. 레이스에게 받은 가늘고 검은 리본으로 뒷머리를 묶어 봤다.

음…… 묶은 부분이 비뚤어진 것 같다. 가는 리본으로 묶기는 제법 어렵네.

"……좋아, 됐다. 꽤 아래쪽으로 묶었는데, 어때?"

"오~! 머리를 정리해서 얼굴 윤곽이 뚜렷해졌어."

"그러네요. 산뜻함이 약 30퍼센트 늘어서 멋져요, 카이 씨."

"……부끄럽네. 인상이 조금이라도 변했다면 다행이야. 당분간은 이대로 지낼까?"

변장은 이것으로 충분하다고 생각하고 다시 마차를 몰아 행렬 끝에 도착했다.

오잉크가 마중 나올 사람을 보내달라고 부탁했지만, 그런 사람은 아직 보이지 않았다.

어떻게 할지 오잉크에게 물으려고 객차를 돌아본 그때였다. 줄 앞쪽에서 동물이 높게 우는 소리, 사람들이 놀라는 소리가 파도처럼 밀려왔다.

눈에 힘을 주자 도시 정문에서 이쪽을 향해 마차 한 대가 줄을 가르며 달려오는 것이 보였다.

그 위험천만한 질주는 행렬을 죄다 갈라놓으며 우리 앞까지 이어졌다.

자세히 보니 흩어진 사람들이 제자리로 다시 돌아오지 못하도록 길드용 갑옷을 입은 사람들이 정렬해 마치 개선 퍼

레이드라도 시작하려는 것처럼 길을 만들었다.

……오잉크, 척 봐도 이건 너무 지나친 거 아냐?

바퀴가 길옆으로 빠진 마차라든가 날뛰는 동물도 보였다. 대체 어떤 인간을 보낸 거야?

마차를 몰고 나타난 사람은 모험가 같아 보이는 붉은 머리의 남자였다.

그 눈빛에서 어딘지 모르게 남을 업신여기는 듯한 인상을 받은 것은 지금 이 혼란한 상황을 보고 생긴 선입견 때문일까?

자리에서 일어난 남자는 곧장 이쪽으로 다가와 마부석에 앉은 우리를 대충 훑어보고는 바로 객차 안으로 말을 걸었다.

"오잉크 님, 모시러 왔습니다."

방금 품은 불신감을 날려 버리는 발랄한 목소리에 우리는 무심코 서로를 돌아봤다.

"수고하셨어요, 알바."

"아닙니다! 오잉크 님을 위해서라면 어디든 달려오겠습니다."

알바라고 불린 남자는 객차에서 내린 오잉크에게 동경의 눈빛을 보냈다.

거기에 경애 이상의 감정이 담긴 것처럼 보이는 것은 내 지나친 생각일까?

오잉크는 알바의 마차로 옮겨 타려고 했다. 하지만 그 전에 꼭 해야 할 말이 있었다. 너, 이 도시로 이어진 길을 잘 봐.

도저히 나라의 영웅을 환영하는 분위기가 아니잖아.

"오잉크, 아주 대단한 환영식인데? 줄 서던 사람들 좀 봐."

"그게 대체 무슨—."

길드 직원에게 비난 섞인 시선을 보내는 사람들과 검을 들이대서 얌전해진 동물, 중요한 화물이 망가졌는지 길드 사람과 드잡이를 벌이는 상인도 보였다. 이건 조금 너무하지 않은가?

그 참상을 목격한 오잉크가 험악한 표정으로 알바에게 물었다.

"……알바, 이게 어떻게 된 일이죠?"

"네. 마중 준비가 늦어서 조금 서둘러 길을 텄습니다."

"저는 될수록 큰일로 만들지 말라고 했을 텐데요."

"네. 그래서 이렇게 최소한의 인원으로 마중 나왔습니다."

"……그런가요. 그럼 당신은 먼저 돌아가세요. 저는 이 마차로 사람들에게 사과한 뒤 가겠습니다."

『광신자』라는 말이 머리를 스쳤다. 알바는 자신의 행위에 어떤 의문을 품기는커녕 이 참상을 보고도 대수롭지 않다, 신경 쓸 필요도 없다고 여기는 듯했다.

오잉크가 실망으로 해석되는 한숨을 쉬며 우리 쪽으로 돌아섰다.

"죄송해요. 마부석에 좀 태워 주실래요? 줄을 서던 분들께 사과드려야 해요."

"알았어. 그럼 류에와 레이스는 객차로 가줄래?"

두 사람 대신 오잉크가 마부석에 앉자 겨우 자신이 오잉크의 분노를 샀다는 사실을 깨달았는지, 알바가 급히 이쪽으로 와서 또 핀트에 어긋난 말을 꺼냈다.

"그렇다면 추후 이곳 사람들에게 제가 위문금을 보내겠습니다. 그쪽 마차가 좋으시다면 그 지시에도 따르지요."

그리고 알바는 바로 나에게 눈을 돌렸다. 그 표정은 지금까지 짓던 것과는 180도 달랐다. 마치 부모를 죽인 원수라도 보는 표정이었다.

"마부, 너는 비켜라. 내가 몰겠다."

"……무슨 소리야? 먼저 돌아가 달라는 말 못 들었어?"

"……쳇."

이것 봐라? 그 태도는 뭐냐? 형님 화낸다? 아마도 동년배겠지만.

하지만 그렇다고 친구 얼굴에 먹칠을 할 수는 없는 노릇이지. 잘 들으세요, 예로부터 꿀돼지에게 발라도 되는 건 꿀과 소금, 후추뿐이었습니다. 간은 맞춰야 하니까요.

"알바, 앞장서주세요."

"……알겠습니다."

그제야 마차가 움직이기 시작했다. 그리고 역시 오잉크가 밖으로 나온 의미는 컸다. 피해를 본 사람 한 명, 한 명에게 「죄송합니다」, 「나중에 길드로 오시면 정식으로 사과드리겠습니다」 같은 말을 건네자 그것만으로 모든 불만이 들어가 버렸다.
"……귀찮은 신봉자를 데리고 있군, 오잉크."
"……네. 이곳을 오래 비운 탓에 이런 문제도 생기네요."
오잉크가 쌓아 올린 영광이 만들어 낸 어둠일까?
그냥 축제를 즐길 생각이었지만, 기회가 있다면 빚을 갚을 생각도 있다. 필요하다면 말씀만 하십쇼, 총수님. 문질문질 문질.
"하, 하지 마세요. 이 까끌까끌한 건 뭐예요?"
"소금."

§ § §

도시 입구를 지나 가장 처음 나를 놀라게 한 것은 도로의 폭이었다.
차선을 나누어 마차 여섯 대가 동시에 오가는 모습은 원래 세계에 있을 때 본 차도와 같았다.
그뿐만이 아니었다. 보도 역시 깨끗하게 정비되어 수확제를 즐기는 가족이나 횡렬로 늘어선 통행인이 무난하게 지나갈 수 있는 넓이였다.
"류에, 레이스, 보여?"
"아, 네! 쭉 이 대륙에 살았지만, 이렇게 발전했을 줄은 꿈에도 몰랐어요……!"

"카이 군, 이 도시 대단해! 성밖에 없어!"

"아, 아니, 성이 아니라 그냥 높은 건물이 많은 거 아니야?"

류에가 말한 대로 거리에 늘어선 건물들은 모두 당연한 듯이 4층 이상의 규모를 자랑했다.

이런 건물은 한 도시에 두세 채 있으면 많은 편이었다. 그러나 이곳에는 그보다도 큰, 어지간한 빌딩 크기의 건물들이 늘어서 있었다.

마치 이 도시만 문명이 수 세기 미래로 간 것 같은 발전 속도였다.

"오잉크…… 멋져! 대도시잖아!"

"후후, 마음에 드셨다니 다행이에요. 과거 위인의 지식과 현대인의 지식, 그리고 미래를 꿈꾸는 젊은이의 정열을 하나로 묶어 힘겹게 도달한 첫 희망의 나라예요."

"이게 네가 싸워서 쟁취한 나라, 꿈의 형태란 말이지……."

다시 한 번 이 희망에 찬 친구에게 경의를 표한다. 그야말로 살아 있는 위인이라고 불러 마땅한 위업에 괜히 나까지 자랑스러웠다.

앞서가던 마차를 놓쳐서 오잉크의 안내에 따라 메인 스트리트를 달리다가 좁은 길로 들어갔다.

물론 좁다고는 해도 다른 도시보다는 훨씬 넓었다. 보도 위에서 노점이 영업을 시작했는데도 불구하고 보행자들은 여유롭게 오갔다.

그때, 보도가 몇 가지 색으로 나뉜 사실을 깨달았다.

빨강과 파랑, 녹색으로 컬러풀하게 칠한 돌바닥이 끝없이 이어지는 광경에 나는 원래 있던 세계의 큰 역을 떠올렸다.

"카이 씨, 눈치채셨나요? 아무래도 목적지에 따라서 길을 칠했나 봐요. 오렌지색이 음식점이 모인 곳, 노란색이 옷가게라고 간판이 세워져 있어요."

"아, 역시 그렇군. 이건 편리하겠어."

"오~! 이게 있으면 나도 미아가 안 되겠어! 오잉크, 고마워!"

"후후, 이건 제 아이디어가 아니에요. 사실 이 도시를 개조할 때 참고한 서적이 있거든요. 지금은 돌아가신 해방자 이구조 씨가 남긴 『미래 예상도』라는 일종의 도시 계획서를 바탕으로 건설을 추진했어요."

"……농작물 품종 개량에 농법 전수, 정말로 뭐하는 사람이야?"

혹시 당신도 일본에 있을 때 지하 던전으로 악명 높은 신주쿠 역에서 길을 잃으셨습니까……? 어쩐지 이름부터 도쿄에 가고 싶어 보이더라[#1].

오잉크의 안내를 받으며 마차를 모는 사이 막다른 길에

#1 어쩐지 이름부터 도쿄에 가고 싶어 보이더라 일본의 가수 요시 이쿠조의 노래 『나 도쿄에 갈란다(俺ら東京さ行ぐだ)』를 이용한 말장난.

다다랐다.

그 끝에는 주위 건물보다 조금 낮은 건물이 버티고 있었다.

"보이네요. 저기가 모험가 길드 세미피나르 본부예요."

"의외로 작네. 아니, 주위 건물들이 너무 커서 그런가?"

"후후, 맞아요. 너무 화려한 건물을 세우면 이 나라를 지배하는 게 길드라는 인식을 주니까요. 길드는 어디까지나 조정자예요. 이 나라에 있는 수많은 조합이나 조직 중 하나에 불과하다는 입장이죠."

그렇지만 그 규모는 엔드레시아 길드 본부보다 훨씬 컸다. 그쪽 길드가 은행이라면 이쪽은 작은 리조트 호텔이었다.

그대로 길드 건물 옆을 지나 뒤편으로 가자 상상 이상으로 넓은 마차 대기소와 마물을 관리하는 마구간, 그리고 모험가들이 저마다 몸을 단련하는 훈련장이 펼쳐져 있었다.

……그리고 먼저 도착한 알바라는 사람도 우리를 기다리고 있었다.

"오잉크 님, 돌아오시길 기다렸습니다. 꼭 들어주셨으면 하는 안건이—"

"네. 이제야 왔어요, 알바. 잠깐 기다려주세요. 이들에게 할 이야기가 있어요."

간절히 기다렸는지 알바는 다짜고짜 이야기를 시작하려고 했지만, 오잉크가 그를 막았다.

그러자 그는 또 불만스러운 표정으로 우리를 노려봤다.

……광신자 같으니. 그렇게 계속 아니꼽게 노려보면 나도 신사답게 대해 줄 수 없다.

“본본, 긴히 할 이야기가 있지만, 우선 오랫동안 여행하느라 쌓인 피로를 푸세요. 길드 쪽에는 제가 이야기를 해둘 테니 이 도시에 머무는 동안은 그곳을 쓰시면 돼요.”

“알았어. 그리고—.”

친근하게 말을 거는 오잉크를 본 알바가 이제는 숨기려고도 하지 않고 나에게 살의를 드러냈다.

……귀찮네. 말귀는 알아먹을 테니 여기서는 이게 나설 차례겠지.

나는 오랜만에 메뉴 화면에서 메일 창을 열어 오잉크에게 메일을 보냈다.

전에 레이스가 눈앞에 나타나자 그동안 밀린 메일이 한꺼번에 송신된 적이 있었다.

그것을 의도적으로 행할 수 있을지 시험해 봤다. 그러자 그리운 전자음이 머릿속에 울렸다.

[제목:(´･ω･`)?!]

[(´･ω･`)어떻게 된 거야?! 메일 기능이 부활했어!]

야, 꿀돼지. 내가 보낸 메시지에 대답하라고.

그리운 이모티콘을 보고 무심결에 웃음이 흘러나왔지만,

빨리 답장을 보내라고 눈치를 줬다.

내가 보낸 내용은 이랬다. 『이 도시에서 지내는 동안 가짜 신분증, 길드 카드를 줄 수 없어?』. 아직 알비스 사건이 넓게 퍼지지는 않았겠지만, 이 수확제를 통해 많은 사람들에게 알려질 수도 있었다. 그렇다면 이곳에 있는 동안은 『카이본』이 아니라 다른 모험가로 지낼 수 없을까, 하여 요청한 것인데…….

다시 머릿속에 전자음이 울리고 메일 창에 나타난 글은—.

[제목:(´·ω·`)알았어~.]

[(´·ω·`)본본에게 가짜 신분으로 『백은장 모험가 카이』라는 카드를 발급할게. 그리고 청색 카드는 아직 이 도시에 알려지지 않았으니까 류에도 일시적으로 백은장으로 처리하겠다고 전해주셈.]

나도 류에도 이 도시에서는 백은장이란 말이지?

옆에서 보면 서로 말없이 바라보는 상태일 테니까 슬슬 끝내자.

"아니, 아무것도 아니야. 방은 알아서 준비해줘. 우리는 이대로 도시를 잠깐 돌아보고 올게."

"알겠어요. 가능하면 저녁까지는 방으로 돌아와 주세요."

흠, 저녁 식사 권유인가? 좋아, 그럼 이걸로 한 방 먹여 볼까?

조금 목청을 높여 오잉크에게 밀착해 들으라는 식으로 말했다.

“또 저녁 권유야? 오잉크도 욕심쟁이군.”

“으잉?! 잠깐, 갑자기 무슨 소릴…… 이러시면 곤란해요. 사람들이 보는 앞에서…….”

“안 보는 곳이면 괜찮아?”

대화를 끝내고 농담이라고 눈짓하자 오잉크도 내 의도를 파악했는지 조금 어이없는 표정을 지으면서도 장단을 맞췄다.

“그럼 괜찮은 곳을 찾아 준비한 뒤에 다시 부를게요.”

“그래, 기대할게.”

떠나면서 본 알바는 분기탱천이라는 말이 얼굴에 적혀 있었다.

순종하기만 하는 남자가 여심을 차지할 수 있다고 생각하면 큰 오산이야. 네가 하는 짓은 그냥 충견 노릇이라고.

하지만 나는 잊고 있었다. 질투하는 사람이 그 한 명만이 아니라는 사실을.

……레이스 누님, 기분 푸시죠. 얼굴 좀 보여 봐요. 눈이 새빨갛잖아요!

§ § §

수확제를 구경하러 가기 전에 어떤 이벤트가 열리는지 알아보려고 길드 건물로 들어갔지만, 사람들 생각은 다 똑같은지 길드 안쪽에 난생처음 보는 규모의 인파가 몰려 있었다.

모두 다 모험가는 아니었다. 길드가 밀접하게 관련된 나라의 중추 아니랄까 봐, 주민으로 보이는 사람도 시설을 이용했다. 아마 관공서 역할도 하는 것 같았다.

"팸플릿을 나눠주나 봐요. 제가 줄을 설 테니 두 분은 게시판을 확인해주세요."

"레이스, 괜찮아? 내가 대신 줄 설까?"

"류에, 그냥 나랑 게시판을 보러 가자!"

레이스 누님, 무언으로 전력 긍정. 이런 곳에 류에를 혼자 두면…… 아시죠?

나는 류에의 손을 잡고 게시판으로 갔다. 예상대로 이 인파 속에서도 특히 밀도가 높은 그곳은 콩나물시루를 넘어 들어가면 빈대떡이 될 것 같은 상황이었다.

에잇, 이대로 전부 날려 버릴까, 하고 위험한 생각까지 스치던 그때, 내 다리 사이를 꾹꾹 누르는 느낌이 느껴졌다.

……치한? 아니, 설마 그건 아니겠지. 다리를 벌리자 그곳으로 나타난 것은 커다란 밀짚모자를 쓴 소녀였다.

"아무것두 안 뵈킨다햄……."

"아기다르…… 사투리……?"

나타난 소녀가 중얼거린 말은 『아무것도 안 보인다』는 뜻이었다.

그런데 말끝에 붙은 『햄』은 뭐야?

밀짚모자가 빙글 돌았다. 뭐야, 왜 돌아봐?

돌아본 그녀는 고개를 들었고 상황을 지켜보던 나와 눈이 마주쳤다.

갈색 곱슬머리를 풍성하게 기르고, 검고 동그란 눈을 가진 소녀였다.

조금 짓궂어 보이는 그 아이는 나를 보면서 작은 입을 열었다.

"껌정 오빠, 엄청 크다햄. 햄이 들어줄 수 있나햄?"

"나, 나 말이야?"

부탁이라면 들어는 주겠지만, 이 아가씨, 꽤나 행동파군.

조심스럽게 손을 뻗은 순간이었다. 어느새 인파에 섞여 떨어졌던 류에가 눈을 빛내며 억지로 옆까지 밀고 들어왔다.

"내, 내가 어깨에 태워줄게! 자, 이리 온."

"하얀 언니햄. 알겠다햄."

"아~, 귀여워…… 옳지, 옳지. 이리 온."

역시 아이를 좋아하는 류에다웠다. 류에는 헤실헤실 웃으며, 다가온 소녀를 꽉 안아 들어 어깨 위에 태웠다. 내가 보기에는 둘 다 귀여워!

"보여? 함부로 움직이면 안 된다?"

"쪼끔 더 앞으로햄."

위태롭지만 흐뭇한 두 사람의 모습을 보고 주변 사람들도 길을 터줬다. 결과적으로 목말을 태울 의미가 없어질 만큼 이동한 두 사람을 보며 나는 피식 웃음을 흘렸다.

두 사람을 따라 나도 가장 앞쪽으로 갔다. 어디 보자, 게시판에 적힌 내용은…….

"뭐야, 이건 의뢰 게시판이잖아? 수확제를 안내하는 곳은 옆인가?"

"아, 정말이네. 카이 군, 이곳에서도 의뢰를 받을 거야?"

"이번에는 안 해도 되겠지. 순수하게 축제를 즐기자."

가장 앞쪽이니까 이제 괜찮다고 생각한 류에가 밀짚모자 소녀를 바닥에 내려줬다.

그러자 소녀는 게시판의 어떤 부분에 관심을 가졌는지 한 점을 응시했다.

흠……『너도 이 기간에 용돈을 벌자! 교통정리 희망자는 길드로 문의 바람!』이라…….

하긴, 이 도시는 많은 마차가 왕래하니 교통정리가 필요하겠지.

그립네, 교통정리 아르바이트. 교통량이 많은 공사 현장이 걸리면 생지옥이 펼쳐지지.

"카이 군, 이게 뭐야?"

의문을 품은 류에에게 내가 아는 교통정리 방법을 알려줬다.

그러자 무슨 재미있는 이야기라도 들은 것처럼 반응하더니—.

"와아! 봉을 휘두를 뿐인데 돈을 벌어? 재미있는걸."

"아니, 그게 말처럼 쉽지 않아."

그때였다. 게시판을 보던 소녀가 눈을 반짝반짝 빛내며 휙 돌아서서 인파 속을 빠르게 빠져나가 어딘가로 사라졌다.

"아, 가 버렸다……. 정말 귀여운 아이였어……. 좋은 냄새도 나고."

"그래? 향수라도 뿌렸나 보지? 깜찍한 아가씨일세."

"응? 뭐랄까, 햇볕 같은 냄새가 났어."

그거 알아? 흔히 『햇볕 냄새』라고 하는 냄새는— 아니, 관두자.

그나저나 밀짚모자에 햇볕 냄새라…… 정말로 태양 같은 소녀다.

내 마음속에서 그녀의 호칭은 『태양 소녀』로 굳어졌다.

"아, 찾았다. 죄송해요. 늦었죠?"

게시판에서 멀어지자 때마침 레이스가 팸플릿을 들고 돌아왔다.

그렇다면 일단 이 번잡한 장소를 벗어나자고 생각해 우리는 길드를 나왔다.

§ § §

“와! 이렇게 많은 이벤트가 개최되는구나!”

“맞아요! 카이 씨, 보세요. 수확제가 정식으로 열리는 건 모레인 15일부터인가 봐요. 그러니까 우리는 모든 이벤트를 즐길 수 있어요.”

“그거 희소식이군. 역시 축제는 처음부터 끝까지 즐겨야 제맛이지.”

“개최 기간은 다음 달인 8월 15일까지 꼬박 한 달간이에요. 사실 항상 손님에게 이야기를 들어서 내심 부러웠거든요.”

류에가 먼저 가게를 보자고 제안하자, 팸플릿을 확인하던 레이스가 천천히 눈을 감고 기쁨을 곱씹듯이 말했다.

아, 그렇군. 지금까지 레이스를 둘러싼 환경은 결코 그녀에게 편안하지만은 않았다. 어디로 가든 언제나 아캄의 그림자가 따라붙었으니까.

부크 씨가 다스리는 영지에서 나올 수도 없이 머나먼 땅을 하염없이 마음에 그렸다.

그런 과거를 뛰어넘어 레이스는 마침내 이곳까지 왔다.

“레이스, 이제부터는 가고 싶은 곳에 갈 수 있어. 그러니까 함께 많은 것을 즐기자.”

“네……! 앞으로도 셋이서 함께해요!”

다시 목적지를 향해 걸어가는데, 팸플릿을 열심히 들여다보던 류에가 「다른 대륙의 물건을 다루는 상점가가 있대!」라고 외치며 우리를 돌아봤다. 그 얼굴에 가고 싶다고 쓰여 있었다. 물론 나와 레이스도 그것을 거절할 생각은 없었다.

방향을 바꿔 운하를 따라 난 길을 걸었다. 커다란 배가 물 위를 천천히 떠다녔다.

대륙 밖에서 공연이라도 하러 왔는지, 배 위에는 많은 광대와 재주꾼이 저글링이나 퍼포먼스를 펼치고 있었다.

운하에 걸린 큰 다리에는 그들을 구경하려는 많은 사람들이 몰려들어 즐거운 환성과 아이들이 떠드는 소리로 주위가 들끓었다.

그 즐거운 분위기에 전염됐는지 나까지 나잇값도 못하고 마음이 들떠서 신나게 놀고 싶어졌다.

"아, 저게 소문으로 듣던 팬터마임인가요?! 카이 씨, 보세요!"

"보이지 않는 벽…… 주문도 없이 장벽 마술을 쓰다니…… 대단한걸."

"하하하…… 정말로 재미있네."

그런 신선한 반응을 보이는 두 사람을 보는 게 가장 즐거웠다.

다리 위에서 그 집단을 구경하며 강을 건너자 조금 전까지 행인으로 북적이던 거리가 다시 많은 마차들이 오가는 큰길로 변했다.

아마 운하를 통해 옮긴 물건을 매입하러 온 각지의 상인들이겠지. 그들은 1분 1초가 아까운 듯한 속도로 도로를 오갔다.

그런 복잡한 도로의 한가운데에 눈에 띄도록 높게 설치된 발판이 있었고, 그곳에서 한 남자가 붉게 빛나는 봉을 휘두르고 있었다.

설마 정말로 경광봉을 흔들 줄이야……. 이 정도 교통량이면 여간 힘들지 않을 텐데…….

"정말로 경광봉을 들었어……. 얼마나 피곤할까."

"저건 뭘 하는 거죠?"

"교차로에서 옆으로 돌아갈 마차를 위해 잠시 통행을 막거나 지시를 내리는 거야. 저 봉 보이지? 저걸 움직여서 신호를 보내는 거야."

자세히 보니 남성은 이미 이 일에 신물이 나는지 눈이 퀭했고, 움직이는 손에도 의욕이 없었다.

힘내. 네 행동 하나로 대형 사고가 일어날지도 모르니까.

그에게서 시선을 떼려고 했을 때였다. 마차가 잠깐 뜸해진 순간을 노려 한 소녀가 그 발판을 향해 달렸다. 손에는 어디서 주웠는지 나무막대기를 들었고, 그것을 아무렇게나 휘두르며 교통정리를 하는 남성 곁으로 다가갔다.

멀어서 들리지는 않지만, 다투는…… 것일까?

"아, 저거 아까 그 애야! 위험하게……."
"저기, 상황이 심상치 않은…… 앗!"
그 직후, 태양 소녀가 발판에 선 남자의 발에 차여 도로로 굴러 떨어졌다.
그것도 최악의 타이밍에, 맹렬한 속도로 달려오는 마차가 코앞까지 들이닥쳤을 때였다.
순간 다리에 힘을 줬다. 달려가면서 검을 꺼내 어빌리티를 교체— 안 돼!
늦었다. 뭔가 기술을 쓰기에도 전부 늦었다. 너무나 순식간이었다.
끔찍한 사고를 직시할 수 없어 눈을 감아 버린 순간, 시끄러운 소리와 비명이 주위에 메아리쳤다.
어째서 이런 일이 벌어졌을까?
지금까지 목숨을 걸고 싸워 왔고, 직접 목숨을 빼앗기도 했다. 그러나 이건 너무나도—.
"카이 군, 나, 저 사람 보고 올게!"
"카이 씨, 괜찮아요. 아이는 무사해요!"
눈을 뜬 순간, 바로 옆으로 류에가 뛰쳐나갔다.
그녀가 향하는 곳에는 돌 타일이 어지럽게 흩어지고 작은 크레이터가 생겨 있었다.
그 중심에는 한 남자의 한쪽 다리가 파묻혀 있었다. 그것은 그가 마차를 막고 모든 충격을 한쪽 다리로 버텨냈다는 사실을 증명해줬다.

“저건…… 방금 배에 있던 광대……?”

그는 요상 망측한 모습을 하고 있었다.

하반신에는 샛노란 파레오만 감아 맨다리가 그대로 드러났고, 상반신은 나체라서 단단한 근육과 털이 조금 많은 가슴팍을 고스란히 보여줬다.

머리는 마치 양파나 뒤집은 전구처럼 끝으로 갈수록 가늘어지는 괴상한 형태였다.

솔직히 지금이 축제 기간이 아니었다면 길드로 연행될 수준이었다.

목에는 마치 목도리도마뱀처럼 주름진 부채 같은 것을 둘렀다.

러프칼라라고 하던가? 그건 알몸에 단독으로 차는 게 아닐 텐데?

솔직히 어디를 어떻게 봐도 변태였다.

류에를 쫓아 사고 현장으로 다가간 나는 그 처참한 상황에 무심코 인상을 찌푸렸다.

마차를 몰던 마물은…… 다 죽어 가고 있었다. 류에가 바로 치유를 개시했다.

“저 사람은 아무 데도 안 다쳤어. 물론 이 아이도.”

바닥에 주저앉은 태양 소녀는 이제야 공포가 밀려든 모양이었다.

검은 눈동자에서 눈물을 쏟으며 숨이 넘어갈 것처럼 이야기했다.

"해…… 햄도 돈이 필요해서, 봉 흔들었는데…… 절루 가라고 찼다햄……."

"그건…… 미안. 제대로 절차를 밟지 않으면 일은 못 받아."

"몰러써햄…… 햄 아무거뚜 몰러햄……."

내가 제대로 설명하지 않은 것도 이 사고의 원인일지도 모른다.

그리고 아무것도 모르고 일하는 사람에게 달려간 아이도 잘못했는지도 모른다.

하지만…… 어이, 그 교통정리원 어디 갔어?

주위를 돌아봐도 그는 이미 보이지 않았다.

하지만 그 직후 큰 고함이 울리며 운하에서 한 남자가 나타났다.

그는 조금 전까지 교통정리를 하던 남자를 손으로 끌면서 이쪽으로 다가왔다.

"저 싸가지 없는 꼬맹이가 잘못했잖아! 왜 날 붙잡고 난리야!"

"그럼 왜 도망쳤는지 말해봐. 다행히 아무도 안 죽었으니까 얌전히 길드로 따라오기나 해. 그 전에 저 아가씨한테 사과하고."

나이는 서른이 조금 못 미치는 정도…… 한마디로 나랑 동년배에 체격이 조금 마른 남자가 교통정리원을 끌고 왔다.

그러나 교통정리원은 자신은 잘못이 없다고 아득바득 소리칠 뿐 사과할 기미가 없었다. 이대로는 끝이 안 난다.

그러자 류에가 그 사람 앞으로 다가가 입을 열었다.

"사과 안 해도 돼. 어서 길드로 데리고 가. 이따가 우리가 모두 이 사람에게 엄벌을 내리도록 탄원할게."

"알았수다, 누님. 미안하지만 나도 딸이 있는 사람으로서 넌 정상 참작의 여지도 없을 줄 알아. 마지막 기회를 제 발로 찼으니까 철창 안에서 후회나 실컷 하라고."

류에의 목소리는 깊고 어두운 구렁텅이 속에서 들리는 것 같았다.

그렇겠지. 아무렇지도 않게 아이를 죽일 뻔해 놓고 아무런 사과도 없었으니까.

나도 허용만 된다면 지금 당장 패고 싶을 정도였다.

그러나 바로 옆에 나보다 더 화가 난 사람이 있는 탓에 냉정해지고 말았다.

"레이스, 이미 끝난 일이니까 일단 진정하자. 응?"

"이렇게 어린 아이를 발로 차고 저렇게 나오잖아요……. 절대로, 절대로 용서 못 해요."

고, 고정하옵소서……. 진노하신 모성의 신이시여, 고정하옵소서…….

그 후, 길드에서 달려 온 직원이 현장 검증과 심문을 시작했다.

사고가 난 마차에 탔던 상인은 마물도 치료받았고 소녀도 변을 당하지 않아 천만다행이라며 특별히 문제 삼지 않았지만, 우리는 교통정리원에게 마차 수리비를 요구하라고 모두 입을 모아 제안했다.

그리고 그 광대 같은 사람은…… 어느샌가 사라졌다. 광대들이 탄 배에 문의해도 그런 인물은 소속되지 않았다는 대답이 돌아왔다.

수수께끼가 남았지만, 그래도 희생자가 나오지 않은 것은 행운이었다.

나는 아직도 분노로 치를 떠는 두 사람을 가까스로 달래고 본래 목적지인 상점가로 향했다.

§ § §

"어이가 없어! 으적…… 아직 화가 안 가라앉아! 으적으적."

"류에, 음식을 입에 넣고 말하면 안 돼요."

"그러는 레이스도…… 벌써 다 먹었네……?"

노점에서 산 캐러멜맛 견과 쿠키를 씹으며 씩씩대는 류에를 나와 레이스가 나란히 걸으며 달랬다.

태양 소녀에게 무척 애착이 생겼나 보다. 어쩔 수 없다는 생각도 들었다.

"그래도 맛은 좋네! 흥!"

"후후, 맛있으면 웃으면서 먹어야죠."

오독오독 소리를 내는 류에에게서 시선을 돌리자 작은 가게들이 옹기종기 모인 구역이 보였다.

가게의 모양새도 다 제각각이라서 많은 관광객들이 각양각색의 가게를 신기하게 구경하며 거닐었다.

이곳이 국외에서 들여온 물건들이 모이는 거리인 모양이었다. 그것을 보고 지금까지 기분이 좋지 않았던 류에가 환성을 지르며 가장 가까운 가게로 돌격했다.

"후후, 화가 풀려서 다행이에요."

"레이스도. 쿠키를 먹을 때까지는 엄청 화냈었잖아."

"으…… 아이를 키우던 입장에서는 어쩔 수 없어요."

"알아. 나도 마음은 이해해."

자, 그럼 이쪽 세계의 동생, 류에를 쫓아가 볼까.

류에가 간 곳은 민속 공예품을 다루는 가게였다.

아기다르에서 본 목공품부터 식물 줄기를 엮어 만든 장식, 그밖에도 실을 아름답게 염색한 편물 같은 수제품의 따스함이 느껴지는 물품이 진열되어 있었다.

그러고 보니 류에는 숲에서 살 때 직접 의자나 탁자, 식기 따위를 나무로 만들었다고 했다. 역시 이런 가게에 관심이 있는 것일까?

"레이스, 레이스. 이 가게 재미있지 않아? 직접 만든 물건이 많아."

"정말이네요. 다른 곳에서 못 본 물건뿐이에요. ……카이 씨, 잠깐 여기를 구경해도 될까요?"

물론 괜찮다고 고개를 끄덕이자 두 사람은 활짝 웃으며 가게 안을 돌아보기 시작했다.

그래, 레이스도 손끝이 야무졌지. 이 가게는 원래 세계에 비유하면 수공예품 가게일까? 확실히 여성에게 인기 있을 만했다.

잠시 기다리자 두 사람이 뿌듯하게 웃으며 종이봉투를 끌어안고 돌아왔다.

뭘 샀는지 묻자 레이스는 뜨개질용 바늘을, 그리고 류에는 톱줄과 나무 열매 기름을 샀다고 했다. 흠? 레이스가 뜨개질을 하는 모습은 몇 번 봤으니까 신기하지 않지만, 류에는 그것들을 어디에 쓰려는 것일까?

"후후후…… 사실 어떤 물건을 만들고 있거든. 예쁘게 깎아서 기름으로 광을 내면 완성되는 단계까지 왔어. 이거 봐."

류에가 그렇게 말하며 꺼낸 물건은…… 익숙한 형태를 한 헤어밴드였다.

"……그렇게 가지고 싶었어? 그 장수풍뎅이 뿔."

"사실 아기다르에서 몰래 사려고 했는데, 그냥 직접 만들었어."

오빠는 네가 왜 그 뿔에 집착하는지 이해가 안 되는구나.

혹시 그 숲에 장수풍뎅이가 서식해서 좋아했던 것일까?

그녀들은 다시 가게들을 구경하며 길을 따라 걸었다.

민속 공예 말고도 금속 제품이나 수입 식품 가게가 늘어서 있어서, 구경하며 걷기만 해도 충분히 즐거웠다. 여성들이 윈도쇼핑을 즐기는 이유를 알겠다.

건조식품 가게를 돌아보는데 어느새 옆 가게로 이동하던 두 사람이 말을 걸었다.

"아, 카이 군이 또 다시마 같은 거 본다. 그런 것보다 여기로 와 봐."

"음? 그쪽은 무슨 가게야?"

"신기한 물건이 잔뜩 있어요. 마도구……일까요?"

옆 가게로 이동한 우리는 그 가게의 노골적인 수상함에 한 발 뒷걸음쳤다.

마치 핼러윈처럼 장식된 어두운 가게 내부와 잡다한 상품들.

우산 보관대에 꽂힌 무언가의 뼈로밖에 보이지 않는 지팡이들.

어디에 쓰는지 알 수 없는, 붉은 생선 형태를 한 탈까지 매달려 있었다.

"이건 뭐야……? 도미? 축하할 자리에서 쓰기라도 하나……?"

가격표를 보자 『13,600룩스』라고 결코 싸지 않은 액수가 적혀 있었다. 정말로 어디에 쓰는 물건이야?

큰맘 먹고 가게로 들어가자 안쪽에서 주인으로 보이는 노파가 나타났다. 그것도 전형적으로 수상한 모습에 수상함의 표본 같은 웃음소리를 내면서.

"히히히…… 이게 누구신가? 귀한 손님이 오셨구먼. 오늘로 세 명째야."

"다시 말해 오늘은 우리밖에 손님이 없었다는 뜻이죠?"

무심코 걸고넘어지고 말았다. 아니, 이 가게 그렇게 장사가 안 돼?

"그런 뜻이 아니야. 거기 두 처자도 신기한 기운이 들지만, 총각만큼은 아니구먼. 더없이 이질적인 기운이 들어."

노파의 눈을 본 순간, 단순히 장사를 위한 이야기는 아니라고 이해했다.

깊은 어둠 같이 끝을 알 수 없는, 마치 내 내면을 엿보는 것 같은 눈동자였다.

마른침을 꿀꺽 삼키며 뒷걸음질 칠 것 같은 다리에 힘을 주고 다음 말을 기다렸다.

"이런 기운이 오늘만 세 명째. 이번 수확제에는 뭔가 사건이 일어날 것 같구먼."

"……저 같은 사람이 두 명 더 왔었다고요?"

만약 이 노파가 느낀 이질적인 기운이 『신예기를 살았던 인간』에서 유래한 것이라면?

아니, 그건 아니다. 류에와 레이스도 신기하지만 나만큼은 아니라고 했다.

그렇다면— 그건 플레이어를 의미하는 것은 아닐까?

"앗, 할머니가 또 이상한 말을 해. 방금 나한테 똑같은 소리를 했잖아."

"히히히, 그랬던가?"

……아, 내 착각이군요. 잘 알았습니다.

겁도 없이 류에가 가게 주인에게 다가가서 어떤 작은 병을 건넸다.

대체 뭔가 싶어 류에에게 묻자 이곳 주인에게 추천받은 물건이라나? 참고로 병의 내용물은 은제품을 닦기 위한 연마제라고 했다.

"봐봐, 이거 카이 군이 사준 머리 장식이야. 이게 사실은 더 빛나는 거야. 그래서 이 약으로 닦아 보려고."

"히히히…… 그래? 이 총각이 사줬다고……. 그랬군. 젊은이, 많은 것을 짊어지고 있나 보구먼."

"할머니, 아직도 그 소리세요?"

"그냥 늙은이가 노망나서 하는 소리지. 다만…… 총각은 지금까지 많은 도리를 뒤틀어 억지로 정답을 골랐던 것처럼 보여. 앞으로도 생각대로 살아가게. 그게 제일이야."

흐음, 단순히 분위기를 내려고 한 것치고는 묘하게 뼈가 있는 말이었다.

하지만 나는 지금까지 내 생각대로 살았고 앞으로도 그럴 것이다. 너무 깊이 생각할 필요는 없겠거니 하고 나도 이 신기한 가게를 돌아보기로 했다.

이렇게 다시 보니까 수상한 상품뿐만 아니라 레이스 말대로 마도구처럼 묘한 기운이 느껴지는 자잘한 도구도 놓여 있었다.

사연이 있어 보이는 펜던트나 이상하게 녹슨 검, 게다가 당장에라도 눈을 깜빡일 것처럼 정교한 인형까지…… 그야말로 『마녀의 가게』다운 상품이 전시되어 있었다.

계속해서 가게를 구경하는데 레이스가 액세서리가 든 쇼케이스 앞에 서서 흥미롭게 안쪽을 들여다보는 장면을 목격했다.

"레이스, 뭐 재미있는 거라도 발견했어?"

"아, 카이 씨. 실은 이 쇼케이스에 든 물건만 묘하게 등급이 높다고 해야 할까…… 이곳에 어울리지 않는 이해하기 힘든 오라를 가진 느낌이 들어서요……."

레이스가 당황해하며 말했다. 그녀의 안목은 나도 잘 아는 바였다. 레이스마저 헤아리기 힘들다니, 과연 어떤 물건인지 들여다봤다.

그곳에는 사람 손 모양을 본뜬 반지 스탠드가 나란히 서 있었고, 손가락마다 다양한 장식이 들어간 반지가 끼워져 있었다.

"반지…… 하지만 왠지 으스스해서 액세서리라는 느낌이 안 들어."

"네. 특히 이 아머 링이 신경 쓰여요……."

레이스가 가리킨 것은 손가락용 갑옷이라고 할 수 있는 물건이었다.

은색에 세세한 장식이 새겨진 그것은 고딕 양식의 인상을 줬다.

쇼케이스를 열어 그 반지를 꺼내 봤다. 손가락의 움직임에 따라 가동하는 구조였다. 흠, 평범하게 멋있군. 세련됐어.

"아주 잠깐만 실례."

너무 궁금해서 잠깐 아이템 박스에 넣어 설명문을 확인했다.

『새저태리어스의 지침(指針)』

구세계의 유산. 제작자: ※※니 ※※아리스

『부여 어빌리티』

[명중률 +15%]

[공격력 +15%]

[원거리 공격 비거리 +50%]

[부위 파괴 확률 상승]

[충격 저항]

[시야 보호]

스테이터스를 확인한 아이템을 다시 꺼내서 떨리는 손으로 조심스럽게 원래 위치로 돌려놓았다.

이게 뭐야? 단순한 액세서리에 이런 어빌리티가 붙는다고?

게임 시절 액세서리는 단순히 겉모습만 바꿀 뿐이었다.

하지만 이 세상은 게임과 달리 어떤 물건이든 효과가 부여되는 것 같았다. 전에 류에에게 선물한 머리 장식이 그랬던 것처럼.

하지만 이것은 너무 강력했다. 이런 작은 반지에 유용한 어빌리티를 꽉꽉 눌러 담았다. 그것이 얼마나 대단하냐면, 내가 쓰는 탈검에 필적할 정도였다.

"레이스, 이거 사자. 아니, 내가 사줄게. 반드시 너에게 보탬이 될 아이템이야."

"네? 저기, 그렇게나요?"

"솔직히 사이즈가 맞다면 내가 가지고 싶을 정도야. 레이스는 마궁을 쓰니까 손가락을 보호하는 골무가 필요하지? 이게 적당하지 않을까?"

"아, 실은 저도 마침 필요한 참이었는데…… 가격표가 없어서 손대기가 겁나더라고요."

"이거라면 2천만까지는 내도 돼."

게임 시절 물가로 환산하면 이것도 싼 편이었다. 액세서리 하나로 이토록 사격 계열을 강화하는 어빌리티가 들어오니까 말이다.

아, 잠깐. 그렇게 기겁하지 마. 이건 정말로 그만한 가치가 있다니까?

바로 반지를 가지고 가게 주인에게 갔다. 그리고 생각지도 못한 광경을 보게 됐다.

"할머니, 이러면 돼?"

"그래그래, 류에는 손도 야무지지. 무늬를 따라서 부드럽게 움직이렴."

"점점 예뻐져. 전보다 훨씬 예뻐."

"후후후, 잘 됐구먼. 아, 끝부분까지 천을 움직이고 난 다음에는 한번 손을 뗀 뒤에 원래 위치에서 반복해야 한단다. 반대 방향으로 문지르면 큰일 나."

"응, 알았어. 후후, 재미있어, 할머니."

……주인 할머니, 캐릭터 붕괴 아닌가? 조금 전 마녀 같은 분위기는 다 어디 갔어?

그래도 우리 류에가 워낙 착하고 귀여우니까 감화돼도 어쩔 수 없지.

즐거운 시간을 보내는데 찬물을 끼얹는 것 같아서 미안하지만, 계산대에 물건을 놓았다.

"여기요, 이 반지를 사고 싶은데요."

그 직후, 머쓱한 표정을 지은 주인이 다시 분위기를 잡으며 웃었다.

"……히, 히히히…… 뭐가 필요한가?"

"이제 와서 분위기 잡으셔도 늦었다고 봅니다."

"……관둬야겠구먼. 그래서, 총각은 이게 필요하다고?"

주인이 반지를 내려다봤다. 그러나 어쩐지 신통찮은 표정으로 다시 나에게 눈길을 돌렸다.

팔 마음이 없는 것일까? 아니면 애초에 파는 물건이 아니었나?

"이건……. 내 가게는 보다시피 사연 있는 물건이 많다네. 그래도 어떤 운명을 겪었는지 가능한 한 알아보고 가게에 내놓지."

주인은 이야기해줬다. 이 가게가 자신에게 대물림된 사실, 물건 대부분은 주술적인 것이나 마도구의 시제품이라는 사실, 무슨 사건에 관련되어 때로는 사람의 목숨을 위협한 적도 있는 물건이 섞여 있다는 사실…… 즉, 정말로 『사연 있는 물건』이라는 사실들을.

"성직자에게 정화를 받긴 했지만 말일세. 다만, 이 반지만은 유래도 사연도 아무것도 몰라. 가게를 이어받을 때 어느 샌가 섞여 있던 물건이지."

"아니, 그런 물건을 여태 진열해 뒀어요?"

"왠지 생긴 것부터 품격이 느껴지지 않나? 그냥 있어 보이려고 둔 걸세."

상인 정신이 투철한 주인이었다. 그나저나 실제로 지금까지 남에게 넘어가지 않았다면 역시 파는 물건이 아닌 건가?

"……처음에 말했지만, 총각은 제법 기구한 운명의 소용돌이 속에 있어. 농담이나 분위기를 내려는 의도도 있지만, 나도 조금은 **볼** 줄 안다네. 자네는 정말로 신비한 손님이야. 그러니 이 신기한 물건도 총각에게라면 팔아도 좋아."

다시 주인의 눈동자에 깊은 어둠이 깃들었다. 내 운명이 기구하다는 것은 누구보다 내가 잘 알지만, 이제야 팔려 나가는 이 물건 또한 그렇게 기구한 운명을 걸어왔을까?

"그럼 계산할게요. 얼마죠?"

여러모로 생각해 봤지만, 결국 『성능 좋은 장비를 산다』는 결론은 변하지 않았다. 이야기를 돌려 현실적인 문제로 넘어가자. 그래서 결국 몇 만입니까?

"총각이 적당하다고 생각하는 금액을 내게. 나는 내가 가치를 모르는 물건에 값을 매길 만큼 무책임하지 않아."

오호라, 가치는 내가 정하라? 그렇다면 1룩스짜리 동전 하나 던져 놓고 사라지는 쓰레기가 되어 볼까! ……물론 농담이다. 아무리 나라도 그렇게까지 악독하지는 않다.

하지만 난감했다. 실제로 게임 시절에 어빌리티가 이만큼 붙은 장비를 경매장에서 사려면 낮게 잡아도 수천만은 나갔다.

으음…… 내가 일방적으로 가치를 안다는 것도 생각보다 골치 아프군.

하는 수 없이 처음에 한도액으로 정한 2천만 룩스가 담긴 주머니를 주인 앞에 놨다.

묵직한 소리를 내며 놓인 주머니 입구 사이로 금화가 찬란한 빛을 발했다.

"이만큼 내죠."

"응?! 이 커다란 주머니는 뭔가! 아, 아하, 여기서 마음대로 집으라는 겐가……? 나는 이래 봬도 손이 큰 사람일세!"

아니, 이거 전부요……라고 말하기는 어려운 분위기가 되어 버렸다.

말하면 충격으로 쓰러져서 그대로 승천하실…… 아니, 이 가게 주인은 그럴 위인이 아니겠지.

"오랫동안 장사를 해왔지만 이런 거금을 받은 건 처음이야……. 아이고, 심장이 벌렁거리는구먼."

할머니는 그렇게 말하면서 양손으로 금화를 한 움큼 쥐었다.

"자, 레이스. 네가 써줬으면 좋겠어."

"아, 고맙습니다……. 계산하는 데 시간이 오래 걸리시던데…… 나중에 가격의 절반은 드릴까요……?"

"됐어, 됐어. 가격을 흥정하느라 늦은 게 아니야."

그런 걱정을 받으면 남자로서 한심해지니까 그러지 마세요…….

"아, 카이 군, 나도 선물 사줘. 레이스만 사주고 치사해."

그때 마침 머리 장식을 다 닦은 류에가 돌아왔다.

머리 장식은 평소 이상으로 빛났다. 그러고 보니 이것도 아직 정보를 확인해보지 않았지. 나는 류에에게 머리 장식을 보여 달라고 부탁했다.

"그러고 보니 나도 쭉 차고 다니느라 알아본 적이 없어."

건네받은 머리 장식을 아이템 박스에 넣고 스테이터스를 살펴봤다.

『창성의 ※※※의 외날개』

구세계의 유산. 제작자: ※※※※ ※노※

『부여 어빌리티』

[※※ 반사]

[기량 +300%]

"뭐……? 이것도 『구세계』인지 뭔지의 유산이야……?"

표시된 스테이터스에 경악을 금치 못했다.

군데군데 글자가 깨졌지만, 충분히 정신 나간 성능을 자랑했다.

이 『기량』이란 말 그대로 『전투에 필요한 기량』을 뜻했다.

게임에서는 그렇게 대단한 스테이터스가 아니었지만, 이 세계에서는 정말로 본인의 기량, 숙련도에 직결하는 수치였다.

요컨대 이 수치가 높으면 신들린 움직임이나 컨트롤이 가능했다.

원래 전투 경험이 풍부한 류에인데 거기에 기량이 네 배…… 호랑이에게 날개를 단 격이지 않은가.

"뜬금없지만, 류에 할멈. 이 머리 장식은 내가 더 어울리지 않은감?"

"아, 안 어울려! 돌려줘, 돌려줘!"

미안. 농담이라도 이런 말을 하는 게 아니었는데.

머리 장식을 다시 달고 이제는 뺏기지 않겠다며 나를 경계하던 류에가 이번에는 뭘 사달라고 할까 하며 가게 안을 돌아보기 시작했다.

이미 찾던 물건을 얻은 레이스도 달리 재미있는 것이 없는지 류에에게 다가갔다.

그동안 나는 방금 봤던 『새저태리어스의 지침』 같은 보물을 더 찾기 위해 좋아 보이는 물건을 몰래 아이템 박스에 넣었다 뺐다 하면서 확인했다.

절도는 아니지만, 왠지 나쁜 짓을 하는 것 같아서 마음이 불편하네.

하지만 안타깝게도 그럴싸해 보이는 액세서리를 조사해 보면 패널티가 붙었거나 [불운] 같은 어빌리티가 부여되어 있을 뿐이었다.

역시 레이스가 찾은 그게 특별했던 건가…….

그런 생각을 하는데 내 눈앞으로 검 한 자루가 다가왔다.

고개를 들자 검을 든 류에가 히죽히죽 웃고 있었다.

"후후후, 꼼짝 마라! 목숨이 아깝거든 나에게 이 검을 사줘!"

"엄마야~, 살려주십쇼~. 제발 목숨만은~."

"후후, 이 의례용 검이 마음에 들었대요."

강도로 변신한 류에에게 협박당했다. 얘는 정말 귀여워 죽겠다.

류에에게서 검을 받았다. 아름다운 황금 장식이 들어간 칼집에서 은세공 같은 힐트 부분을 쥐고 검을 뽑자 오밀조밀한 무늬가 새겨진 은백색 칼날이 나타났다.

자세히 보니 자루 끝 폼멜에는 커다란 루비가 들어가서 화려함이 과도한 수준이었지만, 미술품으로서는 상당히 가치가 있을 법한 물건이었다.

……그나저나 이거 엄청 비싸 보이는데? 류에가 이런 걸 좋아했나?

"카이 군. 이 검은 말이야, 사실 마검이야. 아주 복잡한 술식이 들어간 것 같은데 나조차 해석이 안 돼. 대단하지 않아?!"

"뭐? 이거 마검이었어? 날도 안 서서 전투에는 못 쓸 것 같은데."

"후후후, 그 검을 한번 가볍게 휘둘러 봐."

류에의 말을 듣고 다른 상품에 부딪치지 않게 가볍게 휘둘러 봤다.

그러자 바로 내 마음에 뭐라고 말하기 힘든 그리움과 허탈함이 찾아왔다.

샥! 채앵! 파바바바박!

누가 입으로 낸 것 같은 소리가 나고 칼날에 난 무늬가 무지개 색으로 점멸했다.

……이거 그거네. 노점에서 파는 장난감 칼. 이거 만든 인간 누구야? 당장 튀어나와! 왜 겉모양을 이렇게 만들었어?! 왜 이렇게 심혈을 기울여 만들었냐고!

"멋있지?! 꼭, 꼭 갖고 싶어!"

"알았어, 알았어. 그럼 계산하고 올게."

아무리 장난감이라도 이 장식을 보면 가격이 만만치 않겠지. 각오를 다지고 조심조심 가게 주인에게 갔다. 하지만 주인은 딱 한마디만 했다.

"아, 그건 선물로 주겠네."

"하지만 이건 진짜 루비 아닌가요? 칼집도 이렇게 화려하고."

"그게 어떻게 된 까닭인지 장식만 떼려고 해도 안 되지 뭔가."

아무래도 가게 주인도 이 웃기지도 않은 기능을 무시하고 장식만 분리하려고 했나 보다. 하지만 전문 연금술사에게 의뢰해도 결국 성공하지 못했다고 했다.

"제작자가 어지간히 실력 좋은 연금술사나 대장장이였겠지."
"저기…… 아무리 그래도 공짜로 받기는 그러니…… 한 움큼 또 하실래요?"
"노, 농담 말게. 류에가 기뻐한다면 됐네. 다만……."
검을 내 쪽으로 내밀면서 주인이 다시 『그 눈』을 하며 입을 열었다.
"저 아이, 좋지 않은 것에 씐 기분이 들어. 될 수 있으면 저 머리 장식을 한시도 떼어놓지 말도록 일러두게. 저 장식에는 어마어마한 수호의 힘이 깃든 것 같으니까."
"그런가요? 본인도 좋아하니까 괜찮을 거라고 생각하지만……."
만약 정말로 류에에게 좋지 않은 것이 달라붙었다고 해도—.
"제가 있는 한 누구도 손대지 못할 겁니다."
"히히히…… 그렇지, 총각은 그 어떤 역경도 밀어낼 것 같구먼."
검을 받으며 나누는 말이 마치 무슨 의식 같았다.
장난감 칼로 모르는 노파와 나누는 맹세. 그것이 어쩐지 웃겨서 웃음이 픽 새어 나왔다.
그 마음은 할머니도 마찬가지였나 보다.
"하지만 총각, 자네에게도 뭔가 이상한 사념 같은 것이 붙어 있네. 조심하게나. 다른 생각을 곁에 두면 자기 생각까지도 물들어 버려."

“충고 감사합니다. 다음에 액땜이라도 받아 볼게요.”

그래, 그렇겠지. 나는 너무 많은 것을 빼앗아 왔으니까.

§ § §

“쇼핑 잘했다! 이렇게 덤을 많이 받아도 괜찮을까?”

“후후, 어쩌면 재고를 처분한 건지도 몰라요.”

레이스는 그렇게 말하면서 류에가 안고 있는 종이봉투에서 정체 모를 막대기를 꺼냈다.

그 가게 주인이 돌아가기 전에 반지값으로 너무 많이 받았으니 가져가라고 이것저것 건네줬지만, 정말로 잡동사니뿐이라서 곤란했다.

다만…… 레이스 누님, 그 막대기는 가능하면 바로 봉투에 넣어 주십시오.

뭔지는 몰라도 진동하면서 꾸물꾸물 움직이잖아요, 그거…….

결국 그 가게에서 꽤 오랜 시간을 보내 밖으로 나왔을 때는 이미 오후 세 시를 넘긴 시각이었다. 여름은 해가 길어 아직 날이 밝아 시간 감각이 이상해질 것 같았다.

뭐, 그 사실을 차치하더라도 즐거운 시간은 눈 깜짝할 사이에 지나가기 마련이지만.

“아직 더 돌아보고 싶지만, 일단 한번 길드로 돌아갈까?

오잉크가 저녁까지 와달라고 했으니까."

"조금 더 돌아다니면 모든 가게를 돌아볼 수 있는데…… 잠깐만 더 보면 안 돼?"

"괜찮아요. 내일도 모레도 축제는 계속 이어지니까요."

"들었지? 한 달이나 이어지는 축제는 나도 처음이니까 벌써 기대돼."

마치 어린애처럼 아직 돌아가기 싫다고 말하는 류에의 마음을 지금은 이해할 수 있었다.

즐거웠다, 모든 것이. 낯선 물건을 보면서 돌아다니는 것도, 이 즐거운 시간을 그냥 보내는 것도, 그리고 「오늘은 이제 그만」이라는 말에 투덜대는 것조차도.

아직 끝나지 않을 것임을 알고 부리는 어리광이 참을 수 없이 즐거웠다.

그것은 무척 사치스럽고, 돌아가는 길조차 즐거운 경험일 것이다.

"후후, 그럼 내일 또 놀아야겠네."

"그래. 내일 또 놀면 돼."

"후후, 매일 이렇게 즐거우면 좋겠어요."

들뜬 분위기 속에서 우리는 무심코 딴 길로 새고 싶은 마음을 참으며 길드로 향했다.

"기다리고 있었습니다. 최상층 스위트룸을 준비했습니다.

이걸 받으시지요."

길드로 돌아오자 늦은 시간이라 그런지 사람이 많이 줄어 있었다. 나는 문제없이 접수처로 가서 우리가 머물 방의 열쇠를 받았다.

이 길드는 원래 거대한 숙소를 개조해 만들었다고 하니, 내가 처음에 호텔 같다고 느낀 감상이 아주 틀리지는 않은 모양이었다.

"스위트룸…… 어떤 방일까? 빨리 보고 싶어."

"그러게. 나도 그런 방을 이용한 적이 없으니까 기대돼."

호화로운 샹들리에와 작은 바 카운터, 아름다운 소파에 전망 좋은 스파 욕조라도 있나……?

방으로 가기 위해 숙박객용 통로를 걸어가자 끝에 문이 보였다.

그것은 이 세계에 오고 처음 본 것이자, 동시에 그리움을 주는 것이었다.

외관이 조금 복고풍이지만, 그것은 틀림없는 승강기— 즉, 엘리베이터였다.

"응……? 엄청나게 좁은데 이게 스위트룸이야……?"

승강기에 올라타자 류에가 불만스러운 표정으로 그렇게 물었다.

한편 레이스는 이게 어떤 것인지 아는지, 의문을 품은 류에를 흐뭇하게 관찰하고 있었다.

"그럼 출발합니다."

목적하는 층의 버튼을 누르자 자동으로 문이 닫혔다. 그리고 진동과 함께 위에서 누르는 것 같은 압박감이 들어 무릎을 살짝 굽혀 견뎠다. 대단히 그리운 감각이었다.

하지만 역시 두 사람에게는 낯선 감각인지 호들갑스럽게 무릎을 굽히고 손으로 벽을 짚었다. 확실히 이동 속도가 조금 빠른 감도 있었다.

"카이 군…… 괜찮아? 레이스, 무사해?"

"아, 네. 조금 놀랐어요."

"괜찮아. 자, 내릴까?"

승강기 문이 열리자 조금 전까지와는 전혀 다른, 인기척이 없고 정적이 깔린 장소가 나왔다.

고급스럽고 방음 효과도 뛰어나 보이는 카펫이 깔린 복도가 이어졌다.

신발을 신고 밟기 부담스러워 자연스럽게 걸음이 어색해졌다.

문득 옆에 류에가 보이지 않아 뒤를 돌아보자 류에가 승강기에 탄 채로 어느샌가 검을 꺼내 들고 우리를 보고 있었다.

"두 사람 다 왜 이상하게 생각하지 않는 거야? 설마 인식 방해…… 어서 이리 돌아와! 조금 전에 있던 곳과 다른 곳으로 전송당했어!"

너무나도 전형적인 문화 충격 반응에 말없이 레이스와 서로 마주 바라봤다. 그리고 곧장 류에에게 돌아가 둘이서 머리를 쓰다듬었다.

"흥! 둘이서 날 놀리기나 하고!"

"미안, 나도 모르게……."

"너무 귀여운 반응이어서……."

볼을 부풀린 류에를 달래며 방 앞에 도착해 이번에는 방문 열쇠에 주목했다.

아무래도 마술적인 잠금과 물리적 잠금이 조합된 장치 같았다.

"그럼 내가 문을 열게! 후후, 어떤 방일까!"

기대에 부푼 류에가 문을 열자 서서히 방의 전경이 나타났다.

그리고— 그저 「오오」 하고 감탄사만이 목에서 올라왔다.

조금 전 내가 마음대로 상상한 스위트룸이 이곳에 정확히 현실이 되어 펼쳐져 있었다.

"이건…… 대단하다는 말밖에 안 나오는군……."

"급이 상당히 높은 방이네요. 이렇게 호화로운 방은 쉽게 볼 수 없어요."

레이스는 놀라면서도 익숙하게 비품을 확인했다.

……왠지 네가 다른 세상에 사는 사람 같아. 역시 전직 클럽 오너답다.

그런 반응의 차이를 확인하는데 가장 큰 반응을 보여줄 줄 알았던 류에가 아직 한마디도 하지 않은 것을 깨달았다.

류에는 의아한 표정을 유지한 채 방의 가구나 선반, 심지어 소파 뒤까지 살피며 방을 뒤졌다.

이제는 침대 아래를 들여다보는 류에에게 대체 무슨 일이냐고 물었다. 류에가 거기에 답하길…….

"카이 군, 방을 착각한 게 아닐까? 냉장고에는 치즈밖에 안 들었고 선반에는 견과류랑 술밖에 없어."

"아니, 보통 그렇지 않아?"

류에는 그럴 리가 없다는 듯이 볼을 부풀렸다.

"……단 게 없잖아."

류에 아가씨, 여기는 스위트(suite)룸이지 스위트(sweet)룸이 아닙니다…….

물어보니 사탕 샹들리에나 과자로 가득한 선반을 상상했다고 한다.

……발상이 이렇게 유치할 수가. 나도 태어나서 처음 들었을 때는 똑같은 생각을 했지만.

그나저나 오늘 류에는 컨디션이 최고군. 아무리 봐도 질리지 않는다.

§ § §

류에가 기어코 선반 안쪽에서 초콜릿을 발견했다. 나와 레이스도 하나씩 나눠 받아 셋이서 함께 초콜릿을 입 안에서 굴리며 한가로운 시간을 보냈다.

그런 그때, 조심스러운 노크 소리가 들려와 레이스가 일어났다.

“아니야, 앉아. 내가 나갈게.”

아마 오잉크가 보낸 사람이겠거니 하고 문을 열었다. 그러나 뜻밖에도 문밖에 있는 사람은 꽤 멋을 부린 오잉크 본인이었다.

“오잉크, 무슨 일 있어? 왜 네가 직접 와?”

“상대편에서 여러분을 정식으로 만찬에 초대하고 싶다고 갑자기 요청해서요. 그래서 의상에 관해 조언이라도 드릴까 하고 왔어요. 레이스가 있으니 괜찮다고는 생각하지만…….”

난감한 표정을 짓는 오잉크를 방으로 들였다. 그러자 류에가 한 손에 초콜릿을 들고 와서 오잉크에게 건넸다.

“무슨 곤란한 일이 있는 표정이야. 단 거라도 먹고 진정해.”

“후후, 고마워요.”

오잉크는 초콜릿을 받으며 방금 들려준 내용을 류에와 레이스에게도 설명했다.

레이스와 오잉크의 도움을 받아 나와 류에도 예의를 차려 정중한 옷으로 갈아입었다. 그래 봤자 나는 알비스에서 입던 의례복을 입었을 뿐이고 류에는 원래 가지고 있던, 디자인이 드레스에 가까운 갑옷을 입었을 뿐이었다.

"그런데 초대해주신 분은 누구시죠?"

"실은 오늘 세 사람을 소개하려던 상대예요. 이제 두 명이 된 3대 의장 중 마지막 한 명인 제 친구, 이루 요시다예요."

"요시다…… 설마 해방자 이구조 씨의 자손이야?"

"네. 손녀예요."

"이루 님이라고 하면 이 대륙 사람, 그중에서도 상인과 농부를 시작으로 일반인 대부분에게 지지받는 의장이에요. 아직 꽤 젊은 분이라고 들었는데……."

"오호라, 동향 사람의 손녀란 말이지? 왠지 감회가 남달라."

"역시 그랬나요? 그럼 혹시……."

내가 꺼낸 『동향 사람』이란 말에 오잉크가 관심을 보였다.

고개를 숙이고 생각에 빠지더니 다시 내 눈을 바라봤다. 그곳에는 뭔가 비장한 결의…… 정도는 아니지만, 망설임이 있으나 마음을 정한 듯한 표정이 떠올라 있었다.

"……그녀는 아직 미숙한 면이 있어요. 어쩌면 실례되는 행동을 할지도 몰라요. 그걸 못 본 척하라고는 안 할게요. 저에게는 여러분도 소중한 친구니까요."

"그러니까 무슨 일이 있으면 안 참아도 된다는 거지? 굳이 그런 이야기를 하는 의도는 뭐야?"

"그녀의 말을 끝까지, 적어도 용건만이라도 들어줬으면 해요."

그렇게 말한 오잉크는 이제 출발할 시간이라고 말하듯이 일어났다.

『동향 사람』인 나에게 들려주고 싶은 이야기가 있다는 말일까?

약한 불길함을 느끼면서도 나는 오잉크를 따라 그 사람을 만나러 갔다.

"이 작은 방이 위아래로 움직인다…… 이해했으니까 더는 안 놀라."

"어때? 오잉크. 우리 애 귀엽지?"

"첫 반응을 저도 가까운 곳에서 보고 싶었어요."

상대는 우리 방보다 두 층 아래에서 기다린다고 했다.

층 하나를 통째로 사용한 연회장 같은 곳이 있는데 길드 주최 파티를 열거나 어떤 식전이 있을 때 이용되며, 때로는 대규모 작전 회의실로도 사용되는 곳이라고 설명을 들었다.

승강기에서 내리자 이번에는 진홍색 카펫이 이어진 복도가 나왔다.

아마도 경비일까? 경호원처럼 검은 옷을 입은 남자 몇 명이 바로 옆에 대기하고 있었다.

"기다리고 있었습니다, 오잉크 님. 그리고 다른 분들도요."

"수고가 많으시네요. 이루는 이미 안에 있나요?"

"예. 곧 요리도 도착할 예정이니 안으로 드시지요."

복도 끝에 하얀 문이 있었다. 방의 아름다움을 기대하게 만드는 황금색 손잡이에 오잉크가 손을 올렸다.

문이 열리자, 그 너머로 상상했던 대로 아름다운 장식이 들어간 카펫이 깔린, 파티장처럼 넓은 공간이 나타났다. 그러나 그런 넓은 공간에 있는 사람은 의자에 앉은 여성 한 명뿐이었다.

그리고— 그곳에 마련된 거대한 긴 테이블과 그 위에 세팅된 식기 세트를 보고 갑작스런 정식 만찬 초대에 담긴 진짜 의도를 알아차렸다.

상석인 안쪽 자리에 앉은 여성은 젊어 보였다.

정겨운 흑발과 검은 눈동자는 과연 일본인 같은 풍모였다.

이구조 씨의 핏줄이란 점은 틀림없는 듯했다.

멀리서 그녀, 이루 요시다의 목소리가 들렸다.

"잘 왔어, 오잉크. 그리고…… 친구분들도 환영해요."

"……네. 오래 기다리셨죠?"

오잉크가 잠깐 말을 머뭇거린 것도 이 만찬의 의도를 알았기 때문이리라.

오잉크는 이루 옆까지 이동했고, 우리도 그 뒤를 따랐다.

이루의 용모는 일본인과 닮아서인지 오잉크와 함께 있는 모습이 자매처럼 보이기도 했다.

"처음 뵈어요. **오잉크와 같은** 의원인 이루 요시다예요."

그녀는 말에 살짝 힘을 실어 어떤 부분을 강조하는 투로 인사했다.

거기에 나도 질 수 없다는 생각을 조금 담아 인사했다.

"처음 뵙겠습니다. **직함상으로는** 모험가 길드 소속인 카이본입니다."

이어서 레이스가 자기소개를 하기 위해 한 걸음 앞으로 나왔다.

"처음 뵙겠습니다, 이루 요시다 님. 저는—."

"소개는 됐어요. 그보다 본론으로 들어가고 싶은데……. 일단 요리가 나올 거니까 자리에 앉으세요."

레이스의 말을 끊고 이루는 바로 자리로 돌아갔다. 그리고 우리도 앉으라고 말했다.

우리가 앉은 자리에 세팅된 3인분의 식기 세트와 그녀가 앉은 자리 사이에 있는 긴 공간.

그것은 『당신과 우리 사이에는 이만큼 차이가 있다. 주제를 알아라』라는 무언의 의사 표시 같았다.

아마도 처음부터 이럴 작정이었을 것이다. 테이블 한쪽을 출입구 쪽으로 돌려 노골적인 차이가 나도록 배치한 것도, 사람 수에 비해 지나치게 큰 테이블을 준비한 것도, 그리고 자신이 처음부터 상석에 앉고 오잉크만 바로 옆자리에 앉힌 것도.

아마 이 대륙의 의장인 자신들의 지위를 강하게 인식시켜 지금부터 시작할 이야기, 혹은 교섭을 유리하게 이끌려는 심산일 것이다.

나는 어디까지나 친구인 오잉크에게 그녀의 친구를 소개받을 생각으로 왔건만…….

하지만 무엇보다도 같이 온 두 사람을 무시하는 행동은 솔직히 아니꼬웠다.

그렇지만— 약속은 약속이다. 이야기는 들어보자. 마지막까지, 찬찬히 들어보자.

"오잉크, 급한 용무가 떠올랐어. 뭔가 중요한 일이 있으면 미리 말해줘."

"으…… 네. 이루, 그 물건을 꺼내주세요."

"어머? 기껏 초대했는데 식사를 우선해야 하지 않아?"

"안타깝게도 그렇게는 안 돼."

아가씨, 아쉽게도 나는 여성이라고 봐주는 사람이 아니야. 그냥 『적이냐 아군이냐』 둘 중 하나일 뿐. 만약 선을 넘으면, 그때는 용서 안 해.

그러자 이루는 허공에서 종이 한 장을 꺼내 보였다. 아이템 박스였다.

드물기는 해도 이 세계 사람 중에서도 사용할 수 있는 사람이 있다고 들었다. 그러나 직접 본 것은 이번이 처음이었다.

"이거야. 딱히 기대는 안 해. 오잉크조차 해독하지 못했으니까."

"……네. 읽을 수는 있었지만, 의미를 이해하지 못했어요."

나는 그 종이를 건네받았다. 아무래도 일기장의 한 페이지 같아 보였는데 상당히 오래되었다.

그곳에 적힌 문장을 본 순간, 불쾌한 심정에도 불구하고 웃음이 나왔다.

"크큭…… 그런 거였군. 그래, 이건 모르면 못 읽지."

"흥, 역시 못 읽나 보네. 돌려줘, 중요한 물건이야."

"아니. 전부 읽었어, 구석구석까지. 내용도 다 이해했어. 이구조 씨는 현 북쪽, 외곽 경계 쪽 출신인가?"

"……오잉크, 이게 할아버지 물건이라고 알려줬어?"

"아뇨. 아무 정보도 안 줬어요. 역시 당신은 알아보나 보네요."

아까 방에 찾아왔을 때의 반응을 통해 내 출신지와 관련된 이야기가 있지 않을까 예상했지만, 설마 이런 게 나올 줄은 몰랐다.

그야 일본어로 적혀 있으니까 오잉크도 읽을 수는 있겠지. 게다가 이구조 씨의 말투가 아기다르 사투리로 남아 있으니까 어느 정도는 해독 가능할 것이다. 하지만— 그것만으로는 부족하다.

극히 일부에서만 통하는 말이나 다른 지역 사투리와 섞여서 복잡해진 말.

그리고 아마 연세 때문이겠지. 주어가 빠지거나 문법이 생략되기도 했다. 이 상태에서 뜻을 확실히 이해하는 것은 동향 사람뿐일 것이다.

"이구조 씨는 나와 같은 지역 출신이었나 보군. 쓰가루 방언도 조금 섞여서 오잉크한테도 어려웠겠어."

"네. 단어의 뜻을 예상할 수는 있지만, 대부분 히라가나로 적혀 있는 바람에……."

그 종이, 아니, 수기에 적힌 내용을 번역하면 이렇다.

『이 편지를 이해할 수 있는 사람이 나타난다면 이 내용을 부디 다른 사람에게 알리지 말아 달라.』

『내 묘비에 내가 전파한 술을 뿌려줬으면 한다. 그때 내가 애용하는 괭이도 가지고 와주기 바란다.』

『그리고 마지막으로 꼭 이 편지를 읽은 사람만 혼자 와주기 바란다.』

의역이 꽤 많이 들어갔지만, 큰 맥락은 틀림없었다.

언뜻 보면 단순히 성묘 방법을 지시하는 것처럼 보이는데, 이게 그렇게 중요하다는 말인가?

"정말로 해독했어?! 말해, 할아버지가 무슨 말을 남기셨어?!"

"미안하지만, 고인의 뜻에 반하는 행위야. 내용을 발설하지 말라고 적혀 있어."

"정말로? 뭔가 이득을 챙길 계산이 아니고?"

"……손녀분은 보물이 묻힌 곳이라도 적혀 있다고 믿으시나?"

자, 약속은 지켰다. 나는 마지막까지 상대방의 말을 들어줬다.

그렇다면 이제 이곳에 머물 이유는 없겠지.

조금 전부터 입을 열지 않고 조용히 상황을 지켜보던 레이스와 류에를 부르고 돌아서서 빠르게 문을 향해 걸어갔다.

미안하다, 돼지야. 친구의 친구라고 친구가 되지는 못하나보다.

"기다려! 얼마면 돼? 말해 봐!"

"이루! 오늘 소개하고 싶다고 말한 건…… 내 소중한 친구라고…… 말했을 텐데요."

"오잉크, 왜 말리는 거야? 몰라서 이래? 할아버지의 유언이야! 그걸 누군지도 모를 인간 한 명만 아는 게 얼마나 위험한지—!"

"이루! 제발 그만—."

아, 이제 신물 난다. 권력자를 싸잡아서 욕할 생각은 없지만, 정말로 귀찮은 사람뿐이다.

말싸움을 벌이려는 오잉크에게 마지막으로 등을 돌린 채 말했다.

"오잉크. 이게 마지막 권유가 되는 건 나도 원치 않아. 그리고 준비한 요리에 죄는 없지. 안 먹으면 아까우니까 나중에 방으로 가져오도록 말해 줄래?"

"……네. 바로 가져가게 할게요. 본본…… 미안해요…… 정말 미안해요……."

꺼질 것 같은 오잉크의 목소리에서 등을 돌리고 이별을 고했다.

귀찮은 인간이 꼭 권력자뿐인 건 아니다. 나도 내가 귀찮은 인간이라고 생각한다.

하지만 천성이 이렇다. 나는 누구 아래에도 들어가지 않는다. 그것은 바꿔 말하면—『그 누구도 나보다 위에 서서는 안 된다』는 것과 같은 의미니까…….

§ § §

방으로 돌아와 사복으로 갈아입었다. 마치 조금 전 일까지 함께 벗어 던지는 것처럼.

그 자리에서 가장 좋은 답은 뭐였을까? 웃으며 용서한다? 진지하게 이야기한다? 무슨 말을 들어도 그러려니 이해한다? 잠깐만 참았으면 됐을까?

분명히 『어른』이라면 지금 열거한 방법 중 하나로 넘겼을 것이다.

하지만 안타깝게도 나는 어른은커녕 어린애만도 못한 인간이라고 자각하는 몸이다. 분명히 이건 평생 고쳐지지 않을 것이다.

난 이 나라 사람이 아니다. 누군가에게 보호받는 처지도 아니다. 최소한의 도리는 지키지만, 과도한 규칙에 따를 생각은 없다. 그것이 설령 은인이 강요한 일이라도.

그래도— 나는 완전히 잊고 있었다. 내 옆에 있는 두 사람에 관해서.

"……둘 다 미안. 내가 경솔했는지도 몰라."

"조금 그럴지도 몰라요. 하지만— 마지막 말에는 저도 화가 났어요."

"맞아! 그게 뭐야, 마치 카이 군이 돈 때문에 거짓말하는 것처럼 말하잖아! 카이 군은 돈 같은 거 관심 없지?!"

"아니, 관심 있는데."

"뭐라고?!"

아니, 돈이야 언제든 갖고 싶죠. 하지만 비합법적인 방법이나 약점을 잡아 빼앗는 짓은— 안 했지, 아마?

조금 자신이 없어 내가 과거에 한 일을 돌이켜보려고 머리를 쥐어짰을 때였다. 방에 노크 소리가 들렸다.

흠, 요리를 가져왔나? 꼬르륵거리는 MY 배에게 인도되어 손님을 들이기 위해 문을 열자—.

"와, 오늘 저녁은 돼지고기네."

"으앙~! ……크흠…… 들어가도 될까요?"

"그래, 들어와. 그리고 시무룩한 척하면서 자기 밥까지 다

챙겨온 건 못 본 척할게."

"……들켰나요?"

문밖에 있던 사람은 스스로 요리를 가져온 오잉크였다.

오잉크를 안으로 들이고 대신 카트를 끌어 테이블 위에 요리를 차리면서 물었다.

"뭐야? 결국 만찬회는 중지됐어?"

"어쩔 수 없죠. 저도 그런 분위기에서 단둘이 있을 기분은 안 들어요."

"아, 오잉크다. 어서 와. 아까는 미안. 도중에 돌아와 버려서."

"죄송해요. 하지만……."

"괜찮아요, 레이스. 마찰을 일으키지 않고 돌아온 건 틀린 판단이 아니에요."

두 사람도 오잉크에게 사과했다. ……나도, 해야겠지.

이유야 어떻든 친구인 오잉크의 초대를 거절한 것은 사실이었다.

이루에게 사과할 생각은 없지만, 친구인 그녀에게는 예의를 지켜야 한다.

그래서 나까지 머리를 숙이자 오잉크도 거북한지 제발 그만하라며 도리어 사과했다. 아니, 나도 모르게 동조 의식에 그만…….

"좋아, 다 차렸다. 귀찮아서 코스 요리까지 전부 깔았지만."

"상관없어요. 이렇게 화기애애하게 먹는 편이 맛있잖아요."

"후후, 그러게. 이렇게 방에 모일 기회도 별로 없지."

식사를 하면서 오잉크를 몰래 봤다.

그냥 맛있게, 즐겁게 웃는 모습에서는 다른 속내가 있는 것 같지는 않았다.

하지만…… 역시 조금 경계하고 마는 것은 조금 전 사건이 있었기 때문일까.

"오잉크. 묻고 싶은 거 없어?"

즐거운 분위기를 망치는 질문을 그녀에게 던졌다.

뭔가를 속에 쌓아 둔 채 하는 식사는 좋아하지 않았다. 가능하면 먼저 해결하고 싶었다.

그러자 즐거운 표정에 수심이 차오르고, 오잉크는 천천히 포크와 나이프를 내려놓았다.

"……네. 내용을 말해 달라고는 안 할게요. 하지만 한 번 더 확인하고 싶었어요."

"역시 의심하는군. 그야 그렇지. 나라의 중책을 맡았다면 그래야 하겠지."

"……경멸했나요?"

"이해는 해. 이 대답으로 만족해줘."

그런 표정을 짓게 하고 싶지는 않다. 하지만 그렇게 될 거라는 사실도 안다.

친구지만 모든 것을 허용하고 포용해 줄 정도로 가깝기만 한 사이는 아니니까.

“한 번 더 말할게. 나는 고인의 뜻에 따라서 편지 내용을 발설할 수 없어.”

“저한테도요? 오잉크라는 이 나라의 영웅이 아닌, 단순한 오잉크인 저에게도요?”

“그렇다면 나 개인으로서는 말해도 문제없다고 생각해. 하지만 적어도 편지에는 남에게 말하지 말라고 적혀 있었어. 나머지는 상상에 맡길게.”

그 편지 내용 자체는 크게 특별하지 않았다. 그저 성묘 방법에 관한 요청이었다.

하지만…… 구태여 읽을 수 있는 사람에게만 글을 남기면 과연 의미가 있을까?

그리고 무엇보다 글을 읽은 사람만 오라고 한 이유는 무엇일까?

나에게는 그것이 마치 『이 세계 사람에게는 알리고 싶지 않다』, 『나와 같은 지구에서 온 사람에게만 알리고 싶다』고 말하는 것 같은 기분이 들었다.

내 말로 어디까지 추측했을까? 오잉크는 골몰하더니 천천히 고개를 들고 조용히 자신의 예상을 말했다.

“본본은, 뭔가를 맡은 거군요? 그가 이 세계 사람에게는 맡기기 싫었던 뭔가를.”

“정답인지 아닌지 말할 수 없어. 일단 고인의 뜻은 존중하고 싶으니까.”

“그거면 충분해요. 그렇다면…… 좋아요. 이루가 만약 진심으로 여러분께 사과하고 싶다고 바라는 날이 온다면, 그때 다시 만나주시겠어요?”

“만날 거야. 이 수확제가 끝날 때까지는 머물 생각이니까. 아직 시간은 많아.”

“그 말을 들으니 마음이 놓이네요. 그럼 무슨 일이 있으면 제 쪽에서 연락할게요.”

근심이 모두 걷히지는 않았지만, 그래도 이 훌륭한 요리를 솔직하게 맛있다고 느낄 정도로는 나아졌으니까 지금은 이걸로 충분했다.

이곳에 오고 오잉크를 둘러싼 환경과 사람들을 보며 나는 새삼 깨달았다.

영웅이란, 위인이란, 나라의 정점에 서는 사람이란 생각 이상으로 많은 굴레를 쓰고, 때로는 생각대로 움직이기 어렵다는 사실을.

아아…… 그럼 나는 자유롭게 살아가자. 만약 네가 움직일 수 없어지는 날이 와도 괜찮도록.

“으음…… 어려운걸. 그래도 오잉크는 카이 군이 돈 욕심 때문에 숨기는 건 아니라고 믿지?”

“네, 물론이죠. 돈을 갖고 싶다면 더 직설적으로 요구할 테니까요.”

“나에 대한 믿음이 이거밖에 안 돼? 내가 언제 그런 악랄

한 짓을—."

"솔트 디쉬."

그때, 오잉크가 짧게 마을 이름을 댔다.

……미안, 했었네. 영주의 삼남을 인질로 잡고 돈을 요구했었네!

하지만 그 사건을 모르는 우리 집 누님이 반박했다.

"카이 씨가 그런 짓을 할 리 없잖아요? 언제나 약자를 돕고 강자에 맞서 싸웠어요. 때로는 자연재해에서 주민들을 구하고, 때로는 핍박받는 백성들을 구하고…… 조그만 어린 아이의 사소한 소원까지 이루어주려고 열심히 뛰어다니고, 생활이 어려운 사람들을 위해……."

그만! 그렇게 미화된 에피소드를 말하지 마! 왠지…… 막 죽고 싶어져! 이상과 현실의 차이에 견디지 못하겠다고!

"후후, 그럼 내일부터 저는 의회 조정이나 이벤트 운영으로 바빠질 테니까 마음대로 축제를 즐기세요."

"네. 마음껏 즐길게요, 오잉크 씨."

"후후, 레이스가 이렇게 들뜬 모습을 보니까 신선해."

"하하하, 사실 나도 똑같이 기대되기는 해."

사실 흥이 조금 식어 버리는 하루였다.

하지만 잃어버린 것을 되찾으려는 양 소소하지만 즐겁고 평온한 시간이 흘러갔다.

오늘부터 한 달. 아무 사고도 없이 무사평온하게 지나가리라고는 생각하지 않는다.

분명히 앞으로도 많은 일이 있을 것이고, 좋든 나쁘든 내 마음을 뒤흔들 것이다.

하지만 그것도 괜찮다. 어떤 일이 있어도 이렇게 함께 웃을 수 있으니까.

웃으며 요리를 먹고 와인을 들여다보는 류에.

눈치를 살피며 요리를 나누는 레이스.

—그럼 류에, 레이스. 내일은 어디로 가 볼까?

3장 뷔시 드 셰프

“카이 군! 빨리 일어나! 축제야!”

“자…… 잠깐만…… 아직 졸려……. 이런 시간에 뭘 한다고…….”

“푸드 코트? 라는 곳에서 맛있는 걸 판대!”

“푸드 코트……? 그건 굳이 찾아갈 곳이…… 아니야…….”

이튿날 아침, 침대라는 악마에게 붙잡혀 한심하게도 수면이라는 이름의 능욕을 당하는 굴욕을 견디는데, 자력으로 이 속박에서 벗어난 강인한 정신력의 소유자 류에가 나를 구하고자…….

쉽게 말하면 스위트룸의 엄청나게 푹신푹신한 침대에서 자고 있는데 축제에 흥분해서 수면 욕구를 날려 버린 류에가 빨리 일어나라고 성화를 부렸다.

그렇지만 이 침대 엄청나다고. 푹신푹신하게 가라앉으면서 적당한 탄력이 있어…….

“그 푸드 코트는 유명한 가게도 출점해서 인기가 대단하대요. 게다가 지금 세일 중이라네요.”

“으으…… 레이스까지 먼저 일어났어……? 맙소사…….”

“뭐예요, 제가 항상 늦잠 잔다는 것 같잖아요. 에잇.”

뭐야, 내 이불 돌려줘요!

쇼핑을 하거나 외출하고 싶다는 여성들에게 거역할 수 있을 리 없었다. 나는 두 사람과 함께 길드 3층에 있는 푸드코트를 찾았다.

시각은 아직 일곱 시. 아침 식사 시간인데 많은 모험가들이 있었다.

듣기로는 이곳은 모험가와 숙박객 전용 시설이라고 했다.

다행히도 세 명이 앉을 곳을 찾아 자리를 잡기 위해 내가 앉고 류에와 레이스는 저마다 가게 앞에 줄을 섰다. 여러 가게가 여기서 영업하는 것 같았다.

이곳에서 영업하는 곳은 하나같이 이 도시 인기 가게의 지점이며, 매년 이 시기가 되면 국내외에서 많은 사람들이 방문하여 지금처럼 대성황을 이룬다고 한다.

손님들을 살펴보자 평소에 쉽게 보지 못하는 엘프부터 어떤 민족의상을 입은 사람, 장소에 어울리지 않게 전신 기사 갑옷을 입은 사람까지 보였다.

……거추장스럽지 않나? 하지만 실제로 그 정도로 다양한 사람들이 모였다는 증거이기도 해서 새삼스럽게 이 수확제의 규모와 지명도를 재확인했다.

"카이 씨, 오래 기다리셨죠? 자리 교대할 테니까 다녀오세요."

"어서 와, 레이스. 그럼 나도 잠깐 보고 올게."

교대하면서 레이스가 사 온 음식을 봤다. 역시나 고기였다.

귀여워. 창피해서 숨기려는 누님 귀여워.

"그나저나 가게가 제법 많네……. 줄은 서기 싫은데 어디 비어 있는 곳 없나……."

근처를 둘러봤지만, 역시 모두 인기 가게답게 많든 적든 줄이 있었다.

그중에서 손님이 줄어드는 속도가 빠른 곳을 찾아 그곳에 서기로 했다.

중화풍 향신료의 향기가 감돌아 방금 잠에서 깬 위장이 구슬픈 소리를 냈다.

이 대륙은 쌀농사의 발상지니까 볶음밥이라도 파나?

그때 문득 내 앞에 선 여자아이가 눈에 들어왔다. 키가 작아 순간 어린애라고 생각했으나, 이곳은 모험가나 숙박객밖에 이용하지 못한다.

그러나 그보다 신경 쓰이는 것은 그녀의 머리 위에 난 작은 삼각형 귀였다.

뭐지……? 햄쥐 족……이라고 보기에는 머리색이 다르다. 연보라색 트윈 테일이었다. 게다가 자세히 보니 머리카락 사이로 엘프 특유의 뾰족한 귀도 옆으로 삐죽 나와 있었다.

"귀 모양 장식……? 아니면 귀가 네 개……?"

나도 모르게 중얼거린 그때, 머리 위에 난 세모 귀가 움찔하고 움직였다.

"뭐야? 오빠, 이게 신기해?"

"미, 미안. 처음 봐서……."

돌아본 소녀는 어른스러운 표정을 지으며 눈을 가늘게 떴다. 그러고는 귀를 움직이며 나를 놀리듯 웃음을 지었다.

"후훗, 특이하지? 이 대륙에선 못 보는 거니까."

"그렇지……. 그럼 진짜야?"

"맞아. 참고로 이쪽도 진짜야."

그녀는 그렇게 말하면서 엘프 귀도 까딱 움직여서 보여줬다.

이럴 수가, 햄쥐 말고도 게임 시절에 존재하지 않은 종족이 있었다니…….

"나는 서디스에서 왔어. 오빠는 이곳 사람이야?"

"아니, 나는—."

대답하려는데 주문할 차례가 온 소녀가 앞으로 돌아섰다.

이미 주문할 요리를 정해 놓았는지 그녀는 활기차게 말했다.

"게살 볶음밥 대짜 주세요!"

아차 싶었다. 나도 메뉴를 보고 바로 시킬 요리를 결정했다.

"연골 볶음밥 대짜요."

§ § §

“나 왔어. 응? 레이스, 먼저 먹지 그랬어.”

“아, 아니에요. 다 같이 먹어야 맛있으니까요.”

자리로 돌아오자 레이스가 아까 사 온 스테이크 샌드위치를 가만히 보고만 있었다.

오오, 대단해. 빵보다 고기가 더 두꺼워.

“확실히 같이 먹어야 맛있지. 그런데 마지막 한 명은 어디 있나?”

“류에라면 저쪽, 제일 줄이 긴 쪽에 있어요.”

레이스가 가리킨 곳은 사람들이 장사진을 치고 있었다. 그 줄의 중간보다 조금 뒤쪽에 아름답고 눈에 띄는 백발이 보였다.

흠, 꽤 성황이군. 뭘 파는 가게지?

그러자 레이스가 팸플릿을 꺼내 이 푸드 코트에 관한 기사를 보여줬다.

“이곳은 다양한 콘테스트에서 우수한 성적을 거둔 가게들이 출점했대요. 제가 산 샌드위치를 만든 곳은 고기 품평회에서 우수상을 받은 정육점의 직영점이고, 지금 류에가 선 곳은 매년 열리는 길거리 음식 콘테스트에서 2년 연속 우승한 가게예요.”

“오, 콘테스트? 그것도 내일 이후로 열리는 이벤트인가?”

"네. 이 축제 중에서도 특히 인기가 많은 콘테스트예요."

레이스는 팸플릿에 뜨거운 시선을 보냈다. 기대하는 가게가 나오기라도 하는 것일까? 그나저나 길거리 음식 대회라……. 나도 관심이 생기는데? 어떤 요리가 있을까?

"그나저나 늦네……. 먼저 먹을까? 볶음밥이 식겠어."

그러나 숟가락을 들고 둥글게 쌓인 볶음밥을 뜨려는 순간, 줄을 선 류에가 울 것 같은 표정을 지어서 손이 멈췄다. 그렇죠, 같이 먹고 싶으시겠죠.

하지만 류에 차례가 오려면 아직 한참 남았다.

어떻게 할까 고민하던 그때, 푸드 코트가 살짝 술렁였다.

무슨 일인가 싶어 소동의 원인을 찾자 모두 입구 쪽을 보고 있었다.

"하하하…… 역시 본거지야. 반응이 달라."

"인기가 대단하네요."

소동의 원인, 그것은 지금 이쪽으로 걸어오는 우리의 총수님이었다.

보는 사람이 있기 때문일까? 평소 이상으로 늠름한 얼굴에 허리를 쭉 편 모습은 톱 모델 같다고 평가해도 과언이 아니었다. 잘 아는 사람, 그것도 어제 실컷 골려 먹은 사람인데도 자연스럽게 자세를 고치게 될 정도였다.

"안녕하세요, 총수님."

"안녕하세요, 오잉크 님."

"두 사람 다 잘 주무셨나요? 어머, 류에가 안 보이네요?"

그 의문에 말없이 손가락으로 줄을 가리키자 오잉크는 곧장 그곳으로 걸어갔다.

오오? 이건 내가 한때 꼴사납게 실패한 프리패스인가?

오잉크는 예상대로 줄 옆을 그냥 지나서 판매대 앞까지 갔다.

"죄송합니다. 에이콘 크림 샌드, 크런치 너트 많이 넣어서 네 개 주실래요?"

"바, 바로 가져다 드리겠습니다!"

여기서 보란 듯이 권력 행사! 줄 서던 분들, 우리 돼지 때문에 죄송합니다.

하지만 불만을 가진 사람은 없어 보였고, 오히려 오잉크가 자신들과 같은 것을 먹는다는 사실에 흥분을 감추지 못했다.

그러나 여기서도 분위기를 모르는 사람이 한 명 있었으니…….

"아! 오잉크, 치사해! 게다가 그거 한 사람당 두 개까지야!"

류에였다. 창피하니까 데리고 와야겠다. 아아, 주변의 시선이…….

"미안. 우리 것까지 사준 거구나."

"아니에요, 제가 줄을 무시한 건 사실인걸요."

아침 식사에 오잉크가 합석했다. 주위에서 모이는 시선이 몹시 신경 쓰이는 건 저뿐입니까? 왜 다들 태연하게 밥만

드실까.

"언제나 여기서 아침을 먹어?"

"아뇨, 그냥 이걸 드리는 김에 에이콘 크림 샌드가 먹고 싶어서요."

오잉크는 그렇게 말하면서 카드 두 장을 꺼내 나와 류에에게 내밀었다.

그것은 이 도시에서 사용할 새로운 길드 카드였다. 흠, 이게 백은 카드인가?

"본본은 볶음밥을 시켰나요? 이곳 볶음밥 맛은 어때요?"

"맛있어. 내가 만드는 게 더 맛있지만."

"유치하게 왜 그래요, 본본. 이 대륙은 쌀 문화가 들어온지 얼마 안 됐어요."

지기 싫어하거든요. 특히 이 업계 사람은 그런 경향이 강합니다.

하지만 확실히 맛있다. 누구야? 연골을 다져서 재료로 쓸 생각을 한 사람이. 엄청나게 잘 어울리잖아!

"레이스는 실키 스테이크 샌드위치인가요? 그쪽 맛은 어때요?"

"스테이크만 놓고 따지면 굉장히 수준이 높아요. 다만, 샌드위치로 만들려면 조금 더 기름기가 적은 부위가 좋았을 거 같네요."

"아, 확실히 모처럼 구운 빵이 눅눅해지겠네요."

음, 레이스도 제법 날카로운 의견을 제시하는군. 아주 좋아.

이 흐름대로 가면 류에에게도 묻겠지. 뭐라고 대답할지 기대된다.

"류에는 어떤가요? 이 크림 샌드는 제 추천 메뉴인데."

"으, 으음…… 다, 달고? 폭신폭신하고? 맛있어?"

뭔가 그럴싸한 코멘트를 해야 한다고 생각했는지 어색하게 대답했지만, 그건 그냥 평범한 감상이었다. 하지만 노력이 느껴지므로 백 점 만점입니다.

"후후, 그런가요? 본본은요? 이 팬케이크는 어떤가요?"

나한테도 물어? 나는 에이콘 크림 샌드란 것을 한 입 먹어 봤다.

폭신폭신하게 수플레처럼 구운 팬케이크에 희미하게 갈색이 도는 크림을 끼운 요리로, 아마 이게 에이콘, 즉, 도토리를 쓴 부분이겠지.

은은한 향기와 독특한 단맛, 그리고 어렴풋한 떫은맛이 크림의 맛을 잡아줬다. 그리고 빵에도 같은 재료를 넣었는지 맛이 조화를 이루었다.

다만…… 이걸 굳이 도토리로 만들 필요가 있었을까?

크림에 들어간 것은 피스타치오나 호박씨처럼 맛과 풍미가 강한 재료 같지만…… 도토리를 고형 그대로 넣지는 않았나 보다.

으음…… 솔직히 재료는 알아도 그것을 어떻게 평가해야

좋을지 모르겠다.

사실…… 빵이나 디저트에는 문외한이다. 만드는 법도 거의 모르고.

"음…… 맛있다고 생각해. 풍미가 별난데 이게 도토리지?"

"후후, 맞아요. 제가 추천하는 이유도 알겠죠?"

역시 콘셉트에 충실하다. 오잉크의 고집인가, 아니면 순수하게 좋아하는 것일까?

그런 생각을 하는데 누구보다 빨리 식사를 끝낸 오잉크가 자리에서 일어났다.

"그럼 저는 집무실로 돌아갈게요. 마지막으로 본본, 만약 당신이 노점에서 낼 메뉴를 만든다면 이 팬케이크를 이길 수 있겠나요?"

"뭐야, 난데없이? ……글쎄, 단 음식 외에도 괜찮다면 어떻게든 되지 않을까?"

"후후, 그래요? 그럼 오늘도 좋은 하루 보내세요."

마지막으로 수수께끼에 쌓인 질문을 던진 채 그녀는 떠났다. 지금 이야기는 대체 뭐였지?

아무튼 우리도 꽤나 주목을 모으고 말았다. 무슨 말을 듣기 전에 자리를 뜰까.

§ § §

식사를 끝내고 오늘은 뭘 할지 두 사람과 의논했다.

길드 뒤편, 훈련장이 보이는 휴식 공간에 앉아 팸플릿을 꺼냈다.

정식 개최는 내일부터였다. 그리고 각종 이벤트는 날짜가 겹치지 않게 배정하여 끊이지 않고 열린다.

그렇다면 오늘은 일찍 영업을 개시한 노점 거리에 가보거나 어제 돌다가 만 상가를 산책하러 가자고 제안했다.

그러나 웬일로 내 의견에 레이스가 내키지 않는 눈치를 보였다.

"어디 가고 싶은 곳이 있어? 사양하지 말고 말해 봐."

"저…… 가고 싶다기보다…… 하고 싶은 게 있어서……."

"응? 뭘 하고 싶은데?"

내 물음에 레이스는 종이 한 장을 꺼냈다.

『길거리 음식 콘테스트 참가 접수서』라고 적힌 종이였다. 즉, 레이스는—.

"노점을 내고 싶다고?"

"마, 맞아요. 그게…… 셋이서 함께 뭔가를 하고 싶어서……."

"어디 보자…… 아, 이거 응모 기간이 오늘까지잖아! 카이군, 나가자."

가게를 낸다, 라……. 그녀들의 바람은 가능하면 모두 들어주고 싶었다.

그렇지만…… 이건 나에게 약간의 정신적인 부담과 갈등이 생기는 문제였다.

나는 옛날에 좋아하는 일을 직업으로 삼으면 안 좋은 감정이 생긴다는 것을 배웠다.

좋아하는 일로 먹고 살기란 무척 괴롭고 힘들었다.

실력이나 좋아하는 마음만으로는 해결되지 않는 일이 있었고, 그래서 나는…….

설령 이벤트로 여는 노점이라도 거부감이 들었다. 장사를 위해 요리를 한다는 행위 자체에.

"카이 군? 싫어? 사람들에게 음식을 만들어주는 거 좋아하잖아."

"……응, 아주 좋아하지. 맞아, 사람들에게 만들어주는 건 정말 좋아해."

자조했다. 무슨 멍청한 생각을 했던 것일까? 지금 눈앞에 있는 류에를 봐라.

그냥 좋은지 싫은지, 단순하게 물어보지 않는가.

여기는 이제 그 나라가 아니다. 귀찮은 굴레나 짜증나는 기억은 두고 왔다.

그래, 이곳에는 나를 비난할 인간도, 진절머리 나는 인간관계도 없다.

"우리 셋이 함께 해볼까? 이왕 하는 거 우승을 노리고."

빤~히

"정말인가요?! 그, 그렇다면 바로 신청서에 필요한 사항을 기입해야겠네요. 함께 정해 봐요!"

레이스는 진심으로 기쁘게, 마치 어린아이처럼 순수하게 웃었다.

이걸 본 것만으로 마음먹은 가치는 있었다.

자, 그럼 우선 메뉴 선택부터 시작해 볼까!

"먼저 행사장 말인데, 보다시피 원형 광장을 쓰고 그곳에 총 5, 60개의 노점이 들어서. 가게 위치는 오늘 밤 추첨회에서 결정된다니까 우선 이 부분은 불확정 요소야. 이번 작전 회의에서는 염두에 두지 않아도 상관없어."

"레, 레이스…… 왠지 카이 군이 무서운데……?"

"그, 그러게요……. 어쩐지 평소랑 분위기가 달라요."

"거기 학생들, 잡담하지 마세요. 하기로 했으면 반드시 우승할 거니까 단단히 각오해."

작전 회의실로 변한 스위트룸에서 우선 전쟁터가 될 행사장의 지형을 머릿속에 집어넣었다.

원형 광장의 경계 바깥쪽과 안쪽에 노점이 들어서고, 원 안쪽으로 십자로 난 길 양옆으로도 노점이 선다.

광장 출입구는 한 곳뿐. 다시 말해 물밀 듯 밀려오는 손님들이 원 안에 갇히는 셈이다. 그런 상황에서 어떻게 하면 효율적으로 손님들을 모을 수 있고, 어떤 메뉴가 잘 팔릴지 생각해야 한다.

솔직히 지금까지 쌓은 정보도 없고 타 지역 주민들의 취향도 모르는 지금 상황에서 우리가 우승하기란 하늘의 별 따기다. 그렇지만 레이스가 스스로 『하고 싶다』는 희망을 말해줬다. 무슨 수를 써서라도 추억에 남는 최고의 결과를 선물해줘야 하지 않겠는가.

“우선 메뉴를 정하자. 이 대륙 출신인 레이스는 뭐가 좋다고 생각해?”

“글쎄요…… 역시 정석이라고 할 수 있는 꼬치구이는 어떨까요?”

“꼬치구이라…… 당일은 상당히 붐빌 거야. 그렇다면 사고가 나거나 다칠 수 있는 음식은 무의식적으로 피할 우려가 있어. 먹기 편하게 개량하는 게 좋겠지.”

적당한 공간이 있다면 모를까, 많은 사람들이 한 곳에 모이는 상황에서 꼬치구이는 너무 위험했다. 사람들이 꼬챙이를 문 채로 부딪치거나 넘어질 가능성을 생각하기 때문이었다.

“꼬챙이가 안 된다면 그거, 샌드위치는 어때?”

“무난하지만, 굳이 노점에서 사 먹을 정도라면 레이스가 아침으로 먹은 것처럼 유명세나 임팩트 있는 재료가 없으면 어려울 거야…….”

“으음…… 어려운걸. 그렇다면…….”

물론 이익을 따질 필요도 없으니 류에의 가방에서 희귀한 재료를 꺼내서 쓰면 충분히 기회는 있다. 하지만…… 그러면 재미가 없지 않은가.

이 나라 사람들이 받아들이기 쉽고, 먹기 쉽고, 경쟁하지 않는 메뉴가 뭐 없을까?

“당일에는 기온이 높을 것으로 예상되고, 작년, 재작년에도 팬케이크가 우승했어요. 역시 과자나 디저트 종류가 인기 있다는 뜻 아닐까요?”

“그건 충분히 일리가 있어. 그 팬케이크도 크림을 시원하게 식혀 놨었지.”

“디, 디저트야?! 나는 좋아, 아이스크림이라면 더 좋아!”

류에가 오랜만에 『아이스크림 내놔 요괴』로 변했다.

그립구나, 숲에서 살 때는 걸핏하면 「아이스크림 만들어주면 안 될까?」라며 조르곤 했지. 흠, 아이스크림, 아이스크림이라…….

“오랜만에 먹고 싶은걸…… 아이스 빵. 나는 그걸 제일 좋아해.”

류에가 추억을 그리며 황홀하게 말했다. 그 말에 가슴이 뜨거워졌다.

그것은 처음으로 류에에게 만들어준 디저트였다. 그걸 지금까지도 가장 좋아한다고 말해주다니…….

“아이스 빵……이요? 류에, 그건 어떤 요리죠?”

“으음…… 설명은 못 하겠지만, 카이 군이 처음으로 나한테 만들어준 디저트였어."

"아, 추억의 맛이란 거네요. 후후, 저도 먹어 보고 싶어요."

"오늘 만들게. 아예 이걸 메뉴로 해도 괜찮지 않을까?"

손으로 들고 먹을 수도 있고, 빵은 이 지역에서 익숙한 먹거리다.

누구나 아는 음식을 낯선 방식으로 제공하면 충분한 어필이 될 것이다.

음, 나쁘지 않은 선택지 같은데?

"레이스, 규칙으로는 한 가게가 제공하는 상품은 세 가지까지였지?"

"네. 세 종류를 만드는 것뿐만 아니라 한 상품을 세 가지 맛으로 내는 경우도 카운트한다고 해요."

"그렇군. 그럼…… 세트로 사고 싶은 음식, 혹은 전혀 다른 음식을 내는 게 좋겠어. 자기가 내는 메뉴로 경쟁하는 것만큼 멍청한 짓도 없지. 다른 가게에 손님을 양보하는 셈이야."

"카이 군 얼굴이 무서워. 나쁜 생각을 하는 게 틀림없어."

그렇고말고요. 이기기 위해서는 그 어떤 비겁한 수단도 사용할 생각입니다.

그렇다면…… 이 『특수 규칙』도 이용해야겠지.

특수 규칙이란 무엇인가? 바로 『어떤 재료』를 쓸 경우, 당일 배부되는 전단지에 가게 이름과 장소가 크게 기재되며 가게에 그 증거인 스티커를 붙일 수 있다는 것. 참고로 스티

커의 디자인은 큰 도토리 마크였다.

그럼 그 재료란 무엇인가? 예상하다시피 도토리였다. 어디 사는 누군가의 개인적 취향이 다분히 포함됐다.

오늘 아침 오잉크가 말한 『팬케이크를 이길 수 있는 메뉴를 만들 수 있겠냐』는 질문은 설마 이렇게 될 거라고 예상했기에 나온 말일까?

"레이스, 이 대륙에서는 도토리를 잘 먹어?"

"아뇨. 과자를 만들 때 간혹 쓰는 정도예요. 다만, 아무래도 이 콘테스트에서는 매년 나오는 재료인지, 그걸 노리고 오는 손님도 많다고 하네요."

"도토리…… 나는 별로야……. 떫어서 맛없어."

"류에, 생으로 먹었어……?"

"응. 먹을 걸 나눠주지 않아서 숲에서 나무 열매 같은 걸 모으던 시절도 있었어."

크헉…… 오랜만에 등장한 불행했던 시절의 에피소드가 가슴에 푹 꽂혔다.

그나저나 도토리라……. 싸잡아서 도토리라고 부르지만, 그 종류는 다양하다.

전에 오잉크에게 준 『칠엽수 열매』도 예로부터 일본에서 식용으로 사용했지만, 그걸 먹을 수 있게 만들려면 족히 2주는 걸린다.

흠, 그렇다면 쓸 수 있는 건 두 가지뿐이겠군.

"류에, 혹시 가방 안에 아직 도토리 있어?"

"응. 공물이 오게 된 후로 전부 창고에 보관했으니까 아직 있을 거야."

"그럼 이번에는 그걸 쓸까?"

바로 가방을 건네받아 손을 집어넣었다. 머릿속으로 모습을 상상하며 뒤지자 어떤 천 주머니가 손에 닿았다.

그것을 잡아서 꺼내려는데 상상하던 것 이상으로 무거워 어깨가 빠지는 줄 알았다.

류에, 대체 얼마나 모아둔 거야……? 숲 속 동물 친구들도 놀랄 양이다.

달그락거리며 나타난 마대 안에는 때깔 고운 가늘고 긴 도토리가 꽉 차 있었다. 이게 다 몇 말이야?

"일단 이건 필요해질 때까지 두자. 먼저 다른 메뉴부터 정해야지."

우선 아이스 빵은 확정됐으니까 바로 시험 삼아 만들어 보자.

전에 만들었을 때는 얼음 마술 연습도 할 겸 만들었었지…… 하고 당시를 추억하며 아이스크림 원액을 만들었다.

노른자와 설탕이 잘 섞이게 저으면서 우유를 조금씩 더했다. 그리고 어느 정도 섞였을 때 남은 우유도 마저 넣고 냄비로 옮겼다.

"능숙하시네요. 아이스크림도 잘 만드시나요?"

"이 세계에 오기 전부터 자주 만들었어."

"와! 카이 군도 아이스크림 좋아했어?"

"근처에 단 걸 좋아하는 사람이 많았던 탓이기도 해. 아, 류에, 거기 검은 것 좀 집어줘."

"음, 이건 뭐야? 또 다시마 같은 거야? 그런 것치고는 가는데?"

"냄새 맡아 봐."

류에에게 집어 달라고 한 것은 바닐라 빈으로, 바닐라 아이스크림의 향을 내는 재료였다.

엑기스나 오일로 파는 경우도 많은 물건이지만, 이 세계에서는 추출 전 상태로 유통되는 것이 일반적이었다.

허브나 향신료, 향료의 원료 대부분은 서디스 대륙에서 들여온다고 한다. 그렇다면 옆 대륙은 아열대 지방일까?

"우와! 엄청 진한 아이스크림 냄새야!"

"그게 아이스크림 향의 정체야."

건네받은 바닐라 빈을 반으로 갈라서 안에 든 무수한 씨를 나이프로 긁어냈다. 그리고 그것을 아이스크림 원액에 넣고 약한 불로 가열했다.

끓기 전, 향이 올라올 타이밍에 불을 끄고 식히면 원액 완성이다.

"카이 군, 이대로 마셔 봐도 될까?!"

"아…… 조금만이다?"

지금 상태는 맛이 진한 프렌치 스타일의 밀크셰이크나 다름없어서 마셔도 문제없었다. 사실은 완성될 때까지 기다려줬으면 하지만, 마음은 이해하므로 허가했다.

"와~! 달아, 맛있어…… 마시는 아이스크림! 이런 것도 있구나!"

"후후, 저도 한 입…… 아, 향이 아주 좋네요. 온도에 비결이 있나요?"

"정답이야. 너무 뜨겁거나 빨리 넣으면 향이 날아가 버려."

그럼 이건 얇게 썬 바게트에 배어들게 하자.

밸 때까지 기다리는 동안 나머지 메뉴를 어떻게 할지 생각해야겠다.

도토리는 이미 뭘 만들지 정했다. 이건 비밀 병기다.

하지만 문제는 메인이 되는 간판 메뉴였다. 솔직히 아이스크림만으로는 임팩트가 부족했다. 뭔가 오감을 자극할 수 있는 그런 메뉴가 필요했다.

"흠…… 오잉크의 상징이 도토리라면 이구조 씨는 어때?"

이 나라의 영웅은 오잉크만이 아니었다. 이구조 씨도 비슷한 수준으로 신성시됐다.

그의 이름을 빌리려면…… 역시 쌀인가?

"레이스, 이 나라에서는 쌀을 보통 얼마나 먹어?"

"가끔 리소토나 파에야, 그밖에도 라이스 샐러드를 해 먹기도 하지만, 아기다르처럼 매일 먹지는 않아요. 익숙한 먹거리라도 먹는 빈도가 아주 높지는 않죠."

"음, 그래? 엔드레시아에서는 어지간한 가게에서는 다 취급했는데."

메인이 될 메뉴로는 쌀을 쓰고 싶었다. 모두 알면서도 식탁에 잘 오르지 않는 재료라면, 아이스 빵만큼 희귀한 요리라면 손님몰이에 충분한 효과가 있지 않을까?

"다행히 이 세계에는 일식이나 비슷한 요리가 잘 없지."

그럼 메뉴의 방향성도 정해졌고, 이번에는 외적인 작전 회의를 시작해 볼까?

§ § §

"아, 이 서류 제출하러 가야 하지 않아?"

"앗! 맞아, 접수는 오늘 점심까지였어!"

"좋아! 내가 퍼뜩 다녀올게."

가게에 대한 논의가 한창 이어지는 사이 접수 마감 시간이 다가온 것도 잊고 말았다. 마침 그것을 깨달은 류에가 서류를 가지고 뛰쳐나갔다.

……괜찮겠지? 미아가 되진 않겠지?

"아무리 그래도 1층 로비까지 가는데 길을 잃지는 않겠죠."

"그렇지? 그럼 당일 판매 방식 말인데, 향이 퍼지는 조리법으로 손님을 모으는 건 어때?"

"네, 그렇게 해요. 저랑 류에는 판매에 전념하는 게 나을지도 모르겠네요."

"그래. 둘 다 미인이니까 분명히 남자 손님들을 끌어 모을 거야."

"후후, 빈말이 아닌 걸 아니까 쑥스럽네요."

내가 손님이라면 틀림없이 몇 번이고 줄을 설 거다. 이런 미녀 아가씨들은 일상에서 그리 쉽게 볼 수 없다. 시대를 주름잡던 권력자가 탐낼 정도였으니까.

의식하기 시작하면 같은 방에 있는 것만으로 긴장될 정도였다.

가뜩이나 지금은 익숙한 평소 모습이 아니라 흑발 버전이니까.

"그럼 복장은 어떻게 할까요? 다른 가게들도 유니폼을 입을 테니까 우리도 통일해서 맞추는 게 어떨까요?"

"찬성. 그러고 보니 류에가 알비스에서 메이드복을 입고 생활했지?"

그때는 싸움이나 전후 처리로 정신이 없어서 류에의 메이드복을 제대로 감상하지 못했다.

만약 아직 그 옷을 가지고 있다면 레이스와 함께 메이드를…….

힐끔 눈앞에 있는 레이스를 봤다. 이 나이스 바디 누님에게 메이드를…….

……상상만으로 심장 박동이 빨라졌다. 아, 이건 못 참겠다! 그냥 확 끌어안고 싶어진다.

"카이 씨도 머리를 묶은 김에 외알 안경을 끼고 집사처럼 꾸미는 건 어떨까요? 개인적으로 그 모습으로 『부인』이나 『아가씨』라고 불러주시면 좋겠어요."

그렇지. 두 사람에게 유니폼을 입힌다면 당연히 나도 거기에 맞는 복장을 해야겠지? 으으…… 코스프레 같아서 조금 창피한데.

……마왕 복장으로 온갖 요란 법석을 떨었으면서 새삼스럽게 뭐래.

"좋아, 나도 그걸 입을게. 그럼 류에가 돌아오면 옷가게라도 돌아볼까?"

"찬성이에요. 후후, 가는 김에 제 옷을 봐도 될까요?"

물론 괜찮다고 말하자 레이스는 평소 보이지 않는 순진무구한 웃음을 지었다.

평소 숙녀답게 행동하는 레이스도 소녀 같은 일면이 있구나 싶어 보는 나까지 기뻐지며 자연스레 웃음이 전염됐다.

그 후 화제가 내 사복에 관한 이야기로 넘어가자 레이스는 『자기가 코디해도 되겠는가?』, 『어떤 옷이 취향인가?』라며 조금 들뜬 말투로 이야기를 즐겼다.

처음 만났을 무렵의 어깨에 힘이 들어간 그녀에게서는 상상하기 힘든 모습이었다.

그것은 지금까지 끌어안고 있었던 책무나 죄책감, 그리고 보이지 않는 공포에서 빠져나왔기에 겉으로 나온 그녀 본연의 모습인지도 몰랐다.

아직까지 본 적 없는 그녀의 일면을 이 축제를 통해 더 많이 발견해 나가고 싶다. 나는 즐겁게 이야기하는 레이스를 바라보면서 그렇게 생각했다.

"그런데…… 류에가 안 돌아오네요."

"그러게. 점심때도 지났는데 접수는 무사히 끝났으려나?"

너무 돌아오지 않아서 가게의 레이아웃까지 정했는데도 류에는 아직 돌아오지 않았다.

길드가 붐비기는 하겠지만, 접수에 이렇게 시간이 오래 걸릴까? 다른 문제에 휘말린 것은 아닌지 걱정되기 시작했다.

자각은 없지만 타고난 사고뭉치, 아니, 사고를 불러 모으는 게 류에였다.

만약을 위해 찾으러 가려고 방문 손잡이를 잡은 그때, 문이 열렸다.

"아, 류에, 어서 와. 늦어서 찾으러 가려고 했어."

그렇게 말을 걸었지만, 어쩐지 류에의 상태가 조금 이상했다. 왜일까? 눈을 맞추려고 하지 않고 어색하게 웃으며 어쩐지 얼굴도 조금 붉어 보였다.

무, 무슨 일이 있었나?! 이러면 오빠가 걱정되잖아!

“돌아오는 길에 화장실에 들렀는데 사람이 너무 많아서 늦었어.”

“네, 눈 돌리지 말고 이쪽을 보세요~.”

“으윽…… 조, 조만간 알게 돼!”

류에가 대화를 끊어서 추궁을 피해 버렸다.

으음…… 뭔가 켕기는 구석이 있거나 나쁜 뜻으로 숨기는 것 같지는 않지만, 무의식적으로 사고를 부르는 아이니까……. 이 오빠는 그게 걱정입니다.

부자연스러운 태도가 신경 쓰이지만, 우선 레이스와 진행한 계획을 류에에게도 전했다.

“메이드복? 후후, 그거라면 나랑 레이스 것까지 사 뒀어.”

“류에 씨 완전 유능해. 역시 류에 씨는 대단해. 줄여서 역시 류에.”

“후후후, 더 칭찬해줘!”

“류에 씨는 세심해, 능력도 좋아, 믿음직해, 반해 버릴 거 같아.”

“……미, 미안, 역시 창피하니까 그만해.”

역시 귀여워.

그런 귀여운 류에와 아름다운 레이스 누님과 함께 바로 옷가게로 향했다.

도시에 도착하고 바로 봤던 보도에 그려진 컬러풀한 선. 이번에는 그것을 따라 목적지를 찾을 생각인데, 옷가게로 가는 색이 뭐였더라?

"노란색이 옷가게가 모인 거리로 이어지나 봐요."

"오케이. 그럼 바로 출발할까?"

색깔별로 나뉜 길을 따라서 우리는 함께 거리를 걸었다.

이렇게 선을 따라가는데, 어느샌가 일렬로 서서 선에서 벗어나지 않게 조심하며 걷던 것을 깨닫고 무심결에 웃음이 나왔다.

마치 초등학교 때 귀가하면서 보도 가장자리나 흰 선을 따라서 가거나, 횡단보도에서 흰 부분만 밟고 건너며 노는 아이들 같았다.

괜히 창피해져서 선에서 벗어나 그 옆으로 걸었다.

그렇지만 역시 아니나 다를까 류에가—.

"앗! 카이 군, 규칙 어겼어! 빨리 돌아와! 3초 안이면 괜찮아!"

"하하하…… 역시 혼자 규칙 만들었구나."

"후후, 저도 모르는 사이에 선을 따라 걸었네요."

어쩔 수 없지. 심판이 하는 말은 무조건 따라야지.

그리하여 고전 RPG처럼 세 명이 나란히 목적지까지 가게 되었다.

§ § §

"이, 이제 슬슬 본래 목적을 이루러 가자. 방으로 돌아가면 원하는 만큼 입을게."

"아…… 죄송해요. 즐거워서 그만."

"카이 군, 이런 옷이 어울리네. 맨날 검은 옷만 입으니까 가끔은 이런 화사한 셔츠도 신선해서 좋아."

"그래요, 바로 그거예요! 은발에 어울리는 회색이나 금색으로 악센트를 주고……."

"네, 새 옷 들고 오기 금지합니다. 그것도 살 테니까 어서 다음 가게로 가자."

실물 사이즈 본본 인형 판매 중……이라는 문구가 머릿속에 떠올랐다.

안녕하세요? 옷 갈아입히기 인형이 된 본본입니다. 이상하네. 레이스는 자기 옷을 사고 싶다고 하지 않았나? 그리고 왜 류에는 거기에 편승해서 이상한 옷을 들고 오는 것일까? 아무리 나라도 전신 타이즈는 안 사. 그건 또 어디서 들고 온 거야?

마침내 해방되어 이번에는 격식 있는 옷을 파는 가게에 왔다.

이 세계의 옷가게는 기본적으로 시착용인 커다란 프리사이즈 옷밖에 없어서, 옷을 구매한 뒤에 점원이 즉석에서 재단, 사이즈를 조정하는 방식으로 운영됐다.

그래서 단 한 벌을 사기 위해서도 시간이 걸렸다.

또한 예복처럼 공적인 자리에서 입는 의상이라면 그런 수고가 더 필요했다.

즉, 예정보다 시간이 더 지나고 말았다는 뜻이었다.

"이 다음에 경연장을 돌아볼 생각이었는데……."

"으…… 죄송해요. 수선하는 동안 먼저 제가 보고 올까요?"

"그래. 일단 옷만 미리 정하고 나머지는 레이스에게 맡길까?"

"아, 그럼 나도 레이스를 따라갈까?"

앗, 너무해. 나 혼자만 두고 갈 생각이야?

"아~, 패션 센스가 있는 류에가 체크해줬으면 했는데~."

"응? 그, 그랬어? 그럼 어쩔 수 없지……."

레이스가 혼자 돌아본다면 그렇게 오래 걸리지 않겠지만, 거기에 류에까지 따라가면…… 틀림없이 다른 길로 새거나 쇼핑을 하겠지.

접수는 끝났지만, 이후 밤에 가게 장소 추첨회나 메뉴 최종 조정도 남아 있다. 가능하면 시간을 낭비하고 싶지 않았다.

그러므로 점점 쉬운 여자가 되어 가는 류에는 내가 이곳에 잡아 두겠다.

레이스는 어색하게 웃으면서도 고개를 살짝 끄덕였다. 내 의도가 전해진 모양이었다.

"좋아, 그럼 우선 이것부터 입어 볼까!"

류에는 기쁘게 말하며 동물 인형 옷을 가지고 왔다. 내 결단이 과연 옳았는지 벌써 의문이 밀려들었다. 그건 양복이 아니라 양 옷이야.

"카이 씨는 키가 크니까 팔다리 라인이 잘 드러나는 옷이 좋다고 봐요. 예를 들면…… 이걸 수선하면 어떨까요?"

보다 못한 레이스가 점원을 데리고 연미복 한 벌을 가지고 왔다.

안에 입는 조끼도 세트인지 전체적으로 잘 어울렸다.

흠, 조끼는 와인색이군. 너무 화려해 보이지만, 유니폼이라면 이 정도로 눈에 띄는 게 좋을지도 모른다.

"좋아. 이걸로 하자. 여기요, 수선 좀 부탁합니다."

왠지 들뜬 점원이 치수를 재기 시작했다. 뭔가 눈빛이 음흉하지 않아?

"아, 그럼 내가 액세서리를 찾아 둘게. 외알 안경이라든가."

"부탁할게요, 류에. 저는 행사장을 미리 보고 올게요."

"레이스, 조심해. 축제 기간이니까 어떤 이상한 인간이 있을지 몰라."

"잘 다녀와, 레이스. 선물은…… 단 거라면 뭐든 괜찮아!"

……역시 군것질할 생각이었군.

§ § §

"누나, 혼자야? 괜찮으면 안내해줄까?"
"아뇨, 사람을 기다리는 중이에요."

"혹시 길 잃었어? 내가 이 도시는 훤히 꿰고 있는데 같이 갈래?"
"아뇨, 목적지에서 남편이 기다려서요."

"거기 아가씨. 내 마차로 함께 관광해도 좋다만, 어떤가?"
"죄송합니다, 길드 업무 중이에요."

이미 몇 번째인지 모를 권유를 거절하고 도시 중앙에 있는 공원으로 다시 걸음을 옮겼다.
역시 나 혼자 오는 건 실수였을까? 이렇게 말을 걸어올 줄은 몰랐다.
축제에서 만남을 바라는 사람이 많은 것은 잘 알지만, 내 생각이 조금 안이했다고 인정할 수밖에 없었다.
예상보다 시간이 걸렸지만, 목적지로 가기 위해 마침내 큰길로 나왔다.
넓어도 너무 넓은 길, 많아도 너무 많은 사람 때문에 한숨이 나왔다.

이것은 감탄이었다. 이토록 발전한, 이 대륙의 심장부에 대한 경탄이었다.

이곳에 올 때까지 들었던 말들도 그랬다. 그만큼 자유롭게 사람이 사람과 만나고 말을 거는, 사람이 자유를 만끽하는 열린 나라가 됐다는 증거였다.

나는 한때 이곳에서 비슷한 꼴을 당한 적이 있었다. 그리고— 그때 나는 알지 못했다. 권유를 거절하는 것이 어떤 결과를 부르는지.

그래도 지금은 누구에게나 말을 걸고 그것을 거절할 자유도 분명히 존재했다.

이것은 오로지 이 나라를 바꾸기 위해 들고 일어난 사람들의 노력 덕분이었다.

그리고 무엇보다—『그녀』가 이루어 낸 일이 얼마나 큰 것인지 보여주는 증거였다.

"오잉크 씨는…… 정말로, 정말로 대단한 분이야……. 나와는, 비교할 수 없을 정도로."

한때 나도 많은 사람들과 손을 잡고 도시와 함께 성장해 사람들 위에 섰다.

그랜드 마더라고 불리며 많은 만남과 이별, 그리고 역경을 겪은 것은 무엇과도 바꿀 수 없는 재산이자 내 자랑이며 소중한 추억이었다.

추억과 인연이 사건의 규모에 따라 우열이 갈리지는 않겠지만, 그래도 비교하게 된다. 본래대로라면 천상에 있을 그녀가 옆에 있기 때문에.

"……이게, 질투일까?"

내가 모르는 그를 알고, 그 역시 다른 이에게는 보이지 않는 꾸밈없이 웃는 모습을 보여주는 사람.

단순히 오래 알고 지낸 친구라고 말하지만, 나는 알 수 있었다. 아니, 나니까 알 수 있었다.

같은 사람을 사랑하니까 안다. 오잉크 씨가 품은 감정을…….

그래서 나는 이렇게나 초조한 것이라고 이제야 자각했다.

이렇게 어리광까지 부려서 행사까지 참여하게 만들고…….

……내가 이렇게 욕심이 많아지다니.

그런 자기혐오에 빠지려는 순간, 또 누군가가 말을 걸어왔다.

설령 모르는 사람이라도 우울한 기분을 표정에 드러낼 수는 없어 얼굴을 펴고 돌아봤다. 그렇지만 그곳에 있는 사람은 성인 남성이 아니었다.

"갑자기 죄송합니다. 말씀을 여쭙고 싶어서요."

"이 근처에 노점이 모이는 곳이 있다고 들었는데 길을 잃었거든."

돌아본 곳에 있는 사람은 키가 작아 어린아이로 보이는

두 사람이었다.

여름인데도 불구하고 후드를 눈 아래까지 눌러쓴 그들에게 조금 경계심이 생겼다.

아이라고 해도 방심할 수는 없다. 어떤 상대인지 모르니까…….

"……그럼 먼저 얼굴을 보여주세요. 죄송해요, 의심이 많은 성격이라서."

"아…… 그것 봐, 의심 샀잖아. 이런 거 할 필요 없다니까."

"미안, 내가 잘못 생각했어. 미안해, 바로 벗을게."

두 사람은 후드를 벗고 그 뒤에 감췄던 얼굴을 나에게 보여줬다.

제법 장래가 기대되는 남녀 2인조를 보고 호기심이 조금 솟았다.

선명한 금발을 단발로 짧게 자른 엘프 소녀와 류에만큼이나 흰 머리를 짧게 쳐 올리고 이마에 머리띠를 감은 휴먼 소년이었다.

두 명 모두 묘하게 어른스러운 분위기를 풍겼지만, 수확제의 즐거운 분위기 때문인지 흥분을 채 감추지 못하고 들뜬 표정을 짓고 있었다.

"노점 콘테스트 말이죠? 사실 개최는 내일부터지만, 그 전에 홍보하려고 영업하는 가게도 있을지 모르겠네요. 안내할게요."

"윽, 일정을 착각했나? 저기, 괜찮아요? 안내까지 해주시고."
"네. 저도 그곳에 볼일이 있으니까 같이 가요."
"그럼 도중에 꼬이는 인간은 내가 처리해줄게. 보아하니 제법 시선을 모으는 것 같으니까."
소년이 허리에 찬 검에 손을 대며 그렇게 제안했다.
후후, 왠지 흐뭇해. 마치 공주님을 지키는 조그만 기사님 같아.
"그럼 경호를 부탁할게요, 작은 기사님."
"킥킥킥, 너 보고 쪼끄맣대."
"큭…… 이놈의 키가 문제야."
조금 토라진 모양이다. 미안해라.

그렇게 셋이 함께 걷는데도 말을 걸어오는 사람은 여전히 있었다. 그러나 내가 뒤에 있는 두 사람을 보며 『어떤 말』을 하면 남자들은 바로 포기하고 떠나 버렸다.
"죄송해요, 애들 아빠를 만나러 가는 길이라서요."
"어…… 아, 죄, 죄송합니다."
후후, 역시 애 딸린 주부에게 매달리는 사람은 없겠지.
왜일까. 카이 씨와 낳은 아이처럼 말했더니 정말로 내가 아내가 된 것 같은 착각이 들었다. 창피하다.
뒤에서 따라오는 두 사람은 지금까지 들은 대화가 재밌었는지, 아까부터 웃음을 참는 소리가 들리고 표정이 즐거워 보였다.

"대처가 익숙한데? 경호할 필요도 없었나?"

"후후, 고마워요. 조금만 더 가면 광장이 보이니까 잠시만 제 아이가 되어 주세요."

그렇게 농담처럼 말하자 소녀 쪽은 바로 분위기를 맞춰 「네~, 엄마」라고 대답했다. 나는 그만 참지 못하고 그녀의 머리를 쓰다듬었다.

"……하하하, 누가 머리를 쓰다듬는 게 얼마만이지?"

"후후, 미안해요. 저도 모르게 그만……."

광장에 도착하자 역시 이미 영업을 시작한 노점이 드문드문 보였다. 저것도 콘테스트에 대비한 전략이라고 생각하니 마음이 조금 초조했다.

콘테스트 전에는 자유롭게 가게를 낼 수 있어 저런 사전 홍보는 유용한 수단이었다. 아마 콘테스트에는 또 다른 메뉴를 낼 것이다.

이렇게 되면 평소에도 많은 상품을 제공하는 현직 종사자에게는 대항하기 어렵다.

"오오…… 먹음직한 향! 해산물을 굽는 냄새! 침 넘어가네!"

"큭…… 이건 오징어 냄새인가? 나도 못 참겠어."

뒤에 있는 두 사람이 당장에라도 광장으로 돌격할 기세로 몸을 앞으로 내밀었다.

후후, 이제는 괜찮겠지. 나는 두 사람에게 볼일이 있다면서 이만 헤어지자고 했다.

"그래, 정말로 고마웠어. 기회가 있으면 또 봐."

"언니, 정말로 고마워요! 좋아, 이제 노점 순방을 떠나 볼까!"

달려가는 두 사람을 바라보다가 참지 못하고 피식 웃음을 흘렸다.

저 여자애, 언동이 어딘지 모르게 카이 씨랑 닮았지만 외모와 괴리감이 심해서…… 후후, 마치 카이 씨가 여자애가 된 것 같다.

"그럼 이제…… 나도 광장을 잠깐 돌아볼까."

§ § §

"어서 와, 레이스. 혼자 보내서 미안해."

방으로 돌아와 의상을 맞추는데 행사장을 보러 갔던 레이스가 돌아왔다.

레이스는 넋이 나간 표정으로 다가와 뒤, 아래, 대각선, 온갖 각도에서 나를 뜯어봤다. 그야말로 머리부터 발끝까지.

"와아…… 잘 어울려요, 카이 씨. 그 외알 안경도 멋져요."

"그렇다면 다행이야. 맞아, 류에가 레이스가 입을 메이드복을 두고 갔어."

류에가 방금 볼일이 있다고 나가기 전에 두고 간 그것, 남심을 뒤흔드는 매혹적인 의상. 심플하게 흑백으로 배색된 그것을 가리켰다.

아아아…… 괜찮을까? 만약 지금 레이스가 입으면 그대로 침대로 확…….

일해라, 내 정신력 능력치! 이 의상에 걸맞은 신사가 되는 거다!

"한번 갈아입어 볼게요."

그렇게 말한 레이스는 침실로 들어갔다. 좋아, 심호흡해라. 온라인 게임 폐인은 경거망동하지 않는다.

메이드를 특별히 좋아하지는 않지만, 『귀엽다』, 『가녀리다』, 『청초하다』와 같은 듣기 좋은 이미지가 배어 버린 탓에 내가 좋아하는 사람이 그것을 입는다는 사실만으로 막…… 참기 어려운 충동이 밀려들었다.

뭐, 말은 이렇게 해도 그 정도 자제심을 유지할 마음의 여유는 있지만.

그리고 다시 침실 문이 열렸을 때, 나는 내 생각이 안이했고, 정신력과 이성을 과신했음을 깨달았다.

"오래 걸렸죠? 어떤가요? 웨이트리스로 일하며 유니폼을 입은 적은 있지만, 이런 격식 있는 사용인 옷은 처음—."

"레이스, 고마워…… 그저 고마워……. 그 외에 다른 말이 안 나와."

정신을 차리자 레이스의 손을 잡고 앵무새처럼 고맙다는

말만 반복하고 있었다.

지금 머리가 검은 탓도 있지만, 청초한 이미지에 이토록 어울릴 수 없었다.

그러나 그 청초함을 밀어 버리고 앞치마 너머로 부푼 가슴이 내 눈길과 의식을 빼앗아 갔다. 그럼에도 전체를 보면 검은색 롱스커트가 흰 봉오리의 자극을 부드럽게 완화시켜 절묘한 밸런스로 아름다움과 청초함을 겸비하면서 선정적인 실루엣을 낳아 미의 궁극체로 군림해 있었다.

아아, 흑발에 흰 헤드 드레스는 사기잖아……. 머릿속에 새겨 놔야겠다.

"저, 저기, 그렇게 어울리나요?"

"만약 메이드를 아름다움만으로 급을 나눈다면, 최상급이 될 정도야."

이 세계에도 사진이 있었지? 이번에 카메라를 사 놔야겠다.

레이스의 메이드복 차림을 마음껏 감상하는데 「솔직히 창피하다」, 「일하기 전에 주름이 생기면 안 된다」는 이유로 레이스가 이제 그만 갈아입겠다고 말했다.

대단히 아쉽고 가슴이 찢어지는 심정이지만, 애끓는 마음으로 승낙했다. 그럼 이참에 나도 갈아입자. 왠지 이런 격식 있는 복장은 내 방에서 입어도 답답했다.

"그런데 류에가 안 보이네요……. 어디 갔나요?"

"무슨 볼일이 있다면서 길드로 갔어. 콘테스트 접수를 하고 돌아왔을 때도 뭔가 숨기는 느낌이었지. 레이스는 뭔가 알고 있어?"

"저도 못 들었어요. 나쁜 의도가 있다고 생각하기는 어렵지만, 궁금하네요."

"본인이 곧 알게 된다고 말했으니까 지금은 가만히 기다릴까?"

결국 류에가 돌아온 것은 그날 저녁때가 되어서였다.

온몸을 로브로 꽁꽁 감싸고 나타났는데, 정말로 뭘 숨기는 것일까?

류에는 급하게 침실로 가서 사복으로 갈아입고 나왔다. 웃음을 참는 것처럼 보이는 것은 분명 착각이 아닐 것이다. 으음, 궁금하다.

하지만 그 의문은 당장은 보류다. 이제 곧 가게 장소를 정하는 추첨회가 시작되기 때문이었다.

행사장은 이미 많은 참가자로 북적였다.

자신만만하게 웃는 사람, 손을 모으고 기도하는 사람, 무관심하게 서 있는 사람.

그리고 그런 그들의 앞, 행사장 전방에는 무대가 설치되어 내가 돌아본 타이밍에 맞춰 큰 게시판이 옮겨져 왔다.

아무래도 경연장 평면도 같았다. 자잘하게 나뉜 구역에 1부터 50까지 숫자가 적혀 있었다. 아마 추첨 번호에 따라 자리가 정해지는 것 같았다.

"아까 보고 왔을 때 광장은 이미 밧줄로 자리를 나눠 놨어요. 제가 보기엔 넓이는 모두 같아서 위치에 따른 차이밖에 없을 것 같아요."

"어디가 걸리면 좋을까? 둥그니까 다들 어디로 돌지 모르잖아."

"적어도 출입구 반대쪽은 불리하겠지. 그리고…… 번호가 안 들어간 곳이 한 군데 있어. 저기는 작년 우승자가 가게를 내는 곳일 거야."

그랬다. 작년도 우승자는 이미 장소가 정해져 있었다.

둥근 광장을 십자로 관통하는 길 한가운데. 즉, 어디서나 접근하기 쉽고 눈에 잘 들어오는 곳에 자리를 잡는다는 뜻이었다. 이 이벤트의 핵심이기에 어쩔 수 없다 생각하면서도 다소 불공평하게 여겨졌지만, 다들 그 점에 불만은 없는 모양이었다.

"정중앙이야. 좋겠다. 그럼 그 옆이 좋을까?"

"아니, 정면승부는 피하고 싶어. 하지만, 유리하게 작용할 곳은 있어."

내 작전이 성립하려면 가능한 한 출입구에 가까운 곳이어야 했다.

차라리 나에게 [행운] 어빌리티를 부여할까도 생각했지만, 이번에 그런 반칙은 쓰지 않기로 했다. 모두와 같은 조건에서 모두가 가능한 수단으로 도전하겠다.

콘테스트라면 그 선을 넘어서는 안 된다.

이윽고 길드 진행 감독 앞으로 각 점포의 대표가 한 명씩 불려 나갔다.

"스위트 페더 세미피나르 지점은…… 22번입니다!"

"오, 십자로잖아? 땡잡았군!"

단상에서 엘프 남성이 작게 주먹을 쥐었다. 십자로가 좋은 위치로 인식되나 보다. 사방에서 손님이 오니까 그럴 만도 하다.

하지만…… 올해에 한해서 그곳은 꽝이다. 대흉도 놀라 자빠질 정도로 엄선된 불행의 증거다.

당일 일어날 사건을 생각하자 나도 모르게 음흉한 미소가 번졌다.

"이어서 첫 참가인…… 절대 승리자 앱솔루트 빅토리 씨, 앞으로 나와 주세요."

그때, 진행 위원인 남성이 듣기만 해도 창피한 팀을 호명했다.

별생각 없이 지은 듯한, 남에게 선전포고라도 하는 듯한 이름이었다.

과연 어떤 사람이 나올지 살짝 기대하며 단상을 바라봤다.

"절대 승리자 앱솔루트 빅토리 씨, 안 계십니까? 대표분, 올라와 주세요."

나타날 기미가 없었다. 설마 이제야 등록한 이름이 창피해졌나?

그렇게 생각했을 때, 류에가 내 옆구리를 콕콕 찔렀다.

“카이 군한테 대표를 넘겨줄게. 다녀와.”

“…………어?”

“후훗, 어때? 이름 멋있지?”

뭐어어어?! 잠깐, 류에, 무슨 짓을 한 거야아아아아아?!

난 싫어! 그 이름으로 어떻게 앞에 나가? 마왕 룩으로 연설하는 것보다 훨씬 난이도가 높아! 그 말 듣기 전까지 속으로 실컷 비웃고 있었다고!

“그럼 실례지만 제가 대표로 나갈게요.”

“아, 응…… 부탁할게, 레이스.”

이 이름에 거부 반응을 일으킨 것은 나뿐인지, 레이스는 태연하게 단상에 올랐다.

중2병이라는 개념이 없는 것일까? 그렇지만 그 거만하다고도 할 수 있는 이름을 모두 좋게 보지는 않는 분위기였다. 다른 출전자들이 단상에 선 레이스를 향해 냉소, 적의, 경계 등 다양한 종류의 시선을 보냈다.

“오오, 아름다운 여성분이 나오셨군요. 그럼 제비를 뽑아주시죠.”

레이스의 팔이 커다란 상자에 뚫린 구멍으로 들어갔다. 저 안에 번호가 적힌 공이 들어가 있지만, 지금 남은 개수는 고작 다섯 개뿐이었다.

그리고 그중 나에게 가장 좋은 포지션은 하나뿐이었다.

물론 의도대로 되지 않아도 싸울 방법이야 있지만—.

"카이 군. 저 상자 안에 뭔가 동물을 넣어서 손을 넣는 사람을 놀라게 하는 건 어떨까? 재미있지 않을까? 모르고 만지면 꼬물꼬물 움직이는 거야."

"……그거, 내가 있던 세계에 실제로 있었어."

발상이 예능 프로그램 기획자 같았다. 다음에 오잉크로 시험해 볼까? 돼지라도 넣어서.

머릿속으로 그 상황을 상상하는 사이 레이스가 제비를 뽑았다.

그리고 발표되는 숫자는—.

"절대 승리자 앱솔루트 빅토리 씨는…… 21번입니다!"

"해, 해냈어요!"

기쁨이 가득한 얼굴로 폴짝폴짝 뛰며 돌아온 레이스와 하이파이브를 했다.

기쁨을 주체하지 못하고 평소보다 귀여운 행동을 하는 그녀를, 나뿐만 아니라 주위 남자들이 넋을 놓고 얼떨떨하게 바라보았다.

"뽑기 운이 좋은데? 레이스. 승리에 한 걸음 다가갔어."

"내가 붙인 이름 덕분이야! 후후후, 역시 나야."

"해냈어요. 십자로에 출입구에서 가장 가까운 곳이에요!"

그래. 이건 거의 최고의 위치 선정이었다. 행사장에 들어

온 사람의 정면. 이곳에 레이스와 류에가 있는 것만으로 강한 인상을 남길 수 있거니와, 나의 방해 공작에 가까운 작전도 이곳이라면 가장 큰 효과를 발휘할 것이다.

아아, 유치하고 남에 대한 배려도 없으며, 한없이 독선적이고 자기중심적인 수법을 누구에게도 비난받지 않은 채 요란하게 선보일 수 있다는 것은 의외로 기분이 좋다.

처음에는 썩 내키지 않았지만…… 이 어두운 감정, 가학심을 채워주는 쾌감에 빠져 버릴 것 같다. 아, 어서 내일이 됐으면 좋겠다.

행사장을 뒤로하기 전에 콘테스트 동안 사용할 재료를 모두 종이에 적어 직원에게 제출했다. 이것도 규정상 필요한 일이었다. 과거에 금지된 중독성 있는 식물을 쓴 가게가 있어서 고의든 우연이든 그런 사고가 없도록 의무화됐다고 한다.

참고로 이 규칙을 어기면 무조건 실격 처리, 경우에 따라서는 국내 영업이 무기한 정지되는 무거운 처벌이 기다리고 있다나 뭐라나.

나중에 무단으로 재료를 변경해도 들키지 않을 것 같은데 그 부분은 괜찮은 것일까?

"재료 리스트도 냈고, 이제는 돌아가서 최종 논의를 할까?"

"네. 메인이 될 요리를 미리 연습해 봐야죠."

"이미 만들 요리는 정했지?"

"첫날은 아이스 빵과 쌀과 고기를 쓴 요리, 그리고 둘째

날부터는 따뜻한 음료도 낼 거야."

이 전략으로 얼마나 물고 늘어질 수 있을까, 그리고 얼마나 대회를 휘저어 놓을 수 있을까. 신참이 자이언트 킬링을 이루려면 언제나 예상하지 못하는 변수, 파란으로 가득해야 하는 법이니까.

자, 방해에 가까운 작전들 앞에 이 세계 사람들은 얼마나 대항할 수 있을까. 어디 실력 한번 볼까?

§ § §

이튿날 이른 아침. 아직 모두가 잠든 콘테스트 첫날. 필요한 기재와 도구를 수령하러 바로 길드로 갔다. 아무리 길드라도 이 시간부터 붐비지는 않았다. 평소에는 만족스럽게 걷기도 힘든 로비가 지금은 휑했다.

마치 인간들이 모두 도시에서 사라진 것 같은 이상한 기분에 사로잡히며, 기재를 쌓아 둔 길드 훈련장으로 갔다.

이 콘테스트에서는 임시 노점을 만들기 위한 판자와 천, 간판을 빌려준다고 들었다.

애초에 원래 세계처럼 개인이 먼 거리에서 큰 짐을 옮겨오기가 쉽지 않아 주최 측에서 이런 필요 최소한의 도구를 빌려주는 것이 상식이었다.

그밖에도 화로나 철판, 석쇠에 매진됐을 때를 대비한 **깃발**

간판 등 필요한 도구는 모두 빌릴 수 있었다. 물론 무상으로 빌리지는 못하지만.

우리는 야영에서 쓰던 작업대와 화로가 있으므로 그것을 노점처럼 꾸미기 위한 천과 간판과 울타리 재료를 빌렸다. 이것으로 작업대를 장식할 것이다.

직접 만드는 노점…… 음, 학교 축제가 떠오른다. 그리워라.

그렇게 지난날, 젊은 시절의 추억을 떠올리며 기재를 설치하러 먼저 경연장으로 간 두 사람을 찾아 나섰다.

흔히 사용되는 의성어지만, 뚝딱뚝딱 망치 두드리는 소리가 울리는 행사장에 도착했다.

시각은 아직 여섯 시 전, 콘테스트 시작까지 노점 설치를 끝내기 위해 모두 분발하여 자신들의 거점, 이 싸움의 요새를 만드는 작업에 여념이 없었다.

자, 우리의 가게 장소는…… 찾았다. 입구에서 정면으로 보이는 십자로 초입에서 류에와 레이스가 가설 주방을 설치하고 있었다.

급하게 그녀들 곁으로 다가가자 왠지 두 사람의 분위기가 이상했다.

"둘 다 기다렸지? 그런데 표정이 왜 그래?"

"아니, 글쎄, 옆 노점이 공간을 넘어오잖아."

"주의를 줘도 고칠 생각도 없고 오히려 우리가 방해한다고 길드에 신고했대요. 방금 주의를 받았어요."

"그래? 내가 해결할게."

옆집이 처음부터 강하게 나오시네. 저쪽 재료인가? 큰 상자와 작업대가 우리 공간을 침범하고 있었다. 흠, 음식은 소중히 해야 하니까 밀어서 돌려주고, 나머지 도구는— 전력으로 때려 부순다.

깡 소리를 내며 작업대가 구부러졌다. 이미 고철이 되어버린 그것을 내버려 두고 돌아왔다.

자, 그럼 우리 쪽 장식을 시작해 볼까?

"부…… 부숴 버려도 괜찮아?"

"규정상 문제는 없고 저쪽이 방해한다면 우리도 똑같이 하면 돼."

"저기…… 너무 과하지 않나요……?"

"당했으면 갚아줘야지. 정 안 되면 권력을 써서라도 갚아줄 거야."

이건 이미 나의 전쟁이었다. 방해한다면 최악의 경우 처리하겠다는 마음가짐으로 임하겠다.

기분을 다잡고 장식을 진행했다. 단순한 야영 도구라도 알록달록한 천으로 다리를 감추고, 울타리를 치고, 그 위에 간판까지 세우자 순식간에 화려한 노점으로 변신했다.

물론 간판은 아직 아무것도 안 적힌 상태였다. 이제부터 가게 이름, 혹은 메인 메뉴를 적어야 하지만, 아쉽게도 나는 미술에 재능이 없었다. 이건 레이스에게 맡기자.

“알겠어요. 그럼 가게 이름은 우리가 등록한 대로—.”

“미안한데 잠깐만. 그것만은 하지 말자.”

“뭐~? 왜? 멋있잖아?”

“얌전하게 요리 이름을 적자! 일단 메인인—.”

메인 메뉴는 이구조 씨와 관련된 쌀 요리. 그리고 오잉크와 관련된 돼지고기.

바로 고기말이 주먹밥이었다. 사실 오잉크와 돼지고기의 연관성은 우리밖에 모르지만, 본인에게는 통하겠지.

그러나 간판에 『고기말이 주먹밥』이라고 적어 봤자 무슨 음식인지 감이 안 오고 호기심을 자극하지도 않는다. 상품명으로 쓸 새로운 이름이 필요하겠는데…….

뭐 좋은 이름이 없을까 고민하던 때였다. 옆에서 큰 고함소리가 귀를 때렸다.

“야! 이거 어떻게 된 거야! 우리 작업대 누가 부쉈어?!”

어젯밤 추첨회 때 단상에서 주먹을 꽉 쥐며 기뻐하던 엘프 남성이 우리에게 소리치며 쳐들어왔다. 아이고, 얼굴이 아주 새빨개지셨네. 자…… 클레임에 의도적 괴롭힘, 그밖에도 거친 언동, 귀찮은 일은 다 떠맡았던 내가 나설 차례다.

“어서 오세요. 죄송하지만, 보시다시피 아직 가게를 열기 전이라서요.”

“장난치지 마! 우리 작업대 너희가 부쉈지?!”

"아뇨? 하지만 우리 공간에 못 보던 쓰레기가 있어서 처리하긴 했죠. 저거 보세요. 우리 자리에 있죠?"

"그건 우리가 **일시적**으로 둔 것뿐이야! 이건 방해 행위라고!"

"허가한 사람은 누구죠?"

류에와 레이스가 말없이 고개를 저었다. 그야 그렇겠지.

예상대로 남자도 입을 다물어 버렸다. 이런 유치한 방해를 생각 없이 저지르다니…….

일단 여기 남은 작업대를 조금만 더 사이즈를 줄여 볼까?

남자가 보는 앞에서 구부러진 작업대를 더 작게 뭉쳤다.

철제 작업대를 마치 종이라도 뭉치는 것처럼 찌그러뜨려 블록 모양으로 만들었다.

『너도 이렇게 되고 싶냐』는 무언의 압박. 다시 말해서 순전히 협박이었다.

본래 규칙으로 보호받아야 할 대회였다. 하지만 주최 측도 결국 이곳 사람이었다. 그렇다면 고향 사람을 편애하는 일도 있으리라. 그것을 이용해 원래 신고하면 끝날 문제도 『고향 사람끼리 마찰을 빚기 싫다』는 심리를 파고들어 무마해 버린다.

이런 방해— 익숙해. 누가 겁먹고 도망칠 줄 알았냐?

정신적으로 압박한다면 나도 압박해 줄 뿐이다.

남자의 얼굴이 새파랗게 질렸다. 내 의도가 제대로 전해진 모양이었다.

지금 이 인간의 생각이야 뻔했다. 『위험한 놈한테 걸렸다』, 『잘못 건드렸다』라고 생각하겠지. 아마 등록명과 첫 참가라는 점을 보고 이런 짓을 벌였을 것이다.

"그럼…… 준비를 해야 하니 이만 돌아가 주시겠어요?"

"미, 미안하게 됐어……. 우리가 착각했나 봐……."

남자는 힘없이 떠났다. 하지만 안타깝네요. 진짜 지옥은 지금부터랍니다.

준비를 마저 하자. 이제는 허튼 방해를 하는 인간도 없을 테니까.

"오늘 카이 군 엄청 무서워……. 괜히 장난치지 말아야겠다."

류에, 도망치지 마! 평소처럼 웃어줘!

§ § §

"카이 씨, 철판 예열이 끝났어요."

"나도 바게트 다 잘랐어. 아이스크림 원액은 아직 멀었어?"

"나도 이제 곧 끝나. 자, 두 명 다 맛을 봐줘."

시각은 오전 아홉 시. 콘테스트 개시 한 시간 전이었다.

역시나 그 후로 괜히 시비를 거는 인간은 나오지 않았고, 완벽한 언터처블로 거듭났다. 까딱 잘못하면 가게 매출에도 지장을 줄 것 같지만, 아무것도 모르는 사람이 보면 귀여운 메이드 아가씨가 두 명 있을 뿐인 가게였다.

그렇다! 두 사람 모두 이미 옷을 갈아입었다. 류에도 레이스에게 밀리지 않게 귀엽고 깜찍하고, 하늘하늘한 치마를 나부끼며 즐겁게 쫄래쫄래 돌아다니는 모습이 정말로 사랑스러웠다.

봐라! 우리 류에가 이렇게 귀엽다! 라고 소리치고 싶을 만큼.

“아, 맛있어! 전에 만들었던 것보다 맛이 깊네? 진하다고 해야 하나? 이건 쌀 덕분이야?”

“그러네요. 단맛뿐만 아니라 깊이가 있어요. 라이스 푸딩과 비슷한…….”

개량 결과, 아이스크림 원액에도 쌀을 끓여 넣기로 했다. 그게 어필도 된다는 이유에서였다.

무엇보다 원래 세계에서 아이스크림의 기원 중 하나에 『소젖과 쌀을 끓여 산 정상에 쌓인 눈을 넣어 먹었다』는 이야기가 있을 정도였다.

그러니까 아이스크림과 쌀의 궁합은 역사가 증명하는 셈이었다.

뭐, 설명은 이렇게 했어도 사실 내가 살던 곳에 있던 『쌀 아이스크림』을 베꼈을 뿐이지만.

이제는 이 원액을 바게트에 올리고 류에가 얼리면 완성이었다.

그리고 나는 고기말이 주먹밥, 『란란 롤』을 굽는 역할, 레이스는 미리 준비해 둔 주먹밥에 고기를 감는 역할이었다.

"슬슬 시간이 됐어. 좋아, 그럼 나도 본격적으로 시작해 볼까?"

"같이 힘내요, 카이 씨!"

"반드시 우승하자~!"

잠시 뒤, 행사장 내에 콘테스트 개시 신호로 익숙한 목소리가 흘러나왔다.

『지금부터 제7회 길거리 음식 콘테스트를 개최하겠습니다.』

"아, 오잉크 목소리다! 저 마도구에서 나오는 소리인가?"

"저건 통신 마도구의 일종일까요? 보아하니 단방향 전송 장치 같네요."

"이야~, 역시 이 도시는 문명이 조금 더 앞서가는구나."

『예년대로 우승자에게는 길드 내 푸드 코트에서 1년간 영업할 권리와 상금 50만 룩스가 수여됩니다. 여러분, 정정당당하게 평소 갈고닦은 솜씨를 발휘해주세요!』

주최자님의 요망대로 정정당당히— 모든 수단을 동원해서 싸우겠다.

입장 개시를 알리는 종이 울림과 동시에 란란 롤— 고기말이 주먹밥의 소스를 초고열 철판에 한 술 뿌렸다.

그러자 순식간에 폭발적인 수증기와 함께 천상의 향기가 피어올랐다.

이번에 이구조 씨가 남긴 조미료가 그다지 넓게 보급되지 않았다는 정보를 통해 양식 문화에서 자란 사람도 받아들이기 쉬운 『오렌지 소스』에 가까운 소스를 만들었다.

간장과 설탕뿐만 아니라 와인 비네거와 오렌지 과즙을 더한 이 소스는 비네거의 힘으로 향을 잘 살려냈다. 간장을 조린 특유의 향에 섞인 익숙한 오렌지 소스의 향으로 손님들에게 선제 펀치를 날리는 것이다.

현재 시각은 오전 열 시, 아침을 거르고 이곳에 온 사람도 많을 것이다.

게다가 우리의 가게 위치는 입구 정면— 다른 가게의 향을 덮어 버리고 우리 요리의 향만 손님에게 뒤집어씌운다는 심산이었다.

이 이벤트는 가벼운 먹거리를 내는 가게도 있지만, 후식용 요리를 내는 가게가 압도적으로 많았다.

때문에 란란 롤보다 강한 향이 나는 요리가 존재하지 않았다.

초고열 철판에 물을 뿌려 눌어붙기 직전인 소스를 씻어내고 다음 준비에 들어갔다. 자, 나는 이 향기 폭탄을 손님이 입장할 때마다 터뜨릴 생각인데 어떻게 나올 거지?

"카이 씨, 손님이 여기를 보고 있어요. 호객 부탁해요."

가장 먼저 들어온 아가씨 3인조가 향기의 발원지인 이곳으로 다가왔다.

그럼 롤 플레이를 시작해 볼까. 오늘 나는 정말로 신사가 되겠다.

"안녕하십니까, 아가씨들. 오늘 첫 손님이 되어 주실 수 있으신가요?"

아가씨 3인조를 향해서 가능한 한 다정하게 말을 걸었다.

부드러운 표정을 유지하도록 유념하면서 경의를 담아 상대방을 귀한 집안 아가씨처럼 대했다.

"아가씨래. 어쩔래?"

"팬케이크 먹을 예정이었는데…… 점원 오빠도 잘생겼으니까 잠깐 들러 볼까?"

"냄새 좋다. 나는 오히려 여기 거 먹고 싶어."

네, 손님 세 분 모십니다~. 시작은 순조로웠다. 여기서 흐름을 잡아야 한다.

바로 데워 뒀던 란란 롤을 센 불로 옮기고 특제 소스를 발랐다.

코앞에서 이 냄새를 맡고도 사 먹지 않을 사람이 과연 몇 명이나 있으랴.

더군다나 우리는 마진을 남길 생각이 없는 최저가로 제공한다.

"란란 롤? 이건 무슨 음식인가요?"

여기서부터는 토크 타임이다. 가급적 흥미를 유발하도록 정중하고 자세하게 이 가게의 콘셉트를 설명해줘야지.

"잘 물어보셨습니다. 저희 가게는『지역 생산, 지역 소비』를 신조로 요리를 만들고 있습니다. 그 땅에서 나는 먹거리는 그 땅에서 소비한다. 다시 말해 이 윤택한 세미피나르 대륙의 작물을 여기서 여러분께 대접해드릴 생각입니다."

"와~! 그래도 이런 음식은 본 적이 없는데요."

"이건 먼 옛날 이구조 씨의 조국에서 먹었다는 요리를 재현한 것입니다. 그분이 이 대륙에서 품종 개량한 쌀과 제작법을 전한 조미료를 썼지요."

이구조 씨가 먹은 적이 있는지는 불확실하지만. 적어도 일본에서 만들어진 요리이므로 거짓말은 아닙니다!

그럼 하는 김에 옆에서 심심해하는 류에 담당 아이스크림도 설명해 버리자.

그나저나 왠지 아까부터 부러운 눈길로 이쪽을 보네.

"참고로 옆에서 판매하는 아이스 빵은 이 대륙에서 난 밀로 만든 빵과 이구조 씨가 전파한 쌀을 모두 사용한 디저트입니다. 지금까지 맛본 적 없는 새로운 맛과 식감을 보장하겠습니다, 아가씨."

자화자찬 같지만, 제법 괜찮은 영업 멘트가 아니었을까? 자, 류에도 이어서 설명해줘.

"그, 그게! 맛있어! 내가 태어나서 처음 먹은 아이스크림이 이거였어!"

"아, 이쪽 메이드 언니 귀엽다! 흠, 추억의 맛이구나. 조금 궁금해."

"엄청 싸! 이렇게 싸게 먹을 수 있으면 나도 지금 당장 사고 싶을 정도야."

……왠지 상상과 다르지만, 일단 호평이니까 넘어가자.

그렇게 무사히 세 사람 모두 란란 롤과 아이스 빵을 샀다.

자, 그러는 사이 향기 폭탄 2호 발사다!

참고로 아이스크림에 냄새가 배지 않도록 류에가 기온 차를 이용한 공기 장벽을 만들었다. ……게다가 기류를 살짝 이용해서 냄새를 입구 쪽으로 흘려보냈다.

"와! 이 고기 맛있어! 이런 맛은 처음이야!"

"나는 알아. 이거 간장인가 하는 그거지? 조합하면 이런 맛이 나는구나."

"이 아이스크림 괜찮네. 손으로 들고 먹을 수 있고 식감도 좋아."

냄새에 낚인 사람이 맛있게 먹는 아가씨들을 보면 어떻게 생각할까.

첫 시도에는 제법 용기가 필요하다. 하지만 이번에는 세 명이 함께 있었기에 권유하기 쉬웠고, 이미 세 사람이나 먹는 음식에는 다음 손님도 오기 쉬웠다.

첫 판매는 완벽하게 성공했다. 이제 이대로 이 흐름이 끊어지지 않도록 제공 속도와 호객을 유지하며 냄새를 계속 퍼뜨리면 된다.

그러면— 아무것도 하지 않아도 나의 두 번째 전략이 발동한다.

이곳은 입구에서 가깝고 길이 다소 좁은 십자로 앞쪽이었다.

이런 곳에 어느 정도 사람이 모이면 당연히 통행에 방해가 되어 사람이 정체된다.

그러면 어떻게 되는가? 십자로로 똑바로 들어가지 않고 다른 세 곳부터 돌아보기 위해 주변으로 사람이 이동한다. 그럼 당연히 길에 있는 다른 가게에 눈이 가는 사람도 나오겠지. 즉, 이 십자로에 있는 최강자, 도토리 팬케이크 가게로 갈 손님을 줄일 수 있다. 더불어 처음에 방해했던 이웃도 큰 타격을 입는다.

"아, 다른 손님이 오니까 우리는 갈게. 또 봐, 오빠."

"후후, 나중에 또 보러 올게."

"아이스크림 남겨 둬. 또 먹으러 올 거니까."

"감사합니다. 그럼 계속해서 이번 축제를 즐겨주십시오."

인사를 하고 아가씨 3인조를 배웅하니 벌써 추가로 네 명이 줄을 섰다.

좋았어, 그럼 다시 영업을 시작해 볼까.

§ § §

거의 완벽하게 내 예상대로 상황이 흘러갔다.

시간이 흐르면서 행사장을 찾는 손님들이 입구 부근에 모인 사람들을 보고 호기심에 줄을 서려고 했다. 그리고 통행을 방해할 정도로 줄이 길어지자 많은 사람들이 우회하기 시작했다.

행사 진행 도우미가 줄을 정리하려고 나온 것은 조금 예상 밖이었지만.

"레이스, 주먹밥 얼마나 남았어?"

"지금 줄 선 분들에게 모두 팔기는 어려워 보여요. 설마 이렇게 단시간에 인기를 끌 줄은……."

"상상했던 것 이상이긴 해……. 레이스, 내일 팔 물량을 지금 풀자. 그리고 조리는 나랑 교대해. 내가 추가로 재료 준비를 할게."

"네. 그럼 부탁드릴게요."

유일한 계산 착오라면 행사장을 찾은 손님의 70퍼센트가 여성이란 점이었다.

그러나 생각해 보면 디저트 가게가 많다면 여성 손님이 많은 것은 자명한 이치였다.

그 결과, 뜻하지 않게 내 집사 흉내가 그녀들을 끌어 모으는 역할을 했다.

흠, 여기서 조리를 교대하면 혹시 역효과가 아닐까?

하지만 그런 걱정도 레이스가 재치를 발휘해 오히려 기회로 만들었다.

"여러분 몫을 자신이 만들고 싶다고 하여 현재 저희 집사가 추가분을 준비 중입니다."

레이스는 그렇게 말하면서 뒤에서 부지런히 주먹밥을 만드는 나를 모두에게 소개했다.

하, 하지 마! 백그라운드에서 일하는 사람은 피로에 찌든 얼굴일 게 뻔하잖아!

큭, 주먹밥을 만들면서 상큼하게 웃는 집사가 대체 뭐야?!

하지만 왠지 들려오는 건 찢어지는 환성. 너희는 외모가 좋으면 뭘 하든 좋은 거야?!

"오빠, 내 건 하트 모양으로 만들어줘요~!"

"내 것도! 커다랗게 하트로!"

"여기 봐줘요, 오빠~!"

얼굴이 뜨거웠다. 제발 그만하세요, 이런 건 익숙하지 않다고요…….

그리고 자기가 소개해 놓고 왜 절 째려봅니까, 레이스 누님?

또 류에 씨는 왜 같이 환성을 지르는 거죠?

그래도 좌우지간 많은 손님들의 관심을 사고 많은 사람들이 이 가게의 요리를 먹어준 것은 틀림없었다. 첫날 실적으로는 백 점 만점이었다.

지금 만드는 추가분도 지금 모인 손님들에게 팔면 다 떨어질 것이다.

그 무렵에는— 나의 세 번째 책략에 발동이 걸릴 예정이다.

작고 먹기 쉬운 아이스 빵에 똑같이 작고 먹기 쉬운 란란 롤.

가격도 싸서 한 번에 많이 주문하는 사람도 여럿 있었다.

그게 아니더라도 아이스크림과 주먹밥을 둘 다 시키는 손님이 무척 많았다. 그리고 다들 간과하고 있었다.

『아이스크림이라고 해도 본질은 빵』이라는 사실을…….

그 말인즉, 둘 다 탄수화물이라서 먹으면 배가 부르다.

……다른 가게 상품을 먹기 힘든 사람도 많지 않을까.

먹으면 먹을수록 다른 가게의 매출이 떨어진다. 이 요리는 악마의 음식이다.

다이어트? 여성의 천적? 그건 내 알 바 아니죠. 이기면 그만입니다, 이기면!

아무튼 그렇게 날개 돋친 듯 요리가 팔려 나갔지만, 없는 것을 만들어 낼 수도 없거니와 내일 영업에 지장이 생긴다는 이유로 점심을 지난 시각에 영업 종료를 알리는 깃발이 내걸렸다. 줄 서 있던 사람들에게는 미안하지만, 어쩔 도리가 없었다.

내일은 오늘의 배로 준비해야겠다. 그 정도는 쉽게 팔릴 것 같았다.

"종료 시각까지 다섯 시간이나 남았는데 아까워……. 어떻게 할래? 우리도 뭔가 먹을래?"

"아니, 아무래도 모두 경쟁자인 이곳에서 먹기는 좀 그래."

우리가 영업을 끝내서 겨우 인파의 흐름이 정상으로 돌아왔지만, 만회하기에는 너무 늦었다.

배가 불러서 식욕이 없는 손님들이 많아 보였다. 작전 성공이었다.

당연히 다른 가게 사람들은 아니꼽게 눈을 흘겼다. 아니…… 이거 콘테스트잖아. 타성에 젖어서 매년 별 연구도 없이 똑같은 걸 내놓으면 이렇게 돼도 할 말 없다.

듣기로는 이 콘테스트 참가자는 매년 거의 변하지 않아 우리 가게를 찾은 사람도 많다고 했다. 한마디로 매너리즘에 빠졌다는 소리였다.

현직 종사자에게 주제넘은 비판일지도 모르지만, 역시 발전 없이 정체되는 것은 좋지 않다.

때로는 외부에서 대회를 휘저어 놓는 인간도 나올지 모르니까.

"……하하호호 하기만 해서는 발전은 없어. 전에 있던 세계에서 그걸 지긋지긋하게 경험했지."

"……저도 오늘 경쟁하는 가게와 싸우는 게 얼마나 힘든지 떠올렸어요. 이 정도까지는 하지 않았지만, 이건 콘테스트니까요……."

"레이스는 동업자와 연대하는 게 중요하다고 생각하지? 솔직히 앞으로도 이 도시에서 장사를 한다면 그게 옳을 거야. 하지만 지금 우리는 난입자지."

"그건 나도 알아. 잃을 게 없는 사람의 무서움, 결사의 각오라는 거지?"

"그거야. 그리고 이건 대책을 세우기 쉬운 초보적인 수법이기도 하니까 내일부터는 이렇게 잘 먹히지 않겠지. 오히려 내일부터가 진짜라고 생각하는 게 좋아."

레이스는 화기애애한 추억 만들기를 하고 싶었는지도 모른다.

혼자 열을 내서 미안하다는 생각도 들었다.

그러나 신기하게도 활력이 넘쳤다. 역시 전직 경영자다웠다.

"그럼 오늘은 일찍 돌아가서 내일 판매할 분량을 준비할까요? 후후, 아마 이대로 가면 만드는 족족 팔릴 것 같아요."

아, 역시 그랬다. 조용히 투지를 불태우는 레이스가 어째선지 무척 아름다워 보였다.

노점을 정리하고 오늘 매출을 알리는 『티켓』을 본부로 가져갔다.

이 티켓은 콘테스트 행사장 입구에서 판매하는 것으로, 노점 상품을 살 때 함께 내야만 상품을 얻을 수 있는 구조였다. 참고로 쓰지 않은 티켓은 내일 이어서 쓰거나 본부에서 환불할 수도 있었다.

요컨대 3일 동안 얼마나 많은 티켓을 모으느냐를 겨루는 대회였다.

본부에 제출할 때 반응을 보니 우리 매출은 놀라운 결과였나 보다.

돌아갈 때 3연패를 노리는 팬케이크 가게를 엿봤다.

……점원 한 명과 눈이 맞았다. 제법 아름다운 여성이지

만, 그 눈초리가 매서웠다.

"정말로 내일부터는 정신을 바짝 차려야 될지도 모르겠어."

길드까지 돌아오자 건물 뒤편에서 큰 소음이 들렸다.

누가 훈련장에서 거창한 기술이라도 쓰나 하고 상황을 보러 갔는데 예상하지 못한 광경이 펼쳐졌다. 어떻게 된 까닭인지 며칠 전까지는 흔적도 없었던 커다란 목조 골격이 급조되어 있었다.

조금 전 들린 큰 소음은 목재를 조립하려고 나무망치를 두드리는 소리였다.

보아하니 간이 객석 같았다. 상당히 많은 사람들을 수용할 수 있도록 몇 단이나 쌓아 올렸는데…… 서커스나 극단이라도 오나?

"레이스, 팸플릿 아직 가지고 있어? 여기서 뭘 하는지 알고 싶어."

"『미스터&미스 세미피나르 콘테스트』일 거예요. 외모가 뛰어난 남녀를 모집해 누가 가장 지지받는지 겨룬다고 하네요."

"그, 그렇구나! 그래도 레이스는 그런 거 관심 없지?!"

"네? 아, 네. 지금은 그다지 눈에 띄고 싶지 않으니까요."

왠지 류에가 안절부절못하며 레이스에게 확인했다.

확실히 기껏 변장했는데 이런 곳에 나가는 것은 어불성설이겠지.

"자, 둘 다 어서 방으로 가자. 일하는 데 방해하면 미안하고 우리도 돌아가서 준비해야지."

"그, 그렇지. 류에가 오늘따라 열성적인데?"

"후후, 그러게요. 저도 질 수 없죠."

방으로 돌아와서 바로 아이스크림 원액을 추가로 끓이면서 밥을 지을 때였다.

밖에서 노크 소리가 들렸다. 그러자 마치 기다렸다는 양 류에가 달려가서 문밖에 있던 길드 직원에게 무슨 편지 같은 것을 받았다.

"류에, 그건 뭐야?"

"아, 응. 그…… 그냥 의뢰 관련으로 나한테 온 거야."

"흠…… 무슨 의뢰라도 받은 거야?"

설마 어제부터 태도가 부자연스럽던 이유와 관련이 있나?

우리에게 보이고 싶지 않은 분위기였다. 아직 비밀로 하려는 모양이었다.

류에는 그 편지를 진지한 눈빛으로 읽어 내려갔다.

그 안에 좋은 소식이라도 있는지 류에가 표정을 활짝 폈다.

"카이 군, 카이 군. 내일 가게 말인데, 나 오후 두 시쯤에 빠져도 될까? 오늘 상황을 봤을 때 바쁜 시간은 그 전에 끝날 것 같은데."

"응? 뭐, 두 명만 있어도 되기는 하지만…… 무슨 일이라도 있어?"

"응, 길드에서 호출했어. 내가 꼭 가야 해."

그렇게 말한 류에의 표정은 거짓말을 하는 것 같지도 않고 아주 자연스러워 보였다. 호출 받았다는 말은 아마 사실이겠지.

"아, 그리고 레이스, 나중에 물어볼 게 있으니까 잠깐 나 좀 봐."

"저요? 별일이네요. 알겠어요."

"후후후, 열심히 해야지."

대체 뭘 열심히 하겠다는 말이지? 정말로 괜찮은가……?

§ § §

콘테스트 둘째 날이 찾아왔다. 첫날의 『모르면 당해야지』식 방해 전략은 아마 다른 가게들도 대책을 세웠을 것이다. 그러나 여기서 발동하는 네 번째 책략.

소문이나 하루 동안 있었던 일, 잡담은 밤에 쉬면서 나누는 법이다.

어제 첫 참가에도 불구하고 그렇게 많은 손님들을 불러 모아 큰 화제가 된 우리 가게가 도마 위에 오르지 않을 리 없었다. 즉, 하룻밤이 지난 오늘은 어제와 달리 우리를 보려고 오는 손님이 있다는 뜻이었다.

반면, 그와 동시에 우리를 명백히 적대시하는 사람도 나오기 마련이다.

영업을 준비하는 우리를 향해 한 여성이 씩씩대며 걸어왔다.

눈매가 날카로웠다. 타고난 눈매일지도 모르지만, 우리를 노려보는 것이 확실했다.

흰 조리복에 커다란 도토리 그림이 들어간 앞치마를 입은 그녀는 분명 어제 돌아가는 길에 눈이 마주친 도토리 팬케이크 가게의 점원이었다.

그 예사롭지 않은 분위기에 레이스가 긴장했지만, 그녀를 물리고 내가 대신 앞으로 나섰다.

"저기요. 이 가게 책임자한테 할 이야기가 있는데 잠깐 불러줄래요?"

"안녕하십니까. 본점의 경영 방침을 정하는 실질적인 책임자는 저입니다만, 무슨 일이신가요?"

흥분하지 않도록 조심했다. 냉정하게, 오로지 이 역할에 충실하도록.

어찌 된 영문인지 이 도시에 온 뒤로 감정을 뒤흔드는 일이 이어지고 있었다.

우연일까, 아니면 내 마음 어딘가에 변화가 생긴 것일까.

"몰라서 물어? 당신네가 무슨 짓을 했는지 알 거 아니야!"

가뜩이나 날카로운 눈매가 이제는 분노를 숨기려고도 하지 않고 예리하게 변했다.

눈살을 찌푸리고 무섭게 노려보니 솔직히 긴장됐다.

하지만…… 기가 눌렸다고 생각하니 자존심이 상했다.

"글쎄요? 혹시 처음부터 손님을 붙잡아 인파의 흐름을 조작하고, 강한 향으로 다른 가게를 방해하다시피 하는 호객 행위에, 마지막으로 식후 포만감이 큰 디저트를 제공한 것 말씀인가요?"

"그래! 설마설마했는데, 다 알고 했다는 거네? 비겁하게!"

"칭찬해주셔서 감사합니다."

한쪽 팔을 가슴 높이로 올리고 예의 바르게 인사했다. 의심의 여지가 없는 도발이었다.

"……! 당신! 정정당당히 싸울 생각 없어?!"

"전략을 짜고 자신의 무기를 효과적으로 사용해 규칙 내에서 최대한의 이익을 내려고 노력한다. 무슨 문제가 있다면 신참인 저희에게 알려주시면 감사하겠습니다."

"큭, 말이 안 통하네! 이런 식으로 이겨서 이 도시에서 장사할 생각이면 꿈도 꾸지 마!"

그녀는 그렇게 말하고는 왔을 때보다 더 씩씩대며 떠났다.

이런 사람이 올 줄 알고 있었다. 지금까지 콘테스트는 분명히 그냥 다 함께 자기 가게를 내고 새로운 메뉴, 자신 있는 작품을 내는 단순한 발표회였겠지.

이건 콘테스트다. 매출을 겨루는 대회다. 우승하기 위해 전략을 짜는 게 왜 잘못됐지?

뭔가 착각하고 있는 것 아닌가? 매년 우승 후보가 정해져 있고, 그대로 결과가 이어진 영향으로 다들 투쟁심도 없이 반쯤 자포자기한 것 아닌가?

"신참이라도 우승을 쟁취할 수 있다고 보여주면 분명 이 콘테스트도 변할 거야."

혼자 미래를 내다보며 혼잣말을 중얼거리는데, 이번에는 앞쪽에서 류에가 싱글싱글 웃으며 걸어왔다. 응? 너 방금까지 뒤에 있지 않았어?

"아까 그 사람이 어디서 왔는지 궁금해서 똑같은 유니폼을 입은 가게를 찾아 봤어. 저 팬케이크 가게였어."

류에는 팬케이크 세 개를 소중히 끌어안고 있었다. 가게를 열기 전인데 어떻게 샀냐고 묻자 「오늘도 맛있어 보이네」라고 말을 거니 세 개를 줬다고 한다.

……귀여우면 인생에 득 볼 일이 많군요. 하나만 주시죠.

"다시 먹어도 맛있네요. 이야기를 들었는데 이 팬케이크는 원래 아몬드를 주로 사용했대요. 그런데 이 대회의 주제인 도토리를 철저히 이용한 가게에 이기지 못했다고 해요."

"오잉크가 좋아한다는 인식이 퍼졌으니 어쩔 수 없나……."

"옛날에는 도토리를 사용한 파스타가 독주했지만, 팬케이크 가게가 도토리를 쓰기 시작하면서 아시다시피 2연승을 거둔 거죠."

흠, 아몬드가 과자나 빵에는 더 어울릴 것 같지만, 역시 맛보다 그 지방 사람의 취향에 맞추는 편이 매상도 늘어난다고 봐야 할까?

그렇다면 오늘부터 투입할 최종병기가 승부를 좌우할 가능성이 있겠다.

오늘 전개를 상상하며 류에에게 나눠 받은 팬케이크를 한 입 먹었다.

……흠. 푸드 코트에서 먹었을 때보다 맛있는 것 같아.

이날을 위해 개량이라도 했나? 아니면—.

“아, 그리고 이건 소문인데, 지금까지 팬케이크를 못 먹던 사람이 도토리 팬케이크로 바꾼 후부터 먹게 됐다는 이야기도 있어요.”

……그건 오잉크 신앙의 힘으로 먹었다고 봐야 하지 않을까……?

2일 차 영업 개시 신호가 행사장에 울려 퍼졌다.

어제와 똑같은 향기 폭탄을 터뜨리자 옆에서 어제보다 조금 더 향긋한 단내가 흘러들었다. 이건 캐러멜인가? 제법인데? 바로 대책을 세웠나?

그러고 보니 옆집이 무슨 가게인지 보지 못했다. 무슨 쿠키나 빵 종류인 것 같은데…….

“카이 군, 마음에 안 들지만 옆 가게 과자도 맛있어 보여. 나중에 사 와도 돼?”

"티켓이 없으면 못 살 텐데? 콘테스트 중에는 그런 규칙이 있어."

"티켓이라면 많이 받았어."

그러면서 류에가 티켓을 주르륵 펼쳐서 보여줬다. ……이 애가 어느 틈에.

하지만 그런 대화도 파죽지세로 몰려드는 손님들로 인해 중단됐다.

뭐야, 이 인파는……. 모두 이쪽으로 오잖아?

그 집단 선두에는 어제 처음으로 왔던 세 아가씨 중 한 명이 있었다.

"오빠, 오늘도 왔어. 후후, 친구들한테 알려주니까 다 구경하고 싶대서."

"우와, 잘생겼다! 정말로 요리도 하네. 완전 웃겨~!"

"아, 이거 이구조 님이 전한 조미료지? 내가 이런 건 또 잘 알지~."

Oh…… 설마 이렇게 한꺼번에 몰려올 줄은 몰랐다.

폭풍 같은 기세로 란란 롤을 완성해 하나하나 건넸다. 그때 손을 살짝 잡는 것도 잊지 않았다. 그리고 눈을 보며 곁들이는 한마디.

"구매해주셔서 감사합니다, 아가씨."

너무 나갔다. 내가 생각해도 너무 오버했다. 하지만— 효과는 굉장했다!

"자, 드십시오, 아가—."

"어이쿠, 고맙수, 형씨."

……손을 잡은 사람이 남자였다. 심지어 대단히 낯익었다.

고트다! 고트라고! 알비스에서 헤어진 고트였다!

하지만 나를 알아보지 못하는 눈치였다. 이상하네. 알비스에서 꽤 얼굴을 보고 지냈는데, 설마 뿔만 보고 나를 인식했나?

조금 슬픈 기분도 들지만, 그만큼 이 변장 같지도 않은 변장의 효과가 있다는 뜻이리라.

"맛있는데? 형씨, 축제가 끝나면 어디 가야 살 수 있어?"

"길드에 요리법을 팔 생각입니다. 우리가 우승할 테니까요."

"본부에서……. 어쩔 수 없군, 나도 슬슬 얼굴을 비추러 갈까……. 시간 끌어서 미안했어, 형씨."

고트는 그렇게 말하고 떠났다. 여전히 중후한 멋이 있는 미중년이라서 여자 손님들의 시선을 조금 모으고 있었다. 어허, 여기서 이러시면 안 됩니다.

또다시 주문을 차례차례 소화해 가는데, 다음 여성이 앞으로 오려고 하지 않고 한 사람이 들어갈 만큼 공간을 두고 나를 바라봤다. 뭐지? 왜 그러냐고 말을 걸자—.

"아, 저보다 이 애가 먼저……."

"이 애……?"

여성 손님이 눈을 아래로 내렸다. 그곳에는 땅에 쭈그려

앉아 100룩스짜리 동전을 땅에 깔아놓고 세는 태양 소녀가 있었다.

"어서 오십시오, 작은 아가씨."

"아! 햄 차례가 됐다햄! 햄은 오늘 맛있는 거 먹으러 왔다햄."

"후후, 열심히 돈을 버셨나요?"

"앗! 까만 오빠햄. 햄은 오늘 돈 가져왔다햄. 최강이다햄."

그러더니 그녀는 땅에 깔아둔 돈을 손바닥에 쌓아 보여줬다.

길드에서 돈을 벌 수 있었나 보다. 걱정했는데 한시름 놓았다.

"티켓은 있니? 여기서는 돈이 있어도 티켓이 없으면 안 돼."

그러자 그녀는 주위를 돌아보고 모두 파란 티켓을 들고 있는 것을 깨달았다.

……소녀의 눈가에 점차 눈물이 차올랐다. 에잇, 규칙이 다 뭐냐. 나는 이 애한테 팔겠다. 그렇게 결심한 순간, 접객에 정신이 팔렸던 류에가 소녀를 알아봤다.

"앗! 어서 와, 햄! 티켓이 없어?! 그럼 내 티켓을 선물할게! 자, 이렇게 많이 있어!"

류에는 방금 보여준 수많은 티켓을 소녀에게 건넸다. 그러자 눈물을 글썽이던 소녀가 류에에게 확 안겼다.

"이, 이 은혜는 평생 안 잊는다햄! 고맙소야!"

"으아아…… 카이 군, 어쩌지? 이 애 귀여워. 가지고 가고 싶어!"

안 됩니다. 나는 티켓과 함께 요금을 받고 막 구운 란란롤을 건넸다. 그러자 그녀는 앙증맞은 입을 한껏 벌려 덥석 물었다.

과연 아이한테도 먹힐까, 하는 걱정도 그녀의 반응을 보고 단번에 날아가 버렸다. 내가 마음대로 정한 별명인 『태양소녀』는 이름 그대로 태양처럼 눈부신 웃음을 보이며 맛있다, 맛있다를 외치면서 눈 깜짝할 사이에 먹어 치웠다.

"맛있다햄~. 제대루 된 밥은 오랜만에 먹었다햄~."

"그러고 보니 네 부모님은 어디 계셔?"

"햄은 고고한 존재다햄. 계속 혼자 여행했어햄."

"뭐라고?! 그럼 지금까지 어떻게 여행했어?"

갑자기 경악스러운 사실이 밝혀졌다. 돈 버는 법도 모르는 어린애가 어떻게 여행을 계속할 수 있다는 말인가?

"얼마 전까지 친구가 일하는 곳에 살았어햄. 그런데 어느 날 큰 소음이 나고 무너졌다햄. 사람도 많이 와서 결국 햄은 거기를 떠났다햄."

외모에 반해 비참한 인생을 살아온 이 소녀의 말에 뒤에서 주먹밥을 만들던 레이스가 참지 못하고 다가왔다.

"많이 힘들었죠……? 그 친구는 괜찮아요?"

"괜찮아햄. 다들 새 일거리를 받아서 열심히 일한다햄."

"그런가요……. 만약 갈 곳이 없어서 곤란하면 길드로 가서 『윙레스트』라는 도시로 가는 법을 물어보세요. 그리고 그곳에 도착하면 아무나 잡고 말하세요. 레이스라는 사람이 이 도시로 가라고 했다고.”

역시 레이스도 이 소녀의 신세를 알고 모른 척할 수 없었나 보다.

아마 스펠 씨가 사는 프로미스 메이든에서 살 수 있게 도울 생각이겠지.

하지만…… 왜일까? 이 소녀에게서 엄청나게 강한 활력이 느껴졌다.

뭐랄까, 어떤 역경이라도 기어코 극복해 낼 것만 같은 그런 느낌이었다.

“햄은 여행할 숙명을 타고난 여행자햄. 그래두 그 이야기는 기억해 두겠다햄. 햄의 메모장에 적어 둬야지햄.”

소녀는 그러면서 옷 속에서 해바라기 씨앗이 그려진 메모장을 꺼내 적었다.

……이제는 머리에 쓴 밀짚모자까지 해바라기로 보일 지경이다.

§ § §

영업을 개시하고 두 시간이 지났다. 슬슬 점심시간이라 가벼운 먹거리를 찾아 이곳을 찾는 사람이 무더기로 몰려오는 시간대다. 바꿔 말하면 『점심시간이라는 이름의 전쟁』.

어제는 중간에 물량이 동났지만, 오늘은 어제 물량의 두 배를 준비해 왔다.

이때가 되어서야 겨우 남자 손님이 보이기 시작했고, 예상대로 이 간장 소스가 졸아든 향기 폭탄을 맞고 우르르 이쪽으로 몰려왔다.

그런 고로— 선수 교대, 레이스! 남성 제군은 이 최종병기 앞에서 격침당하도록!

가게 앞으로 온 남성 손님이 고기말이 주먹밥에는 시선조차 주지 않은 채 돌처럼 굳어 버렸다. 이 사람들아, 그렇게 당당히 응시하지 마.

"어서 오십시오. 몇 개를 원하십니까?"

"어…… 아…… 이 두……."

"두 개군요? 알겠습니다."

당신 지금 「이 두 가슴」이라고 말하려고 했죠? 진짜 말하면 가만 안 둬.

물량을 두 배로 준비해 왔지만 역시 시간대나 손님층, 그리고 레이스가 접객한다는 이유도 한몫하여 그 많던 주먹밥이 벌써 거의 다 떨어졌다.

애초에 고기를 말아야 해서 너무 크게 만들지 못하는 요리다 보니 역시 남성들에게는 양이 부족한 것 같았다. 한 번에 두세 개씩 주문하는 사람이 줄을 이었고, 말 그대로 날개 돋친 듯 팔려 나갔다.

참고로 남자들에게는 아이스 빵이 별로 팔리지 않아 자기 앞에 사람이 서지 않는다며 류에가 볼을 부풀렸다. 괜찮아, 네가 빠지는 두 시까지는 비밀병기를 투입할 테니까!

"레이스, 지금 줄 선 사람까지 팔면 끝이니까 깃발 걸고 올게."

얼마 가지 않아 두 배로 준비했던 란란 롤의 매진이 코앞까지 다가왔다.

줄 맨 끝에 『매진』이라고 적힌 깃발을 세우며 주위에 들리도록 선언했다.

"나노하[#2]……가 아니라 란란 롤은 매진, 란란 롤은 매진 되었습니다!"

이 알림에 많은 가게 점원들이 가슴을 쓸어내렸다. 어제와 똑같이 가장 집객 능력이 강한 향기 폭탄이 사라진다는 뜻이니까. 상품이 없는데 냄새만 풍길 수도 없는 노릇이지. 손님을 모으기 위해 강경하게 나가지만, 손님을 속일 수는 없다.

하지만…… 여러분, 잊으셨습니까? 가게에서 낼 수 있는 메뉴는 세 가지라는 사실을.

그리고, 우리가 아직 도토리를 꺼내지 않았다는 사실을.

#2 나노하 동인 용어 『나노하 매진』. 일본 코믹마켓에서 애니메이션 『마법소녀 리리컬 나노하』 관련 공식 굿즈가 조기 매진되면서 불상사가 발생했고, 그 이후 굿즈를 사는 오타쿠 행렬을 조롱하거나 기만하는 의미로 등장한 인터넷 유행어.

"류에, 옆 공간을 쓸게. 준비는 됐어?"

"드디어 그게 나오는구나! 후후후, 내가 손님을 전부 끌어 모을게."

나도 바로 란란 롤을 만들기 위한 도구를 정리하고 철판 대신 커다란 프라이팬을 꺼냈다. 이것으로 준비 완료다.

우리의 마지막 메뉴. 그것은 바로 커피였다. 커피 로스팅에서 나는 향은 간장을 졸이는 냄새에 밀리지 않을 만큼 진하며 멀리까지 퍼진다. 즉, 이쪽은 향기 폭탄이 아니라 서브 웨폰인 향기 산탄이었다.

그러나 커피콩은 막 로스팅했을 때는 향이 좋지만, 막상 추출하면 그렇게까지 맛있지는 않다. 그러니까 지금 여기서 커피를 끓여도 최고의 맛을 낼 수는 없고, 정말로 향만 좋은 커피가 되는 것이었다.

그래, 『커피콩』이라면 말이지. 하지만 우리가 볶고 내릴 것은 도토리 칩이었다.

도토리 칩은 류에가 대량으로 모아 둔 도토리 중에서도 떫은맛이 약한 종류를 선별해 알맹이를 얇게 썰어 건조시키고 감자 칩처럼 튀긴 요리였다.

옛날 일본에서 마셨던 많은 『대용 커피』 중 하나였으며, 도토리를 식용으로 쓰라고 한다면 가장 먼저 떠오르는 것이 이것이었다.

이번에는 이 커피를 따뜻한 카페오레로 제공할 계획이었다.

"카이 군, 설치 완료했어. 여기에 물을 넣으면 돼?"

"그래. 아래쪽 유리 부분에 물을 넣어. 그러고 나서 가열하면 돼."

류에가 즐겁게 만지는 물건은 그녀의 창고에 있던 마도구 중 하나, 거대한 사이폰 커피 메이커였다.

드립 방식과 달리 한 번에 많은 양을 내릴 수 있는 사이폰은 손님이 많은 가게에서 사용하는 경우가 많아 이번 콘테스트에서도 사이폰을 쓰기로 했다.

커피의 그윽한 향기가 서서히 주위로 퍼져 나갔다. 점심이 지나고 슬슬 기온이 떨어지는 시간대이긴 하나 아직 얇은 옷을 입고 다니는 사람이 많은 이때 왜 하필 따뜻한 음료인가?

답은 아주 간단하다. 많기 때문이다. 우리처럼 차가운 디저트를 제공하는 가게가. 압도적으로 말이지. 이 기온이면 누구든 차가운 음식이 팔릴 거라고 생각할 테고, 실제로도 그랬다.

가볍게 배를 채우고 디저트를 찾는 사람도 많을 것이다.

하지만, 아무리 그래도 차가운 음식을 너무 먹으면 몸은 자연히 따뜻하고 마음이 안정되는 식후의 차, 애프터눈 티를 바라게 된다.

"류에, 물이 끓어. 위쪽에 칩 가루를 넣은 용기를 결합해줘."

"알았어. 신기해, 이렇게 큰 유리를 타고 물이 저절로 올라가다니."

"저도 작은 건 있었지만, 이렇게 큰 건 처음 봤어요. 눈으로 봐도 즐거우니까 홍보 효과도 있겠어요."

"바로 그거야. 슬슬 『에이콘 라테』를 판매하자."

내 계획은 성공했다. 역시 커피 특유의 구수하면서도 어딘지 모르게 달콤한 향기는 사람들을 끌어 모았고, 커다란 사이폰은 주변 사람들에게 이것이 커피라고 인식시켰다. 그러자 아니, 이럴 수가! 따뜻한 음료를 찾던 사람들이 불빛으로 날아드는 날벌레처럼 모여드는 것이 아닌가? ……끔찍한 비유다.

그리고 이 커다란 사이폰의 특이함과 위쪽에 차오르는 커피가 신기해서 어린아이들도 관심을 보여 가족 단위 손님도 줄을 이었다.

"아~! 이게 도토리구나! 오잉크 님도 좋아하시겠어."

"그립구먼……. 내가 젊을 때 자주 가던 찻집도 사이폰을 썼지."

"그립네요, 할아버지."

"누나, 왜 물이 위로 올라가?"

남녀노소를 불문하고 류에 앞으로 손님이 모였다. 그리고 아이를 좋아하고 노인에게 사랑받는 류에는 싱글벙글 도구를 설명하며 주변으로 웃음을 퍼뜨렸다.

여성 고객에는 나, 남성 고객에는 레이스, 그리고 아이와 노인에게 인기 있는 류에.

식욕을 자극하는 음식에 차가운 디저트, 그리고 식은 몸을 데워줄 음료.

그야말로 완벽한 조합이지 않은가.

어느샌가 도토리 칩을 볶는 속도가 따라가지 못할 지경이 됐다.

그리고 오후 얼마 안 되는 시간을 노린 에이콘 라테는 대성공을 거뒀다.

원래 여기서 음식을 먹고 다른 곳으로 가려던 손님을 붙잡아 라테를 사게 하는 작전이었기에 얼마 안 있어 손님의 발길도 끊겼다.

그러나 이제는 흔히 말하는 『세 시의 간식 시간』, 다른 곳에서 식사한 사람들이 디저트를 찾을 시간이었다. 피크 타임만큼 사람이 집중되는 시간은 아니기에 이들을 한 번에 모을 방법은 없었다. 이 시간은 쿠키나 빵 종류처럼 향이 좋은 디저트가 잘 팔리는 시간대였다.

일단 휴식 중이라는 깃발을 세우고 잔디 구역에 앉아 계속 서 있느라 지친 다리를 풀었다. 그리고 크게 기지개를 켜자 우둑우둑 시원한 소리가 났다.

"저, 저기요…… 점원 오빠, 잠깐 시간 되세요?"

혼자 노인네처럼 몸을 푸는데 한 젊은 여성이 말을 걸어왔다.

돌아보자 그곳에는 방금 가게에 들렀던 여자아이들이 모

여 있었다.

……서, 설마 클레임인가?! 요리에 무슨 문제라도 있었나?!

하지만 그게 아니었나 보다. 그녀들이 저마다 손에 든 물건을 내밀었다.

"수, 수고하셨어요! 이거 선물이에요!"

"오빠는 다른 가게를 돌아볼 시간이 없을 거 같아서, 그래서 저희가 인기 있는 가게 상품을 드리고 싶어서…… 그……."

……다리아, 슌, 보고 있냐? 나, 아마 태어나서 처음으로 여자한테 인기 끌고 있다.

다 먹지 못할 만큼 많은 음식을 건네받고 헤프게 풀릴 것 같은 얼굴에 힘을 주며 그녀들에게 감사의 말을 전했다. 「감사합니다, 아가씨들」이라고.

꺅꺅 비명을 지르며 떠나는 그녀들을 보는 사이 손에 든 메뉴 중 하나를 빼앗기고 말았다. 어떤 욕심쟁이인가 하고 고개를 들자—.

"레…… 레이스…… 수고했어……?"

이상하네…… 아름답게 웃고 있는데 왜 떨림이 멈추지 않지……?

§ § §

"카이 군, 나는 슬슬 길드로 가야 하는데 괜찮을까?"

휴식 시간이 끝날 무렵, 방금 받은 음식을 함께 먹던 류에가 일어나면서 말했다.

"시간이 벌써 그렇게 됐어? 여기는 이제 두 명만 있어도 되니까 조심해서 다녀와."

"그래? 그럼 잠깐 다녀올게. 먼저 갈게~!"

류에가 메이드복을 입은 채로 재빨리 달려 나가자 행인들이 모두 그녀를 돌아봤다.

으음, 역시 귀여워. 하지만 정말로 뭘 하려는 거지?

"그러고 보니 레이스, 어제 류에에게 무슨 부탁받지 않았어?"

"네. 화장하는 법을 조금 알려달라고 했어요."

"갑자기 멋 부리는 취미가 생기지는 않았을 테고, 길드의 높으신 분이라도 만나러 가나?"

조금 끔찍한 상상이 떠올랐다. 뒤룩뒤룩 살찐 악덕 귀족 같은 간부가 아름답게 치장한 류에에게 치근덕거린다. 최근 며칠 동안 부자연스럽던 태도와 외출도 그런 남자에게 불려 나간 것이라면…….

……그럴 리가 없지. 아캄조차 남자의 존엄을 짓밟혔을 정도인데.

우리 집 메이드 1호 양은 정말이지 사람 속을 태우는 재주가 있다.

해가 저물기 시작하는 오후 세 시. 예상대로 행사장을 찾는 사람이 드문드문 다시 늘어나며, 낯익은 붉은 머리 남자가 이곳에 어울리지 않는 모습으로 나타났다.

허리에 찬 검 두 자루와 의뢰라도 수행하러 가는지 갑옷까지 껴입은 그 인물은 오잉크를 도시 밖까지 마중 나온 광신자 같은 모험가, 알바였다.

"아, 귀찮은 인간이 왔네. 제발 이쪽으로 오지 마라……."

"저 사람…… 이쪽을 보는 기분이……."

알바가 성큼성큼 걸어왔다. 손님일지도 모르니까 일단 접객 모드로 대응했다.

"어서 오십시오."

"여기가 도토리를 사용해 커피를 내는 가게— 너는……?!"

"오랜만에 뵙겠습니다. 에이콘 라테를 찾으시나요?"

"흥, 모험가는 때려치웠나? 아무튼 좋아, 오잉크 님께서 소문을 들으시고 직접 찾아와서 끓여줄 수 없겠냐고 문의하셨다. 따라와라."

그 말을 듣고 레이스를 돌아봤다. 어떻게 해야 할까?

"손님도 얼마 없고, 이제는 냉동고에서 아이스크림을 꺼내거나 커피를 끓이는 게 다니까 저 혼자서도 괜찮아요. 다녀오세요."

"그건 그렇지. 그나저나 점원을 불러내다니, 오잉크도 출세했어—."

그렇게 말한 순간, 마치 가위처럼 교차한 검이 목에 닿았다.

흥, 정말로 광신도…… 아니, 이건 광견인가? 진정해라, 알바야.

"직속 부하인지 뭔지 모르지만, 까불지 마라. 여기서 없애버리는 수가 있다."

"이거 참, 오잉크는 부하 교육도 못 하나 보네."

잠깐의 눈싸움. 눈엣가시처럼 여기는군. 역시 오잉크와 친하다는 이유만으로 질투의 원인이 되는 것일까?

아무튼 이곳에서는 소란을 일으키고 싶지 않았다. 그냥 조용히 따라가자.

"그래서 너는 몸만 들고 가서 어떻게 커피를 끓이려고? 이래 봬도 내 실력은 일류야."

"……밖에 마차를 대기해 뒀다. 지금 당장 타라."

겁박해서 스트레스를 풀 생각인가? 안타깝지만 너는 생채기 하나 못 내, 인마.

그나저나 이 사이폰을 들고 갈 수도 없는 터라 시음에 쓴 작은 드립 커피 메이커와 도토리 칩 한 봉지를 들고 알바를 좇아갔다.

"카이 씨, 너무 거친 행동은 참아주셨으면 해요……."

"괜찮아. 딱히 거리 한복판에서 유혈 사태를 일으키진 않아."

자, 그럼 우리의 총수님에게 비장의 도토리 커피를 끓여주러 가 볼까?

§ § §

"정말로 괜찮을까……."

혼자 가게에 남은 나는 방금 일어난 사건을 돌이켜보며 혼잣말을 중얼거렸다.

오잉크 씨를 따르는 모험가. 그것도 상당히 지위가 높은 사람.

그런 사람이 카이 씨를 자극해 무슨 불상사가 벌어지지는 않을까 걱정됐다.

그리고 그와 동시에 나의 소중한 사람에게 검을 들이댄 인간을 태연히 수하로 두는 오잉크 씨에 대한 불만이 마치 마음속의 앙금처럼 조금씩 쌓였다.

나라면 그런 난폭한 사람을 그대로 두지 않을 텐데. 제대로 교육할 텐데.

……아, 하지만 윙레스트 사람들도 카이 씨에게 싸움을 걸었지…….

그것과 비슷한 심경일까? 이렇게 생각하면 나도 남 말 할 처지가 아니다.

아무튼 카이 씨가 아무 일 없이 돌아오기를 기도할 뿐이다.

"카이 씨도 사실은 요리하거나 느긋하게 여행하는 걸 가장 좋아할 테니까."

내가 본 그는 지금까지 봤던 그 누구보다 강한 힘의 소유자였다.

나를 포함한 많은 사람들을 오랜 세월 동안 괴롭히고 공포에 떨게 한 아캄조차 손쉽게 처단하고, 이 세계의 끝에 있다고 전해지는 최강의 존재『용신』도 해치운 사람.

하지만 내가 본 그는 강력한 힘을 빼면 단순한 사람이었다.

특수한 성격을 가지지도 않았다. 그저 조금 심술궂고 까다롭지만, 사실은 다정하고 여건이 된다면 모르는 사람도 도우려고 하는 그런 사람이었다.

요리를 하는 것도, 먹는 것도 좋아하고, 모르는 것이 있으면 눈을 초롱초롱 빛내는 호기심 많은 사람이었다.

평범한 사람과 다르지 않았다. 어디에나 있는 보통 남자였다.

그런 그가 어마어마한 힘을 얻었다. 그는 그것을 내심 어떻게 생각할까.

같은 시각을 가진 사람이 곁에 있지 않으면 언젠가 고독에 사로잡혀 버리는 게 아닐까.

나는 똑같이 강대한 힘을 가진 류에라면 곁에 있을 수 있다고 생각했다.

그리고 나는 그런 두 사람의 뒤를 따르며 지켜보는 것 정도는 할 수 있다고, 그리고 언젠가 옆에 설 때가 오리라 믿었다.

그렇지만…… 나는 깨닫고 말았다. 그 힘의 일부분을 보고 알아 버렸다.

그는 류에조차 한참 미치지 못하는 외딴곳에 서 있음을, 같은 방향을 보고 있어도 우리는 볼 수도 없는 다른 풍경을 보고 있음을…….

같은 풍경을 보고 같은 체험을 해도 진정한 의미로 그와 같은 경치를 보는 것은 불가능하지 않을까, 때때로 걱정되었다. 그리고— 초조해졌다.

그녀, 오잉크 씨와 그의 대화를 듣고 이렇게 생각했다.

그녀라면 나란히 설 수 있지 않을까. **서고 마는 것이 아닐까**……라고.

그런 불안함에 기인해 나는 이 콘테스트에 참여하기로 마음먹었다.

우리와의 추억을, 그리고 같은 곳을 보고 함께 무언가를 이루자고.

치졸하다. 나는 그녀에게 질투하고 우리만의 추억을 만들려고 했다.

"정말로…… 이렇게까지 추해진 거야? 나는—."

"응? 너무 자학이 심하지 않아? 지금까지 본 사람들 중에서 세 손가락에 들 미인인데."

나도 모르게 흘린 말에 누군가가 대답했다. 놀라서 고개를 들어 보니 이틀 전에 길을 물었던 엘프 소녀가 서 있었다.

손님이 온 줄도 모르고 혼자 구시렁대다니…… 접객 태도

불량이다.

"이야~, 설마 가게 쪽 사람인 줄은 몰랐어. 소문 자자한 라테라고 듣고 왔습죠."

"그러고 보니 말씀을 안 드렸죠? 친구분은 안 계시네요?"

"먹고 싶은 게 있다고 저쪽 끝에서 줄 서고 있어. 그런데 언니는 왜 그리 수심이 가득하신가? 얼마 전에 도와준 감사 표시로 상담…… 들어줘~?"

왠지 목소리를 죽여 끈적끈적하고 이상한 말투로 말하는 그녀가 괜히 우스웠다.

후후, 정말로 장난스러운 태도와 말투가 카이 씨와 닮았다. 정말로 한번 상담해 볼까, 하는 생각까지 들었다.

"마이 이어를 봐. 잇츠 엘프 귀. 이렇게 보여도 제법 오래 살았걸랑. 뭐, 지금보다 더 예뻐지는 법을 묻는다면 나도 모르지만."

"후후…… 그럼 잠깐만 들어주시겠어요?"

정말로 재미있는 아이다. 귀여운데 능청맞고 어른스러웠다.

"예를 들어 이야기할게요. 가족처럼 소중한 사람이 있는데 그 사람은 엄~청 높은 곳에 있어요. 그만큼 대단한 사람이죠. 가족처럼 친해도 저는 그 사람 곁에 설 수 없고, 같은 풍경을 볼 수도 없어요. 하지만 최근 그 옆에 설 수 있는 대단한 사람이 나타났어요. 분하기도 하고 초조하기도 해요. 그런 자신의 추한 마음 때문에 고민하는 거예요."

……앗! 안 돼, 그만 고민을 거의 다 말해 버렸다!

"예를 든다면서 거의 핵심에 다가선 구체적인 고민을 듣고 정말로 대답이 궁해졌는데, 언니는 어떻게 해야 한다고 봐?"

"후후, 제가 상담받는 중인데요?"

아, 실수했다. 미안해요, 조그만 언니. 잊어주세요.

사과하려고 입을 뗀 순간, 갑자기 앞에 있는 소녀의 입에서 깊은 울림이 느껴지는, 정말로 나에게 가르침을 주려는 듯한 말이 나왔다.

"……상대가 높은 곳에 있더라도 계속 함께 있으면 보이는 풍경도 있어. 그건 갑자기 나타난 동격의 사람도 볼 수 없는 당신만의 풍경이야."

그녀의 진녹색 눈동자가 희미하게 빛난 것처럼 보였다.

"그 풍경을 당신이 곁에서 전해주면 돼. 같은 위치에서 보지 못하더라도 그 목소리는 들릴 거니까."

그녀는 막힘없이 자연스럽게 말을 이었다. 그 말이 마치 청산유수처럼 나에게 흘러들었다.

"말은 마음만 전하는 게 아니야. 자신이 본 것을 전하는 아주 편리하고 멋진 수단이야. 그리고 무엇보다— 같은 곳만 보면 아깝잖아? 세상은 이렇게 넓고, 다양한 것들로 가득한데."

불안과 걱정이, 마음의 먹구름이 걷히는 것이 뚜렷하게 느껴졌다.

사람은…… 겉으로 판단하면 안 된다는 것을 알고 있었는데도, 설마 정말로…….

"……고맙습니다. 인생 선배의 조언, 새겨듣겠습니다."

"오? 왠지 분위기가 변했네? 잘됐네, 잘됐어. 역시 언니 같은 사람은 이 세상 남자들에게 꿈과 희망을 뿌려줘야지. 이야~, 좋은 구경 했다. 휘유! 경국지색!"

"후후후, 갑자기 그렇게 말씀하시면 창피해요. 아, 그러고 보니 라테를 시키셨죠?"

이야기에 푹 빠져서 그녀가 손님이란 사실을 잊었던 나는 서둘러 라테를 만들었다. 잔을 채우는 도토리 커피와 적당히 따뜻한 우유.

그것들을 섞은 뒤 마지막으로 약간 졸여서 풍미를 더한 시럽을 뿌렸다.

커피의 그윽함과 부드러운 우유 향이 섞여 김과 함께 코로 올라왔다.

후후, 은인에게 내기에 부족함이 없는 완벽한 완성도다.

"라테 나왔습니다. 뜨거우니까 조심하세요."

"땡큐, 언니. 오오, 향이 엄청 좋아!"

호호 불면서 조심스럽게 한 모금 마신 그녀가 부드럽게 미소를 지었다.

마음에 들었나 보다. 좋아해 주시니 다행이에요.

"맛있어…… 엄청. 그럼 마지막으로 하나 더 조언. 언니가 말하던 사람, 추측하건대 아마 좋아하는 남자겠지. 만약 말이 통하지 않을 때가 있어도 곁에 있어 줘. 남자란 대개 힘들 때 옆에 아름다운 이성이 있어 주면 어떻게든 살아가는 동물이야. 게다가 그 사람은 높은 곳에 있다고? 물건이 부러질 때는 대부분 뿌리부터 날아가기 마련이야. 그럼 다소 낮은 곳에서 지켜봐 주는 게 좋아. 내 경험일 뿐이지만, 제법 정신적으로 힘들지 않을까~?"

"경험……이요?"

"예스. 옛~날 친구 중에 엄청 굳센 녀석이 있었거든. 힘이 아니라 마음이. 하지만 어느 날 그 녀석이 살짝 맛이 갔어. 나중에 본인이 말하는데 마음이 똑 부러졌대. 그걸 주변에 들키지 않는 시점에서 대단하다고 보지만, 그 녀석이 마지막에 이렇게 말하는 거야."

그녀는 그 이야기를 마음속 깊이 그리워하며 부드럽게 미소 지었다.

분명…… 그 친구를 무척, 무척 소중히 생각했겠지.

"『아, 나한테 멋진 누님이나 애인이 있었으면 무슨 일이 있어도 열심히 살 텐데』라고 하더라니까? 아무리 마음이 강하고 높은 곳에 있어도 언니가 있으면 만사 오케이야!"

"저, 정말로 그런가요……? 저로 괜찮을까요?"

"오래 살았지만, 정말로 세 손가락 안에 드는 미녀라니까!"

그렇게 말한 그녀는 웃음과 함께 손을 흔들면서 뒤돌아

섰다.

천천히 멀어지는 뒷모습에 나는 감사의 뜻을 담아 조용히 고개를 숙였다.

§ § §

"지금 가는 곳이 행정 지구라고요?"

마차를 타고 가면서 동석한 여성 비서관에게 도시에 관한 이야기를 들었다.

이 도시는 크게 네 구역으로 나뉘었다.

우리가 들어온 도시 입구, 그러니까 도시 남쪽에 위치한 구역이자 관광객을 대상으로 한 큰 행사가 많이 열리는 곳이 『길드 직할구』라고 불리는 장소였다.

말 그대로 길드가 많은 시설들을 경영하고, 우리가 참가한 콘테스트 같은 행사를 많이 개최하는 도시의 중심 구역이라고 할 수 있었다.

그리고 다음이 도시의 동쪽, 운하를 따라서 만들어진 구역 『상업 지구』.

첫날 쇼핑을 하러 간 그곳이었다.

옛날에는 농업 지구, 공업 지구로 세분돼 있었지만, 지금은 모두 통합되어 다양한 물품을 유통, 판매하는 상업의 중심지가 되었다. 참고로 이곳에 이구조 씨의 묘가 있다고 한다. 생을 마감한 곳은 아기다르인데 신기했다.

그리고 지금 가는 곳이 도시의 중추이자 과거 왕성을 중심으로 펼쳐진『행정 구역』.

당시 건물을 그대로 의원 별택이나 집무용 응접실로 재활용하는 중이라고 했다.

마지막이 도시 입구에서 봤을 때 행정 구역 맞은편, 도시 북쪽에서 서쪽까지 펼쳐진 이 도시 주민들이 사는『주거 지구』. 이곳은 다른 곳과 달리 그다지 떠들썩하지 않으며 평화롭고 안락한 거리라고 비서관은 설명했다.

이 시기가 되면 지역민이 중심이 되어 작은 행사, 농작물 품평회, 요리를 가지고 모이는 폐막제 등이 열린다고 한다.

이야기만 들어도 향수를 자극하는 따스한 풍경이 눈에 선했다.

"곧 도착합니다. 그럼 저는 먼저 실례하겠습니다."

마차가 정차하자 비서관은 곧바로 성으로 향했다.

나도 내려야 하나 싶어 문을 연 그때, 마치 기다렸던 것처럼 다시 마차가 달리기 시작해 하마터면 고꾸라질 뻔했다.

……이 자식, 진짜 무슨 원한이라도 있나? 슬슬 참는 데도 한계가 오는데.

성 부지를 달리는 도중 홀로 떨어져 있는 작은 건물이 보였다. 저런 걸 별궁이라고 하던가? 아마 저곳이 목적지 같아서 마차에서 내릴 준비를 했다.

"빨리 내려라. 불필요하게 입을 놀리지 말고 함부로 돌아보지 마라. 이곳은 원래 너 같은 인간이 드나들 수 있는 곳이 아니니까."

"걱정해주셔서 감사합니다. 참으로 친절하시군요. 마부의 귀감입니다."

『너는 그냥 마부 아니냐』는 의미를 담아 비아냥거리며 최고의 웃음을 지어 보였다.

이 별궁은 의원 중에서도 개인 집무실을 배당받는 고위인사용 시설이라고, 묻지도 않았는데 이 인간이 나불나불 떠들었다. 오잉크가 얼마나 우수한지, 그리고 얼마나 위대하며 본래 우러러보아야 할 사람인지도.

자주 볼을 만지고 엉덩이도 차고, 한번은 팬티까지 봤다고 말하면 아마 전력을 다해서 날 죽이려 들겠지?

이윽고 건물 안쪽 문 앞에 다다랐다. 원래 왕족이 쓰던 건물이라서 그런지 그 문 하나만 해도 몇 개월 치 월급이 날아갈 것 같았다. 알바가 그 문에 노크를 네 번 하고 조금 전과 달리 완전 다른 사람처럼 상쾌한 목소리로 말을 걸었다.

"오잉크 님. 도토리 커피점 사람을 데리고 왔습니다."

"수고하셨어요. 들어오세요."

돌아온 대답은 심장 고동이 빨라질 만큼 의연하면서도 편안하게 울리는 목소리였다.

영웅이자 성녀로서 행동하는 사람답다는 생각이 들 정도

였다.

……그럼 바쁜 사람을 제멋대로 불러낸 집순이 돼지에게 벌을 줘야지.

"어서 오세요. 원래는 제가 찾아갔어야 하는데—."

"잘 아네. 네가 왔어야지. 이거 벌을 줘야겠는걸?"

"이 자식이! 오잉크 님에게 폭언을—."

안면 블루, 오잉크! 안면 레드, 알바! 그리고 속내가 블랙인—.

아니, 내 속은 검지 않다. 무슨 파워 레인저처럼 낯빛이 변하는 두 사람이 너무 웃겨서 나도 모르게 이상한 문구가 떠오르고 말았다.

"물러나세요, 알바."

"하, 하지만 오잉크 님! 이 작자가 지금까지 한 무례한 언동들은—."

"저는 물러나라고 명령했어요."

"들었지? 이제부터는 우리 둘만의 시간이야. 알바는 눈치가 없네."

"카이도 사람을 너무 놀리지 마세요."

나도 스트레스가 꽤 쌓였다. 이 정도 보복은 해야겠다.

오오, 얼굴을 넘어서 목까지 새빨개지셨네.

알바가 말없이 발걸음을 돌려 퇴실한 후, 나는 다시 이 도토리 중독자를 향해 돌아섰다.

우리의 총수님은 서류에 둘러싸여 얼굴이 새파랗게 질려 있었다.

“콘테스트 도중에 점원을 불러내다니, 역시 구국의 성녀님이셔.”

“으으으으으…… 설마 본본이 낸 가게였다니……. 어쩔 수 없잖아요? 수확제 추진 위원장이라서 앞으로 이벤트에 출전하는 사람이나 내빈을 체크하느라 여기 묶여 있어야 한다고요. 좀 봐주세요.”

“제법 일찍 도착했는데도 일이 이렇게 많아? 힘들겠어.”

“원래 더 늦게 도착할 예정이라 다른 사람이 대리로 맡고 있었는데, 제가 왔으니 안 할 수 없죠.”

그렇게 말하면서 오잉크의 눈은 책상의 서류에 박혀 있었다.

오잉크가 유능한 것은 인정하지만, 뭐든 자기가 해결하면 부하가 성장하지 않을 텐데. 하지만 안심하고 맡길 만한 인재가 아직 육성되지 않았기 때문이라면, 교육할 가치가 있는 사람조차 아직 없기 때문이라면…….

“후후, 알아요. 제가 너무 나선다고 생각하시는 거죠?”

“그렇지, 뭐. 하지만 교육할 가치가 있는 인재조차 없나 봐?”

“……네. 신뢰하는 부하는 몇 명 있지만, 수가 부족해요. 엔드레시아 본부에 있는 시간도 많으니까요. 아직 인재 발굴을 못 하는 실정이에요.”

“방금 나와 같이 왕성까지 온 비서관? 같은 사람은 친절하게 이런저런 정보를 알려줬어. 그렇게 자기 일을 하면서 남에게 뭔가를 알려줄 수 있는 사람은 귀해."

"오, 단순한 점원이라고 알려준 본본에게요? 그건 제법— 잠시만요. 그분은 혹시 여성이 아니었나요?"

"응? 맞아. 혹시 아는 사이야?"

"후…… 조금 더 자신의 모습을 살펴보세요. 지금 당신에게 부탁받고 거절하는 여성은 드물걸요? 남자가 미녀에게 약하다면 그 반대도 성립해요."

……아하! 이상하게 친근하게 알려준다고 생각했더니 그런 이유였나?

아무튼 나도 내 역할을 완수하자.

지금부터 커피 브레이크다. 일단 서류부터 전부 치워. 쏟으면 큰일 나니까.

아이템 박스에서 커피 메이커와 도토리 칩을 꺼내 준비했다.

그러자 오잉크도 장식장에서 제법 고급스러운 커피 잔 세트를 가지고 왔다.

"본본도 같이 마실 거죠? 딱 두 세트 있어요."

어지간히 기대했는지 오잉크는 신이 나서 잔을 세팅했다.

흠, 보아하니 거의 새것 같았다. 여기에 사람을 부를 기회가 거의 없기 때문이겠지.

나는 물을 붓고 필터를 끼운 뒤 칩을 넣었다.

"그게 도토리 커피용 콩인가요? 냄새를 맡아 봐도 되나요?"

"그 후각으로 송로버섯을 찾아주면 좋겠어. 자, 여기."

"……요즘은 돼지가 아니라 개를 쓴다고 들었어요."

"그런 이야기도 있었지. 힘내, 꿀돼지. 해고당해도 식용으로 쓸 수 있어."

"끄으으…… 아, 이 상태에서도 향이 좋네요. 커피콩과는 조금 다르네."

그렇게 잡담을 나누며 우리는 둘만의 시간을 보냈다.

어쩐지 신기한 기분이었다. 이렇게 그녀의 직장에서 단둘이 있다니…….

여기서 오잉크는 나라를 위해 힘쓰고 있다. ……설탕을 조금 많이 넣을까.

뜸 들이고, 돌리고, 붓고, 기다린다. 본업인 사람에게는 못 미치지만, 조금이라도 맛있어지도록 기도하며 시간을 들여 천천히 추출했다.

좋은 색이다. 조금 진한 맛이 나도록 곱게 분쇄한 칩에서 공들여 추출한 엑기스가 잔 바닥에 닿는 빛을 차단했다. 이제는 여기에…….

"일단 라테로 제공하던 건데 어떻게 할래? 에스프레소로 줄 수도 있어."

"이번에는 화제가 된 라테를 마실게요. 본본이 연구한 거죠?"

"그렇지. 대용 커피의 역사는 길지만, 맛있어지도록 연구하는 게 더 좋지 않겠어? 이번 건 제법 자신 있어. 마셔 봐."

오잉크의 잔에 진한 캐러멜색 커피가 채워졌다.

그리고 내 몫도 따라서 맞은편 자리에 앉았다.

반응을, 표정을 살피지는 않았다. 그저 내 잔을 채운 커피를 천천히 입으로 가져갔다.

……아아, 맛있다. 내가 품은 감상이 그녀의 입을 통해서도 나왔다.

"그렇게 말할 줄 알았어. 자신 있었거든."

"후후, 그렇게 자신감 넘치는 점을 좋아해요, 저는."

"네가 아니면 보통은 싫어한다는 뜻이지?"

"네. 그렇게 까다롭게 굴고 비꼬기 좋아하는 점은 특히 말이죠."

"크큭."

기분 좋은 응수. 서로 마음을 허락했기에 던지는 위험한 말들.

어쩐지 오랜만에 마음이 편안해지는 기분이었다. 과도한 애정도 분노도 아닌, 그냥 평온하고 잔잔하게 물결치는 바다와 같은 심정.

"그나저나 본본, 역시 콘테스트에 출전했네요. 기대했어요."

"나는 레이스가 원해서 나간 것뿐이야. 솔직히 처음에는 안 내켰어."

"어머, 의외네요. 하지만…… 운명이 당신을 놓아주지 않았군요."

"운명론은 안 믿었는데 말이야."

적어도 원래 있던 세계에서 나는 그런 건 눈곱만큼도 믿지 않았다.

하지만 이 세계에서 나는 지금 눈앞에 있는 그녀를 포함해 운명적인 만남을 몇 번이나 이루었다.

어떤 인연으로 묶여 있다고 말해도 지금의 나는 분명 쉽게 믿어 버릴 것이다.

"운명…… 조금 호들갑스러웠나요? 하지만 사람의 의지는 얽히게 마련이고 어떤 식으로든 사건을 만들죠. 과거의 사건이 미래에 영향을 주듯이 말이죠."

"뜬금없이 무슨 소리야? 하고 싶은 말이 있으면 그냥 말해. 들어줄게."

"본론. 이번 수확제는 예년보다 한 달 이상 일찍 개최됐어요."

"……그러고 보니 이 대륙에 오자마자 그렇게 예상한 사람이 있었지."

"네. 당신이 용신을 해치운 영향이에요. 그리고— 결과적으로 칠성배(杯)가 앞당겨졌어요."

오잉크가 갑자기 강렬한 눈빛을 보냈다. 절대로 적의는 아니지만, 그렇다고 생각 없이 흘려 넘길 수 없는 강한 의지가 담긴 눈빛이었다.

"그게 뭐야? 무슨 대회야?"

"뭐예요, 본본. 수확제의 일정을 다 알아본 거 아닌가요?"

고개를 가로저었다. 류에도 레이스도 팸플릿을 놓아주지 않았다.

"원래대로라면 수확제의 메인이벤트로 열리는 격투 대회예요. 하지만 올해는 수확제가 앞당겨지는 바람에 개최 기간이 조금 어긋났어요."

"응? 그럼 그쪽도 앞당기면 되지 않아?"

"네. 이것도 최대한 당긴 거예요. 하지만 이 이상은 어려워요."

오잉크는 설명했다. 내가 용신을 해치운 영향이 돌고 돌아서 어떤 결과를 낳았는지.

아니, 낳지는 않았다. 하지만 우려하기에는 충분하고도 남았다.

"칠성배는 이 대륙에서 해방된 칠성 『플래시드 드래곤』을 강림시키는 의식이기도 해요. 풍작의 화신을 강림시키려면 대륙의 힘이 흘러넘쳐야 하고, 풍족한 결실을 바치며, 마지막으로 강한 투쟁의 기운이 필요해요. 그 모든 것이 합쳐지는 타이밍에 열려야 하는 칠성배가 올해는 불완전한 상태에서 개최되는 거예요."

"……무슨 일이 벌어질지도 모른다는 말이야?"

"네. 게다가 본본은 이미 칠성을 하나 없앴어요. 그것도 영향을 끼쳤는지도 모르죠."

"……그래? 그럼 나는 어떻게 해야 해? 대회에 나가야 하나?"

칠성 문제를 빼고 봐도 그 대회에는 큰 관심이 있었다. 역시 남자란 큰 무대에서 환성을 받고 싶은 법이다. 이세계에서 겪고 싶은 이벤트 베스트5에 들어간다.

아, 참고로 그것 말고는 『헉, 랭크 S라고?!』라는 길드 감정 이벤트와 『우연히 구한 사람이 왕족의 딸이라서 출세』 등이 있습니다.

……내가 말했지만 썰렁하다. 잊자.

"아뇨, 본본은 만약의 사태를 위해 대회가 끝날 때까지 있어 주시면 돼요. 그보다 본본에게 부탁이 하나 더 있어요. 이건 예전에 본본이 관련된 사건이 낳은 사건…… 인과가 돌고 돈 결과예요."

그렇게 뜸을 들인 오잉크는 한숨을 쉰 후 말을 이었다.

"얼마 후 엔드레시아에서 『그들』이 올 거예요."

"엔드레시아에서? 설마……."

"맞아요. 해방자 렌이 동료와 함께 이 대륙으로 출발했어요."

"……왜? 설마 그게 나 때문이라고……?"

"그렇게 볼 수도 있어요. 용신에 관한 단서가 안 나오니까 과거 칠성 해방을 이룬 대륙에 가면 뭔가 힌트가 있을지도 모른다고 생각했겠죠. 뭐, 사실 주된 목적은 칠성배 참가겠지만요. 일단 대규모 대회라서 막대한 상금이 나와요."

한때 나와 1대 1로 싸운 엔드레시아의 해방자. 그와 재회

할지도 모른다…….

"대회에서 우승하면 백은장에게 도전할 수 있어요. 그 시합 내용에 따라서는 도전자도 단번에 최고위인 백은장으로 발탁되기도 하죠. 그의 목적은 그거예요."

"흠. 그러니까 렌 군이 우승할 때를 대비해 나를 보험으로 쓰고 싶다?"

"맞아요. 아직 그에게 백은의 지위를 줄 수는 없어요. 그러기에는 그의 마음이 아직 미숙해요."

"……다른 백은장은 그렇게 못 미더워?"

굳이 나에게 그런 의뢰를 할 정도면 다른 백은장으로는 역부족이라는 말인가? 적어도 엔드레시아에서 싸운 그에게서 그만한 힘은 못 느꼈는데…….

"그는 분명히 강해졌어요. 게다가 이 대륙의 백은장은 모두 자기네 도시에서 벗어나려고 하지 않아요. 예외도 있지만, 그쪽에게는 다른 무대를 준비해 뒀거든요."

대체 오잉크는 얼마나 많은 책략을 가진 것일까?

그 일부에 나를 끼워 넣으면 조금이라도 편해질까? 함께 시간을 보냈기 때문인지 지금 나는 그녀에게 마음이 조금 약해진 모양이었다.

"렌 군에 관해서는 이해했어. 빚을 갚을 좋은 기회인데 달리 해야 될 일은 없어?"

"……조만간 류에게 직접 부탁하려던 안건이 있어요. 들어 보실래요?"

그리고 오잉크는 설명했다. 자신이 가진 책략 중 하나를, 나라를 이끄는 자의 책무를…….

§ § §

"그럼 돌아가서 류에에게 말해 볼게. 받을지 말지는 류에 마음이지만."

"그녀라면 분명히 받아줄 거예요. 그 아이는 먼 옛날의 길드를 아는 사람이니까."

"……그렇군. 선배로서 올바른 모습, 모범을 보여준다, 이건가?"

오잉크가 다시 손에 든 자료로 눈길을 떨어뜨렸다.

정말로 바빠 보인다. 조금이라도 기분 전환이 됐다면 좋겠건만.

그런 그때, 오잉크가 한순간 놀란 표정을 짓고는 어쩐지 야릇하면서도 심장이 철렁하는 웃음을 지었다.

"본본, 내일 콘테스트 끝나고 뭔가 다른 일정이 있나요?"

"딱히 정한 일정은 없는데, 왜?"

"내일은 직할구에서 다양한 행사가 열려요. 빨리 끝내고 구경 가는 것을 추천할게요."

굳이 구경하러 가라고 추천하는 것을 보면 꽤 신경 쓴 이벤트인가 보군.

내일은 남은 재료를 모두 쓰면 끝나므로 오늘보다 양이 적다.

그렇다면 일찍 장사를 접고 구경해도 될 것이다.

"알았어. 그렇게 할게. 그럼 다음에 보자, 오잉크. 시간이 되면 또 커피 끓여주러 올게."

"네, 기대할게요. 다음에는 쿠키도 준비해주시면 더 좋겠네요."

"바라는 게 많아. 돈가스를 들고 와 버릴라."

"으앙~!"

그녀에게 등을 돌리고 약간의 아쉬움을 느끼는 자신을 자조하면서 집무실을 나왔다.

오잉크가 준비한 마차를 타고 가면서도 생각나는 것은 역시 그녀에게 받은 부탁이었다.

렌 군은 솔직히 심각하게 생각하지 않았다. 문제는 칠성이었다.

이 대륙에서 칠성은 『풍작의 신』으로 떠받들어졌다.

매년 강림하는 칠성이 풍작의 빛으로 대지에 축복을 부여한다고 했다.

칠성배는 칠성 플래시드 드래곤을 강림시키기 위한 의식임과 동시에 강림한 칠성에게 공물을 바치는 인간을 선발하는 대회이기도 했다.

내게 그것을 지켜봐 달라는 부탁은 만약의 상황이 오면 그것을 쓰러뜨려라. 풍작의 신이자 신앙의 대상인 그것을 죽이라는 말로 해석해도 무방하겠지.

그럼 내가 출전하는 게 맞지 않을까?! 내 말 맞지?!

“좋아, 오늘 밤에 두 사람이랑 얘기해 보자.”

경연장 앞에서 내린 나는 급히 우리 가게로 돌아왔다.

그러자 레이스가 혼자 뒷정리를 하고 있었다.

석양 아래서 혼자 바쁘게 가게를 정리하는 메이드 아가씨……. 뭐지? 마음이 괴로워지는 광경이다. 어째선지 굉장히 미안했다.

“레이스, 오래 기다렸지? 늦어서 미안해.”

“아, 어서 오세요, 카이 씨. 오늘 준비한 물량도 매진됐어요.”

모두 팔렸기 때문일까? 레이스의 웃음에는 활력이 넘쳤다.

저녁 햇살에 물든 그녀의 웃음에 자연스럽게 내 얼굴에도 웃음이 번졌다.

갑자기 그녀를 끌어안고 싶은 강한 충동이 밀려왔다. ……사실 평소에도 그런 욕구는 있었지만, 야한 목적이 아니라, 뭔가…… 뭐라고 설명해야 할지 모르겠다.

“좋아. 그럼 돌아갈까?”

손을 내밀었다. 그 손을 레이스가 잡았다. 이어졌다. 지금은 그것만으로 충분했다.

방으로 돌아오니 이미 류에가 돌아와 있었다.

소파에 축 늘어져서 엎어진 모습은 흡사 지쳐서 잠든 고양이 같았다.

내가 불러도 류에는 고개만 돌려 피곤한 표정으로 「어더와~」라고 흐리멍덩하게 답했다.

완전히 뻗으셨네. 그런 모습을 보면 장난기가 발동한다고요.

나도 소파에 앉아 엎어진 류에의 머리에 손을 올렸다.

"많이 피곤한가 봐? 뭘 했는지는 몰라도 너무 무리하지는 마."

"응…… 아, 맞아. 카이 군, 미안해. 내일은 아침부터 일이 있어."

"아침부터 가면, 콘테스트는 못 돕는 건가요?"

그러자 류에가 무겁게 몸을 일으켜 머리를 숙였다.

"미안, 설마 일정이 겹칠 줄은 몰랐어. 대신 내일 아침 개점 준비는 열심히 할 테니까 용서해줄 수 없을까?"

죄책감이 큰지, 류에는 몹시 슬픈 표정으로 부탁했다.

바꿔 말하면 그만큼 류에에게는 중요한 일이라는 뜻이리라.

"알았어. 그럼 그 일이 끝나면 나도 류에에게 부탁이 있으니까 이야기만이라도 들어줄래?"

"내일 판매할 양은 오늘보다 적고, 새로 주먹밥을 만들 필요도 없으니까 제가 류에 대신 판매에 전념할게요. 안심하세요."

“둘 다 미안. 그 대신 선물 많이 사 올게. 기대해줘.”

오잉크에게 부탁받긴 했지만 서두를 일도 아니었다. 지금은 굳이 말하지 말자.

류에도 류에 나름대로 사정이 있을 테니까.

이 수확제에서 우리는 모두 각자의 생각을 가슴에 품고 스스로 움직이고 있었다.

내일은 그런 수확제 중에서도 첫 결전의 날이다.

기운을 내기 위해서라도, 아쉽지만 오늘은 일찍 잠자리에 들자고 제안했다.

……그런데 왜 둘 다 내 침대로 들어가려고 하나요?

드디어 콘테스트 마지막 날을 맞이했다. 나보다 일찍 일어난 류에가 부엌에서 열심히 아이스 빵을 만들고 있었다.

오오…… 아직 레이스가 침대에 웅크려 있는데 대단하다.

“류에, 잘 잤어? 일찍 일어났네?”

“후후, 준비는 열심히 하겠다고 했잖아. 지금 마지막 아이스크림을 얼리는 중이야.”

“응, 잘 됐어. 얼리는 게 어렵거든. 너무 급하게 하면 깡깡 얼어 버리니까.”

“천천히 시간을 들여서 여러 번 나눠서 하는 거지?”

과연 얼음 마스터다. 완성된 아이스크림을 손으로 잡고 반으로 뚝 나눴다. 그 반쪽을 류에에게 건네고 나머지 한쪽을—.

"냥…… 우물…… 잘 즈므…… 우물우물……셔써요?"

앗, 내 걸 비몽사몽 레이스에게 빼앗겼다! 여전히 아침에는 정신이 없으시네요!

겨우 정신을 차린 레이스와 함께 행사장으로 향하자 역시 마지막 날이라서 그런지 평소보다 이른 시간부터 많은 사람들이 모여서 영업을 준비하고 있었다.

류에에게는 볼일을 보라고 하고 이곳에는 데리고 오지 않았다. 체력이 부족한 류에가 굳이 왔다 갔다 하느라 힘을 뺄 필요는 없었다. 어제도 그렇게 지쳐 있었고.

그래서 오늘은 둘이서, 평소 이상의 투지와 살기가 흘러넘치는 곳에서 작업을 해야 했다.

그래, 그렇겠지. 어제는 라테의 힘으로 손님을 대량 확보했지만, 그게 다가 아니었다. 왜냐하면 그 라테는 진한 도토리 엑기스를 추출한 것이니까.

그게 무슨 소리냐면— 도토리를 눈곱만큼 써서 개성을 내는 메뉴에는 그 라테야말로 진정한 최종병기라는 것이다.

그 진한 도토리의 풍미를 맛보면 혀를 씻어 내지 않는 한 다른 가게의 도토리 메뉴를 맛있게 먹을 수 없다. 입속에서 다른 풍미가 사라져 버리는 것이다.

이건 지금까지와 달리 다른 가게의 손님을 확실히 끊어 놓았다.

하지만 딱히 방해하기 위해서만 낸 메뉴는 아니었다. 원래 도토리 커피는 그렇게 만드는 것이지 일부터 진하게 만든 것이 절대로 아니었다.

분명 이런 사태도 일어나리라 예상은 했지만, 애초에 근본적인 원인은—.

"용케 여기에 나왔네? 그렇게까지 이기고 싶어?"

"안녕하십니까."

어제에 이어 팬케이크 가게 점원— 아마 대표로 추측되는 여성이 다시 나타났다.

그녀는 어제 우리가 판매한 에이콘 라테 용기를 들고 있었다.

그것을 나에게 내밀면서 따지듯이 말했다.

"어제 이걸 마셔봤어. 이거 뭐야? 이런 걸 내면 다른 가게의 도토리 맛을 알 수 없잖아! 이것 때문에 손님 발길이 끊긴 가게가 한두 군데가 아니야!"

그렇게 말하면서 주먹으로 찌그러뜨린 용기를 내게 던졌다.

그것을 잡으면서— 슬슬 참는 것도 한계다. 할 말은 해야겠다.

"당연한 결과죠. 네, 맞습니다. 도토리를 조금이라도 쓰면 그 증거인 도토리 스티커를 가게에 붙일 수 있고 무조건적으로 손님이 늘어나니까요."

전단에 이름이 올라가고 지도에 가게 위치도 기재된다. 그야말로 파격적인 보너스를 얻을 수 있는 보너스 재료 같은 취급이었다. 하지만, 그뿐이어서는 안 된다. 그 수혜를 누리려면 합당한 대가를, 노력과 연구를 해야만 한다.

나는 이번에 이미 지식으로 알던 완성된 메뉴를 더욱 개량했다.

진짜로 반칙이 있었다면 이 부분일 것이다. 하지만 다른 가게는 어떤가?

"그렇지만 맛과 완성도를 떨어뜨리면서까지 억지로 그 까다로운 재료를 쓰고, 심지어 제대로 다룰 줄도 몰라서 손님에게 어중간한 요리를 내는 건 용서할 수 없습니다. 제가 다른 가게 요리를 안 먹어 봤다고 생각하십니까?"

나도 사실 먹었다. 휴식 중에 선물 받은 요리들을.

다 같이 짜기라도 한 것처럼 떨떠름한 맛이 나는 가루를 뿌렸을 뿐인 요리나 남길 걸 예상한다는 듯이 요리 구석에 배치된 씁쓸한 도토리 칩.

다른 재료를 도토리로 대체하지도 않고 그저 추가했을 뿐인 요리들.

그리고 생각 없이 재료를 대체해 요리 전체의 밸런스가 망가진 요리도 있었다.

물론 제대로 연구해서 만든 메뉴도 있었다. 냉면처럼 식감이 재미있는 도토리면 요리나 떫은맛이 은은하게 남은 글라세를 곁들인 과자.

그런 가게도 분명히 있었다. 하지만 대부분은 우리 라테의 희생양이 됐다.

"그런 곳 중에서도 당신 가게의 팬케이크는 아주 맛있었습니다. 신기하게 우리 라테의 영향을 받지 않는 것처럼 향기롭고 진한 풍미가 느껴졌죠."

"큭!"

말을 받아치지 않고 그대로 떠나는 여주인을 그냥 바라봤다.

……내가 눈치챈 것을 그쪽도 알고 있었겠지.

지적은 하지 않았다. 어디까지나 나는 외부인이고, 이 도시에 눌러앉을 생각도 없으니까. 그러니까 이 콘테스트 출전자의 방식에 의문을 품거나 이상한 의무감을 품는 것은 정말로 번지수를 틀린 쓸데없는 참견이었다.

"……왜 카이 씨가 그렇게 괴로운 표정을 지으시죠?"

"왜일까? 나도 모르겠어. 그냥 한때 같은 길을 걸었던 사람이라서 그런가……."

"카이 씨는 요리사였나요?"

"글쎄. 스스로 그렇게 말하려면 거기에 계속 있어야 하지 않았을까."

그 말을 끝으로 레이스는 더 이상 그 점을 언급하지 않았다.

이후 마지막 날 개장 신호가 울리고, 오늘도 많은 손님들이 우리 가게 앞에 줄을 섰다.

지금은 이 콘테스트의 최고 인기 가게가 된 우리의 맹진을 멈출 수 있는 요소는 아무것도 없었다.

정말로 불티나게 팔렸다. 거기에 약간의 허무함과 어두운 희열을 느끼기도 했다.

다만 이건 나만의 문제이자 괴로운 추억이었다. 그렇게 생각하자 이 즐거운 이벤트에 그림자를 드리우는 것도 바보 같아졌다.

내가 또 전환이 빠르기로 유명하지. 자, 오늘도 최고의 영업 멘트, 그리고 남녀노소를 함락시키는 킬러 스마일을 선보이자.

"그런데 오늘은 묘하게 란란 롤이 빨리 나가네……."

"아마도 남자분들 사이에서 소문이 퍼진 게 아닐까요?"

"그렇군. 그럼 오늘은 내가 아이스크림과 라테를 담당할 테니까 교대해줘, 레이스."

아, 지금 너희 노골적으로 콧구멍을 벌렁거렸지? 이해한다! 용서한다!

라테 줄에는 의외로 어린아이가 눈에 띄었다. 다들 이 커다란 사이폰에서 물이 올라가는 모습이 재미있나 보다. 그럼 조금만 장난을 쳐 볼까?

"하압! 올라가라~!"

그런 기합과 함께 마치 보이지 않는 무언가를 들어 올리는 듯한 포즈를 취했다.

그리고 물이 올라가서 위쪽에서 검게 추출되는 타이밍에 가열을 멈췄다.

그런 뒤 이번에는 천천히 떨어지는 포즈를 취하자—.

아니, 어떻게 이럴 수가! 아이들이 기뻐하고 라테가 마법처럼 팔려나간다!

“후후, 재미있는 형이지? 하나 주세요.”

마침 한 소년과 어머니가 사러 왔다.

흠, 배가 조금 부른 것이 임신한 듯 보였다.

받은 티켓과 요금은 1인분. 아이 몫인 것 같았다.

“부인. 이 라테에는 뱃속의 새로운 생명에게 해를 미치는 커피 성분은 전혀 들어있지 않습니다. 괜찮으시다면 오랜만에 이 향을 즐겨 보시는 것은 어떤가요?”

“어머, 그래요? 정말로? 그럼 한 잔 마셔 볼까?”

“예. 이 커피는 순수 도토리로만 만들었습니다.”

대용 커피의 장점 중 하나가 바로 이것, 『논 카페인』이었다.

그래서 어린아이부터 임산부까지 걱정 없이 즐길 수 있었다.

이렇게 손님의 건강까지 세심히 배려하는 즐거움을, 이곳에 서면 피부로 직접 느낄 수 있었다. 결국은 즐거운 손님의 얼굴을 보는 게 좋다는 뜻이다. 그러니까…… 역시 이 콘테스트에 나오길 잘했어, 레이스.

모자가 함께 행복한 얼굴로 떠나가는 모습을 보고 다음 손님을 맞았다.

팔린 수만큼 웃음이 늘어난다. 아~ 노점은 즐겁다, 무척이나.

콘테스트 3일 차가 되자 방문객 수도 전날보다 줄어 정오를 지날 무렵에는 가게 일도 꽤 여유를 되찾았다. 그러고 보니 오잉크가 오늘은 다른 이벤트가 있다는 식으로 말했었는데, 그 영향도 있지 않을까?

좌우지간 원래 적었던 오늘 물량도 무사히 다 팔릴 것 같았다.

"레이스, 나는 라테랑 아이스크림 매상을 보고하고 올게. 너는 어떻게 할래?"

"이제 열여덟 개 남았어요. 점심시간이니까 이대로 조금 더 가게를 지킬게요."

좋아, 매진이 코앞이다.

레이스에게 가게를 맡기고 나는 본부로 향했다. 마지막 날이니까 보나 마나 붐비겠지…….

§ § §

나는 그에게 괴로운 기억을 떠올리게 한 것일까?

아니야. 누구든 안 좋은 추억 하나둘쯤은 있다.

분명 나는 그런 그의 괴로운 기억을 자극해 버렸겠지.

그래도…… 웃고 있었다. 아이들을 기쁘게 해주던 그는 진심으로 웃고 있었다. 그것이 무척 눈부시고 참을 수 없이 사랑스러웠다.

나는 당신과 즐거운 시간을 공유하고 있나요? 하고 있겠죠. 저도 알아요.

당신의 그 웃음은 분명히 앞으로도 당신에게 계속 남겠죠. 그런 기분이 들어요.

달려가는 그의 등을 눈으로 좇았다. 역시 당신은 무척 강한 사람이에요.

그렇지만 그건 사람으로서 가진 힘. 당신은 특별하지 않아요. 우리와 같은 사람, 똑같이 고민하고 함께 걸어가는 그런 사람이니까.

"……후후."

"오늘은 기분이 좋아 보이네, 언니. 흠? 또 다른 걸 팔잖아?"

"뭐야……? 라테는 이제 안 팔아……?"

그때, 또 내 은인, 그리고 그의 친구 같은 남자아이가 찾아왔다.

오늘은 두 명이 함께 행동하는구나. 역시 연인 사이일까?

"어서 오세요. 본점의 메인 메뉴인 란란 롤이에요."

"라, 란란이라고……? 역시 그 녀석 본진이군……."

"어쩔래? 먹고 갈까? 냄새는 좋은데."

내가 상품 이름을 말하자 왠지 두 사람이 묘하면서도 쓴웃음 같은 표정을 지었다.

이름이 안 좋았나? 카이 씨가 붙인 이름인데…….

"후후, 인기가 대단해요. 이구조 씨가 전한 간장을 쓴 특제 소스예요."

"좋았어. 그럼 두 개씩 줘, 언니."

"알겠습니다."

후후, 그럼 바로 만들어 볼까. 내 근심을 덜어준 이 사람을 위해서.

고기를 말아 가볍게 구워 둔 주먹밥을 예열한 철판 위에 올렸다.

"야, 역시…… 우리나라에서도 간장을 만들자."

"나보고 제안하라고? 너무 안 어울리잖아."

그리고 고기가 약간 오그라들면 이번에는 온도가 낮은 곳으로 옮겨 특제 소스를 뿌린다. 카이 씨가 말하길, 온도가 너무 높으면 이 소스는 바로 타 버린다고 한다.

적정 온도에서 주먹밥을 굴리면 순식간에 고기 지방이 소스를 빨아들여 광택을 발한다. 카이 씨의 설명대로 조리하자 대번에 란란 롤 표면에 아름다운 갈색 코팅이 생기고 윤기가 자르르 흘렀다.

"정말로 부러운 나라야, 여긴."

"타산지석이라고 하잖아."

고소한 향이 조금 섞이는 타이밍에 종이로 옮겨서 싸면—.

"완성이에요. 여기 란란 롤입니다."

"우와, 맛있겠다!"

"확실히 이건……. 잘 먹겠습니다."

크게 베어 무는 두 사람을 보니 왠지 나까지 배가 고파졌다.

……내가 남은 것을 사서 먹으면…… 혼나겠지.

두 사람은 아무 말 없이 한 입, 두 입 먹었다. 그러다가 함께 고개를 갸웃거렸다.

무슨 실수라도 했을까 불안해져 나도 모르게 물었다.

"저…… 입에 안 맞으시나요……?"

"아, 그런 게 아니야."

"그럼! 물론 맛있지, 언니. 이야~, 정말로 맛있어. 딱 내 취향이야."

다행이다. 가슴을 쓸어내리고 말없이 먹는 두 사람을 바라봤다.

이 두 사람은 어디에서 왔을까? 어떤 관계일까? 그런 생각을 하면서.

오랫동안 한곳에 머물며 많은 손님들을 봐 왔던 나는 가끔 상대방의 인생, 걸어온 길, 그동안 봐 온 나라를 상상하고 몽상했다.

거기에는 분명 선망도 섞였겠지만, 지금은 내가 이렇게 세상을 여행하고 있었다.

이 두 사람도 나처럼 여행하고 있겠지.

……연인이겠지. 둘이서만 다닌다면 틀림없어.

휴먼 소년 검사와 어려 보여도 오래 산 엘프 소녀.

너, 너무 로맨틱해……. 망상이 멈추지 않아……!

"그런데 언니, 이 소스를 팔 생각은 없어?"

"그건 장사 비법이라서 조금……."

"음, 어쩔 수 없지. 아, 그럼 어제 라테는 어때? 오늘은 안 팔아?"

"실은 오전 중에 전부 소진됐어요……."

그 사실을 전하자 그녀의 옆에 있던 소년까지 실망하여 어깨를 늘어뜨렸다.

……좀 불쌍하다. 분명 그녀와 같은 걸 마시고 싶었을 텐데.

통 크게 서비스다. 내가 마시려고 남겨 둔 라테를 몰래 꺼내서 두 사람 앞으로 내밀었다.

아이템 박스에 넣어 둔 그것은 이제 막 만든 것처럼 따뜻했고, 부드러우면서도 은은한 향이 퍼졌다.

"드세요. 아직 1인분이 남아 있었네요."

"오, 오오! 이게 이야기로 들었던 엄청 맛있는 라테……."

"아, 치사해! 나한테 넘겨."

"넌 어제 마셨잖아. 나한테 양보해."

흐뭇한 대화에 가슴이 따뜻해졌다. 좋다…… 연인과 함께하는 여행.

라테를 마시는 소년과 그 옆에서 무너지는 소녀. 류에와 카이 씨가 떠오른다.

"이게 도토리야? ……강한 로스팅의 쓴맛과 감칠맛의 조화가 절묘해. 게다가…… 이 뒤에 따라오는 향은 캐러멜인가……. 완성도가 대단해.”

“너 유독 커피를 좋아하더라? 항상 깔루아 밀크만 시키고.”

“……난 그거밖에 못 마신다고.”

후후, 입맛에 맞았나 보다.

라테를 다 마신 그가 아직 토라진 소녀에게 돌아섰다.

“이제 갈까? 실컷 즐겼잖아.”

“음, 그래. 마음 같아서는 한 달은 더 있고 싶지만, 그럴 수는 없지.”

“어머, 두 분은 벌써 떠나시나요? 수확제는 이제 시작됐는걸요.”

“이번에는 거의 무단으로 빠져나왔거든. 혼나기 전에 들어가야지.”

아쉬워하면서도 체념한 듯한 고충이 엿보이는 웃음이었다.

어른스러운 웃음을 짓는 그 얼굴이 앳된 생김새와 다르게 이상하게 어울렸다.

마지막으로 멋진 두 사람에게 선물을 주자. 나는 로스팅에 조금 실패해 추출하지 않은 칩을 봉투에 넣어 두 사람에게 건넸다. 실패했지만 드립용으로는 문제가 없었다.

“이거 받으세요. 드립으로 드시면 돼요.”

“괘, 괜찮아?! 고마워…… 정말로!”

“하하하, 최고의 선물이네. 고마워!”

떠나는 그녀를 보며 나는 고민했다. 이 은인의 이름을 들어야 할지 말지.

……아니다. 그러면 손님과 점원이라는 관계가 망가진다.

우연한 만남이기에 부리는 변덕. 그렇기에 태어난 멋진 관계. 받은 가르침.

언젠가 또 만난다면 그때 묻자. 새로운 관계를 처음부터 쌓기 위해서…….

§ § §

"이게 오늘 매상입니다. 나중에 한 상품의 매상을 더 가지고 오겠습니다."

"그, 그런가요? 마지막 날에만 이 정도라니……."

겨우 순서가 돌아와서 오늘 매상을 나타내는 티켓을 제출했다.

마지막 날은 우리와 마찬가지로 일찍 장사를 접는 곳이 많은 탓인지 지금도 등 뒤로 긴 줄이 이어져 있었다. 내 티켓 양을 보며 한숨 쉬는 소리도 들렸다.

첫날과 이틀째 모두 오늘보다 높은 매상을 기록했다. 이미 우리의 우승은 확고해졌다. 그래도 왠지 모를 불안함이 남아 있었다. 뭔가를 놓친 것만 같은, 그런 느낌…….

"지, 지나가게 해줘! 의료팀, 의료팀 빨리 와봐!"

그때였다. 한 남자가 거의 쓰러지다시피 본부로 뛰어 들어왔다.

온 얼굴이 땀으로 범벅됐고 숨도 넘어가기 직전, 말 그대로 전력 질주로 이곳까지 왔겠지.

그 예사롭지 않은 사태에 주변 사람들에게 긴장감이 퍼졌다.

"우, 우리 가게 상품을 먹은 애가 주, 죽으려고 해!"

"알았어, 지금 바로 갈게! 일어설 수 있겠어?!"

"아니, 이 상태로는 어렵겠죠. 이 사람에게 물을 주세요. 안내는 제가 하겠습니다."

남자는 허리에 도토리가 그려진 앞치마를 하고 있었다. 바로 그 팬케이크 가게였다.

즉시 의료팀과 함께 가게 쪽으로 향하자 이미 사람들이 벌떼처럼 모여 있었다.

의료팀이 구경꾼들을 밀치며 중심으로 들어가고 나도 그 뒤를 따랐다. 안쪽에는 쓰러진 채 미동도 하지 않는 소년과 어머니인 임산부가 주저앉아 울고 있었다.

"중독이야?! 바로 해독 술식을 발동해! 병행해서 회복 술식 준비!"

그들은 우리 가게에 왔던 모자였다. 하지만 이 증상은—.

내가 미쳤지! 왜 이걸 몰랐을까?! 마음에 걸리던 건 이거였다!

"증상이 안 멈춰……. 어째서지?! 중독이 아니야?!"

"젠장…… 특수한 독이라면 해석을 해야 하는데……."

소년이 입에 문 거품과 전신 경련, 그리고 두드러기. 이건 이미 의심할 여지가 없었다.

하지만 의료팀은 이 증상을 해결할 지식이 없는 것 같았다.

설마 『아나필락시스 쇼크』를 모르는 거야?

"비키세요, 제가 치료할게요!"

검을 꺼내며 소년의 곁으로 달려갔다. 그리고 바로 어빌리티를 조합했다.

아나필락시스 쇼크는 흔히 말하는 면역 과잉 반응이었다. 그것은 독이나 쇠약 증상이 아니라 신체가 본래 갖추고 있던 기능이 작동한 결과에 불과했다. 그 상태에서 몸을 치료하는 마술을 써봤자 나을 리가 없었다. 그렇다면 어떻게 해야 하는가? 그런 건 나도 모른다.

하지만, 그런 증상조차 아랑곳하지 않는 막대한 생명력을 나눠주고, 그런 방어 반응조차 굴복시키는 힘과 가호를 줄 수 있다면…….

소년에게 [새크리파이스]를 발동해 이제부터 소년을 덮칠 고통을 대신 받는다.

그리고 동시에 [커스 기프트]를 발동해 [생명력 극한 강화]를 부여한다.

그러자 역시 인간의 몸으로 감당하기 힘든 생명력을 직접 얻은 반동, 그리고 현재 소년을 괴롭히는 호흡 곤란과 경련으로 인한 고통이 모두 내게로 옮겨왔다.

용신, 너 설마 알레르기 정도로 죽지는 않겠지?

빨리 이 아이를 구하라고. 솔직히 나도 슬슬 괴로워.

그때 아이의 몸이 크게 벌떡 뛰더니 입으로 토사물이 쏟아졌다.

소년이 기침하면서 몸을 일으켰다. 그것을 보고 나도 서둘러 어빌리티를 해제했다.

……그렇군. 아이처럼 내성이 약한 사람이 받는 반동을 내게 옮기면 그만큼 증폭되는 건가? 이것 참 진땀 뺐다.

"아이를, 휴게소로 옮겨주세요……. 이제는, 괜찮을 겁니다."

"아, 아까 만난 점원분이잖아요……! 아들을 살려주셔서 감사합니다……."

"아닙니다. 뱃속 아이에게서 형을 뺏을 수는 없으니까요."

의료팀과 함께 떠난 모자를 바라봤다. 한번 되짚어 보자…… 이번 사건의 원인은 무엇이었는가.

그건 이미 레이스에게 들은 **그 이야기**가 말해주고 있었다. 『팬케이크 가게는 원래 아몬드를 주로 썼다』, 그리고 『지금까지 팬케이크를 못 먹던 사람이 도토리 팬케이크로 바뀌고 먹게 됐다』는 소문…….

그것은 취향의 문제가 아니었다. 말 그대로 **못 먹었다**는 뜻이었다.

그리고 그건 아몬드를 썼기 때문이었다. 바로 그 소년과 똑같은…….

“점원분, 저 아이가 먹은 메뉴가 뭐죠?”

“그, 그게…… 플레인 타입과 버터를 올린 베이식 타입이요.”

“너츠 크림은 안 먹었죠?”

“아, 안 먹었습니다. 잘 못 먹는다고 어머니가 말씀하셔서…….”

그렇게 된 것이었다. 에이콘 팬케이크는 아마 도토리에서 떫은맛을 빼고 제분, 그리고 녹말을 추출해 만든 가루를 넣은 팬케이크일 것이다.

처음 먹었을 때 독특한 고소함을 느꼈다.

그러나 류에가 나눠줬을 때 먹은 건…… 더 질 좋은 재료, 아마도 『아몬드 파우더』로 바꿨겠지.

물론 이쪽이 더 맛있고 수고도 덜하다.

올해는 맛이 좋아졌다는 손님의 호평도 퍼졌을 것이다.

그 결과가 이것이었다. 내가 몰아세운 탓에 이런 수단을 썼는지도 모른다.

하지만 식품을 위장한 것도, 부질없는 칭호에 목메며 손님을 속인 것도 모두…….

“점주, 뭐 할 말 없어? 이건 네가 초래한 결과야.”

새파란 낯빛으로 일련의 소동을 지켜보던 여주인에게 말을 던졌다.

“……고마워. 우리 손님을 구해줘서―.”

"내가 바라는 대답은 그게 아니란 걸 알 텐데?"

"윽…… 그래……. 책임은 질게."

애초에 규칙 위반이었다. 도중에 재료를 바꾸는 행위는.

그러나 그것뿐만이 아니었다. 그녀는 자기 자신의 규칙을, 요리에 종사하는 사람이 넘어서는 안 될 선을 넘었다. 그 무게의 정도는, 잘 알겠지?

"……그래도 고마워. 그 아이를 구해줘서. 이 말만은 하고 싶어."

"……동업자로서 해야 할 일이었어."

사실은 죄책감도 있었다. 직접적이지는 않았지만, 내 영향도 있었으니까.

지금의 얼굴을 보이지 않도록 그녀에게 등을 돌리고 레이스가 기다리는 우리 가게로 걸음을 서둘렀다.

§ § §

"뭐? 벌써 다 팔렸어?"

"네! 무사히 완판했어요! 바로 본부에 티켓을 제출하고 올게요."

가게로 돌아오자 레이스가 기쁘게 티켓을 정리하고 있었다.

아차, 나도 저렇게 열 장씩 모았으면 세기 쉬웠을 텐데.

그런 배려심을 가진 그녀를 바라보며 남은 가게 도구를 정리하고 빌린 기재를 한곳에 모았다. 이것으로 사흘간의 싸움이 끝났다는 생각에 한숨을 쉬었다.

나를 돌아볼 기회도 많은 사흘이었다.

그리고 제법 소란스러운 대회가 되고 말았다.

내 행동은 틀림없이 다른 사람의 투쟁심에 불을 붙였다. 그렇다면 내년부터는 지금보다 더 맛있고 더 잘 팔리도록 연구한 메뉴가 나오고, 손님을 기쁘게 하며, 이 콘테스트를 열띤 현장으로 진화시킬 것이다.

분명 그 여주인도 이번에는 진정한 의미로 정면 승부를 펼치겠지.

“아차, 자연스럽게 내년에도 출전한다고 생각했어.”

모르는 사이 심취한 내가 왠지 우스워 웃음이 나왔다.

“카이 씨, 왜 그러세요? 재미있는 일이라도 있었나요?”

“어서 와, 레이스. 아니, 그냥 이 콘테스트가 즐거워서.”

두 사람과 함께했으니까. 자유롭게, 생각대로 만들 수 있었으니까.

“잘됐네요. 내년에도 올 수 있으면 꼭 참가하고 싶어요.”

“하하하, 다른 가게에서 좋은 눈으로 보진 않겠지만.”

“그래도요.”

함께 웃는 레이스와 행사장을 뒤로했다.

결과가 발표되는 밤까지 오잉크가 말한 대로 다른 이벤트를 보러 갈까?

류에가 없는 것이 마음에 걸리지만, 가끔은 둘만의 시간을 보내는 것도 괜찮겠지.

"레이스, 같이 다른 이벤트를 보러 갈래?"

"네, 가요!"

마지막으로 한 번 더 사흘간의 전장이었던 경연장을 돌아봤다.

팬케이크 가게 주인이 어떻게 움직일지, 그리고 다른 가게 사람들이 어떻게 변할지, 결국은 내 희망적인 예측에 지나지 않다는 것은 알고 있다.

어쩌면 나도 그저 대회를 휘젓고 민폐만 끼친 사람이었는지도 모른다.

그렇지만 그런 것들은 결국 부차적인 요소였다. 첫 번째 목적은 그녀들과 이 수확제를 즐기고 싶다는 단순한 것이었다. 그리고 나는 그것을 확실히 이루었다.

그렇다면 지금은 즐기자. 천만다행으로 그 소년도 무사했으니까.

하지만 역시 타고난 성격 때문일까? 나중에 오잉크에게 의료팀의 알레르기 대책에 관해 얘기하고 싶다거나 도토리 관련 규칙에 심사를 더해야 한다는 등 개선안이 떠올랐다. 정말로 이상한 점에서 성실한 내가 때때로 싫었다.

그래도 이런 사소한 일이라도 좋은 방향으로 움직이게 도울 수 있다면…….

이 사소한 점에만 신경 쓰는 생각도 그녀라면 분명 유용하게 활용하겠지.

"정말로 많은 일이 있었네요. 후후, 다음에는 어떤 이벤트가 있을지 기대돼요."

"……! 어, 그러게. 정말로 기대돼."

……역시 가까운 곳에서 보기에는, 너의 웃음은 너무 눈부시다.

해가 기울기 시작한 하늘 아래서 메이드와 집사가 길을 거닐었다.

거리 풍경에 어울리지 않지만, 그것이 허용되는 들뜬 분위기 속에서 마음 가는 대로 하염없이…….

4장 그녀는 그저 올바르고자 했다

오늘 길드 직할구에서 이루어지는 이벤트에 관해 레이스에게 묻자 길드 뒤편에서 본 특설 무대를 이용한 미스 콘테스트 최종 심사가 있다고 했다.

1차 심사는 수확제 첫날 관계자끼리 몰래 이루어지고 그 후 2차 심사를 통과한 멤버들을 모아 우승자를 정하기 위해 대대적인 행사를 여는 것이었다.

확실히 이건 힘이 들어간 이벤트였다. 오잉크가 나에게 보여주고 싶었던 것은 아마 이거겠지……. 설마 오잉크가 출전하지는, 않겠지?

네가 나갈 곳은 축산물 품평회야. 목표는 육질 등급 1++.

"그나저나…… 더 일찍 이 이벤트를 알았으면 좋았을 텐데."

"설마 카이 씨도 나가고 싶으셨나요? 후후, 틀림없이 우승했겠네요."

"아니. 레이스를 변장시켜서 보내고 싶어서."

옆을 걷는 절세미녀라 불러 마땅한 클래식 메이드 아가씨를 바라봤다.

긴 팔다리와 치마 너머로도 알 수 있는 아름다운 힙 라인. 그리고 위풍 있는 세 자릿수 가슴에 황금비율 E라인을 그리는 옆얼굴.

몸가짐, 아름다운 입술에서 나오는 미성, 흘러넘치는 모성과 배려심.

음. 외면, 내면 모두 역대 톱입니다. 무슨 역대인지는 모르겠지만.

"저기…… 그렇게 자세하게 평가하시면…… 부끄러워요."

"아, 입으로 말했어? 뭐 어쩌겠어, 정말로 그렇게 생각했는데."

"그럼 카이 씨도 키가 크고, 스타일도 좋고, 조금 날카로운 외모와 차가운 눈빛, 그리고 사실은 다정한데 쑥스러워서 숨기려는 행동이—."

"죄송합니다, 더 안 할 테니까 제발 그만하세요. 온몸이 가려워요."

"후후, 그렇죠? 저도 창피하다고요."

네, 거기 지나가는 사람들, 혀 차지 마세요. ……길거리에서 애정행각을 벌인 우리 잘못이죠. 네, 압니다.

길드가 가까워지면서 사람이 늘어나는 것이 보였다.

그리고 행사장인 길드 뒤편으로 갈 무렵에는 이미 몇 겹이나 되는 기다란 줄이 생겨 있었다. 이제부터 줄을 서 봤자 행사장에 들어가는 것은 절망적으로 보였다.

으음…… 옆에 미스 본본 랭킹 명예의 전당에 들어간 인물이 있는데도 미스 콘테스트가 신경 쓰이는 것이 바로 남자의 마음 아니겠습니까. 이거 어떻게든 못 들어가나?

그런 그때였다. 줄을 관리하는 길드 직원이 이쪽으로 달려왔다.

"아, 찾았습니다. 일행이시죠? 어서 이쪽으로 와주십시오."

"네? 아뇨, 저희는―."

"레이스, 따라가 보자."

레이스에게 귓속말로 제안했다. 착각이라도 이 상황에 변화가 생긴다면 손해 볼 것은 없었다.

그대로 줄을 지나서 행사장 안쪽으로 갔다. 어디로 데리고 가려는 것일까?

특설 무대 뒤편으로 돌아가서 그곳에 쳐진 큰 천막 안으로 안내받았다.

그것은 하나가 아니라 여러 개가 존재했다. 혹시 지위가 높은 사람의 대기실일지도 모른다 싶어 가슴을 펴고 자세를 바로잡았다.

"실례합니다! 흩어진 일행분들을 모셔왔습니다."

"네, 들어오세요."

천막 안에서 노인의 것으로 연상되는 온화한 목소리가 대답했다.

난감하네, 설마 헤어진 사람으로 착각했을 줄이야. 이러면 변명할 여지가 없다.

바로 사과하려고 입구로 들어갔다. 그러나 그곳에는 생각하지도 못한 사람이 기다리고 있었다.

“미안하구나. 조금 멀리 돌아오는 사이 어느새— 음?”

“다, 당신은…… 설마 이런 곳에서 만나다니…….”

“카, 카이본 님?! 그 모습은…… 순간 누구인지 몰라뵈었습니다.”

“아, 여기에는 사정이……. 죄송합니다, 아무래도 동행으로 오해받은 모양이라…….”

그곳에 있던 이는 엔드레시아에 있는 광산 도시, 마인즈밸리의 길드 지부장을 맡은 인물이자 선대 길드 총수인 오잉크의 스승.

그리고 한때 류에의 보살핌 속에서 생을 얻은 그녀의 동포— 크롬웰 아이소드 리히트였다.

§ § §

“그래서 아무 말 않고 따라오셨나요? 그럼 이대로 제 관계자 신분으로 관람석으로 갈까요?”

“괜찮나요? 아니, 이제 와서 말하기도 그렇지만, 원래 따라왔던 사람은…….”

“허허, 괜찮습니다. 아마 이 축제에 정신이 팔렸겠죠.”

재회 인사를 가볍게 마치고 그의 호의로 미스 콘테스트를 관람할 기회를 얻었지만, 그 전에 조금 전부터 얌전히 대기 중인 레이스를 소개해야겠다.

“크롬웰 씨, 소개하겠습니다. 지금 저와 류에와 함께 여행하는 레이스입니다.”

“처음 뵙겠습니다. 여행 동료로 함께한 레이스 레스트라고 합니다.”

“정중하시군요. 반갑습니다. 저는 엔드레시아 시골 마을에서 길드 지부장을 맡은 늙은이, 크롬웰 아이소드 리히트라고 합니다.”

“본인은 이렇게 말하지만, 선대 길드 총수고 오잉크의 스승님이셔.”

아, 레이스가 더 깊이 고개를 숙였다. 재미있으니까 이쪽에도 폭탄을 던져 봐야지.

“크롬웰 씨. 자세하게는 말할 수 없지만, 레이스는 류에의 동생이고 신예기를 살았던 사람입니다.”

아, 이번에는 크롬웰 씨가 바닥에 엎드려 절하려고 한다. 아무래도 이건 말려야겠다.

“류, 류에 님의 동생분이셨을 줄은……. 그러고 보니 류에 님이 안 보이는군요.”

“그게, 길드에 일이 있다면서 오늘은 아침부터 따로 다니고 있어요.”

"그랬나요……. 이따가 인사를 드리러 가야겠군요."

크롬웰 씨의 반응에 의문을 품는 레이스에게 그의 출생에 관해 이야기했다.

그러자 갑자기 아이를 보는 듯 자애에 찬 표정을 짓는 것이 아닌가.

……아무리 그래도 그런 눈으로 바라볼 사람은 아니지 않을까요?

자기소개가 끝난 그 타이밍에 방금 본 직원이 와서 콘테스트가 시작된다며 관계자석으로 안내했다. 그러나 나와 레이스가 앉은 것을 확인한 크롬웰 씨는 다른 자리로 가려고 했다.

"어디 가시려고요? 같이 안 보시나요?"

"사실 이 콘테스트 심사위원이라서요. 제 자리는 저기입니다."

"아, 그럼 혹시 우리를 위해……?"

"후후, 그렇죠. 카이본 님께는 다 갚지 못할 은혜를 입었으니까요."

부드러운 웃음을 지으며 무대 제일 앞줄로 가는 그를 배웅했다.

심사위원…… 저 사람이 미녀를 심사하는 모습을 상상하기 어려웠다.

그렇게 기다리는 사이 객석이 가득 차고 열기가 최고조에 달했다.

역시 미남미녀를 좋아하는 것은 다들 똑같은가 보다. 이 열기의 정체가 본능에 충실한 욕망이라고 생각하자 역시 인간의 본성은 만국 공통이라는 묘한 감상에 빠졌다.

"아, 사회자가 나왔어요."

무대로 나온 여성 사회자가 확성 마도구(마이크)를 써서 객석을 향해 진행 멘트를 읊었다.

『아~, 마이크 테스트, 마이크 테스트. 그럼 서론은 집어치우고 바로 본론으로 들어가죠! 지금부터 제7회 미스터&미스 세미피나르 콘테스트, 공개 최종 심사를 시작하겠습니다!』

그 순간 행사장에 폭탄이라도 떨어진 것 같은 환성에 얼결에 귀를 막았다.

폭발적인 반응…… 대단하다. 마치 아이돌 라이브 같았다.

『이미 행사장에는 엄정한 심사로 선발된 남녀가 대기하고 있습니다! 지금부터 이곳에 계신 관객 여러분께 질의문답과 프리 어필 시간을 가진 후, 최종적으로 선발된 두 사람에게 마지막 심사로 연설을 들을 예정입니다!』

분위기를 능숙하게 끌어올리는 사회자의 멘트에 서서히 나도 흥분했고, 레이스도 마음이 들뜬 것처럼 보였다. 이런 이벤트를 처음 보기 때문이겠지.

무대 위를 주목하자 어쩐지 주위에서 긴장감과 닮은 분위기가 감돌았다.

이후에 무슨 일이 일어날지, 매년 오는 사람은 이미 아는 것일까?

『그럼 후보를 소개하기 전에— 예년대로 임시 심사위원과 질문자를 정하겠습니다! 자…… 남성 후보와 질의문답하고 싶으신 분은 손을 들어주세요!』

그 순간, 행사장에 있는 여성들이 일제히 손을 들었다. 그리고 옆을 보자—.

멋진 자세로 아름답게 거수한 우리 집 메이드 아가씨가……?!

"레, 레이스?"

"기, 기왕 왔으니까요……. 가까운 곳에서 볼 수 있을지도 모르고요."

"으음…… 이 오빠는 질투 나."

"그럼 카이 씨도 여성 부문에 입후보해요."

그러고 싶지만 이 어마어마한 경쟁률을 뚫어야 한다. 세상일이 그렇게 쉽게—.

『오~? 저기 아주 근사한 메이드분이 계시네요! 무대로 올라와 주세요!』

쉽네. 바로 뽑혔다. 레이스의 운은 무시무시했다.

그렇다면 무슨 일이 있어도 나도 뽑히고 말겠다!

……딱히 상관없겠지? 내 운을 살짝 보정하는 정도는.

[커스 기프트] 발동. 대상 카이본. [행운] 부여.

오케이, 손을 들 시간이다. 이렇게 손을 들고 싶은 기분은 초등학교 때 부모님 참여 수업 이후 처음이다.

촉각을 곤두세우고 때를 기다리는 굶주린 남자들의 열기 속에서 그 순간이 찾아왔다.

『그럼 계속해서 여성 부문—.』

"우오오오오오오오오오오오오오오오오오오, 나나나나나나!"

"가자! 가자아아! 가자아아아아!"

"햣하~! 여자다, 여자~!"

말이 떨어지기 무섭게 주위에서 괴성이 울려 퍼졌다. 마지막 인간은 세기말[#3]로 꺼져.

이런 인간들과 똑같이 취급받는 것은 마음에 안 들지만…… 나도 손을 들고 뽑히기를 빌었다.

『여, 여전히 여러분은 기운이 넘치시네요. 그럼…… 작년처럼 책임 문제가 번지는 건 피하고 싶으니 완전히 운에 맡기고자 합니다! 하나, 둘, 셋~!』

사회자는 눈을 감은 채로 손에 든 공을 관객석으로 던지는 포즈를 취했다. 어? 그거 역효과 아니야? 죽여서라도 빼앗는 사람이 나오지 않아?

『행운의 도토리 볼! 날아갑니다~!』

#3 세기말 만화 『북두의 권』의 세계관. 악당의 웃음소리가 주로 「햣하」로 묘사된다.

공과 함께 올라가는 살인적인 남자들의 함성. 공은 관객석을 훨씬 뛰어넘는 궤도로 날았다. 음, 장외 홈런 코스다.

……뭐, 이 정도 높이라면 가능하겠지? 발에 힘을 실어 뛰어올라 기둥을 박찼다.

그리고 살짝 멋 부려서 비하인드 백 캐치! 전설의 메이저리거가 된 기분이다.

『오오! 메이드 아가씨에 이어 미남 집사가 등장했습니다! 그럼 앞으로 나와 주세요~!』

착지한 기둥에서 아래를 내려다보자 남자들이 마치 좀비들처럼 몰려들고 있었다.

……무서워라. 바이오해저드라도 일어난 것 같잖아.

좀비들을 헤치고 도착한 단상에서 심사용 자리에 앉았다.

옆에 있는 레이스도 내가 도착하자 아주 기뻐했다.

이제 심사 전 출전자 소개가 진행될 예정이다. 그것을 이 특등석에서 볼 수 있다니, 아까 그 참상, 아니, 인기가 이해되었다.

그렇게 우선 남성 부문 출전자 소개가 시작됐다.

예선을 뚫고 올라온 만큼 누구나 눈길을 끄는 용모였다.

수염이 어울리는 댄디한 노신사에 상큼한 웃음이 어울리는 건장한 바다 사나이.

무서운 누나에게 잡아먹힐 것 같은 미소년과 정통파 금발

벽안 왕자 타입.

그리고 마지막으로 조금 경박해 보이는, 밤거리를 활보할 듯한 젊은이.

새된 성원을 받는 다섯 명은 어떤 자신감에 가득 찬 것처럼 보였다.

『네, 올해도 여자들이 침 흘리는 남성들이 모였습니다! 개인적으로는 방금 집사분도 출전해주셨으면 좋았겠지만― 아무튼 계속해서 여성 부문!』

고대하던 시간이다. 남성 부문은 솔직히 거의 듣는 둥 마는 둥 했습니다.

행사장의 남녀 비율로 봐도 여성 부문이 방금보다 훨씬 큰 기대를 모으고 있었다.

그 첫 타자가 지금 사회자의 입을 통해 밝혀진다!

『참가 번호 1번! 여성 부문에 처음으로 참가한 분이 여기까지 올라왔다는군요!』

오호, 선봉이 그대로 대장까지 치려고 올라왔나? 질풍노도의 기세이지 않은가.

『출신 지역은 엔드레시아 대륙 북쪽 숲이라고 합니다!』

"북쪽 숲 출신이라면 순박한 여자아이가 연상되네요."

"아, 응……. 엔드레시아 북쪽 숲이라……."

『세상에, 모험가 길드 소속의 백은장입니다! 그럼 나와주시죠, 류에 씨!』

"엉?!"

"네?!"

내 귀가 잘못되지 않았다면, 지금 들린 이름은 익숙한 우리 집 류에 씨 아닙니까?!

출생지, 지위 모두 진실이라고 말해주고 있는데요?!

그녀가 나타난 순간, 폭발을 기다리는 것처럼 관객들이 일제히 조용해졌다.

그리고…… 잠시 뒤 그 특대 폭탄이 파열했다.

공기가 떨리고 피부가 저릿한 감각이 쏟아졌다.

"류…… 류에……."

"멋져……."

류에는 전에 입은 것과는 다른, 거의 드레스나 다름없는 백은색 코트 아머를 입고 있었다.

평소의 반묶음 머리를 풀고, 전에 내가 선물했고 요전번에 깨끗하게 닦은 바레트를 단 아름답고 윤기 흐르는 흰색 머리.

그리고 귀에는 아기다르에서 산 이어 커프를 착용했다.

그뿐이 아니었다. 허리에 찬 것은『신도 〈용선〉』이었다.

완전히, 완벽하게 내가 이상으로 추구하던『순백의 성기사』가 그곳에 있었다.

"……카이 씨, 저 사람이 제 언니예요. 대단하죠?"

"……우연인걸. 저 애 우리 가족이야. 대단하지?"

서로 생각이 뒤죽박죽이 될 정도로 평소 천진난만한 모습과는 너무도 동떨어졌다. 이쯤 되면『누구세요?』수준이잖아!

화장으로 평소보다 어른처럼 보이는 얼굴과 그 점을 의식한 것처럼 약간 눈을 가늘게 떠서 추파를 흘리는 성기사님.

행사장의 환성이 잠잠해지자 이번에는 탄식과 감탄의 목소리가 내 귀로 흘러들었다.

"올해는 이미 끝난 거나 마찬가지네……. 저 성기사님, 아름답구만……."

"늠름하기도 하지……. 심지어 백은장……. 하늘은 두 가지를 다 주지 않는다는 건 거짓말이야……."

동감입니다. 이미 여성 부문은 끝났다고 봐도 돼! 우리 류에 아가씨의 우승입니다!

그런 생각을 하는데 사회자가 류에에게 마이크를 내밀었다.

『그럼 류에 씨, 콘테스트에 임하는 포부 한마디 부탁합니다.』

새침한 미소를 지으며 마이크를 건네받은 류에가 우리를 알아봤다.

순간 평소와 같은 천진한 웃음을 지었지만, 바로 그 표정을 거뒀다.

『안녕하세요. 모험가 류에입니다. 포부는…… 글쎄요, 오늘은 이곳에 제 가족이나 다름없는 소중한 동료들이 응원하러 와줬습니다. 그래서 그들에게 최고의 모습을 보여주고 싶다, 그리고 승리를 쟁취하겠다고 맹세하겠습니다.』

SEMIFINAL CONTEST

맙소사. 아예 다른 사람이잖아. 그렇게 어른스럽게 말할 줄 알았어……? 너 전에 임금님 앞에서 격식이고 나발이고 무시하지 않았나?

"설마 이거였어? 최근 류에가 이상했던 이유가."

"혹시 길서리 음식 콘테스트를 응모하러 갔을 때……?"

"그럴지도 몰라. 가게를 빠져나갔을 때도 콘테스트 예선이 있지 않았을까?"

그렇다면 설마 오잉크도 알고 있었나? 오잉크는 수확제 이벤트에 관한 자료를 확인하고 있었다. 거기서 이 사실을 알았을 가능성이 있었다.

어쩌면 그녀가 오늘 나에게 이벤트를 돌아보라고 넌지시 권한 것도 이것이 목적이었나……?

진실이 뭐가 됐든…… 눈 호강했다. 류에의 이런 모습을 보게 되어 정말로 감격스러웠다.

크…… 평소 모습을 아니까 그 차이가 더 절실하게 와 닿았다.

저 아름다운 기사님이 방에서는 뒹굴뒹굴 구르면서 어리광을 부린다니까요?!

류에가 무대 옆으로 이동한 뒤에도 관객의 열기는 식을 줄 몰랐고, 우리의 편애를 빼더라도 그녀의 우승이 유력시되는 듯 보였다.

문득 심사위원석을 바라보자 언뜻 봐도 거물 같은 인물들이 모두 무슨 생각을 하는지 복잡한 표정으로 무대 위를 보고 있었다.

크롬웰 씨는 당장에라도 류에를 향해 기도라도 올릴 분위기였다.

하지만 그런 심사위원들 중에서 이질적인 시선을 보내는 사람이 몇몇 보였다.

……야, 그 눈은 뭐야? 왜 류에에게 그런 눈빛을 보내?

이런 비유는 하고 싶지 않다. 하지만 마치…… 거슬리는 것을, 오물이라도 보는 것 같은, 그런 혐오감을 숨기려고도 하지 않는 몹시 불쾌한 시선을 류에에게 보내고 있었다.

그 녀석들은 모두 선명한 금발을 가진 엘프였다.

시선의 정체와 그들의 정체가 무엇인지 생각의 바다에 빠져 있는데, 옆에 있던 레이스가 계속 나를 부르고 있다는 사실을 깨달았다.

"저기…… 카이 씨? 다른 분들 소개가 시작됐어요."

"아, 미안. 잠깐 다른 생각을 했어. 지금 몇 명째야?"

"이제…… 아, 다음이 마지막이에요."

아뿔싸, 뜻하지 않게 너무 오래 생각에 빠져 있었다.

뭐, 개인적으로는 이미 류에의 승리라고 보지만 말이죠.

하지만 수많은 좀비들을 제치고 온 몸으로서 책임을 다해야겠지.

시선을 무대 중앙으로 되돌리자 여성 부문 마지막 한 사람의 소개가 시작됐다.

『참가 번호 0번! 그렇습니다, 그녀는 지금 이 순간까지 참가 여부를 비밀에 부쳐 온 마지막 최종 후보! 특별 참가로 모든 심사위원의 찬성표를 얻은 예선 통과자!』

그 힘이 들어간 소개, 그리고 특별 시드를 배정받았다는 사실에 나뿐만이 아니라 행사장에 있는 모든 사람들이 마른침을 삼키고 그 인물이 나타나기를 기다렸다.

『서디스 대륙, 서즈가르드 왕국 수도 브라이트니스아치 출신!』

가슴속에서 뭔가가 꿈틀거렸다. 내 속에서, 무엇인지 정체를 알 수 없는 것이 고개를 쳐들었다.

그 대륙의 이름을 들은 순간 분명히 느꼈다. 뭔가가 깨어나는 것을.

『레일라 럭스벨 **브라이트** 씨가 입장합니다!』

흥분이 최고조에 달했던 관객석이 물을 끼얹은 것처럼 정적에 휩싸였다.

무대 위에 나타난 사람은 금을 넘어 황금이라는 표현이 어울리는 선명한 금발을 아름답게 나부끼고, 깊은 숲과 같은 녹색 눈을 가진 엘프 여성이었다.

순백색 드레스를 입고 조용히 걷는 그 모습은 마치 아이에게 들려주는 그림책 속 『공주님』이 그대로 실체를 가지고 나타난 것 같았다.

『사실 그녀는 서즈가르드 왕가의 혈통인 진짜 공주님입니다!』

행사장의 정적이 이어졌다. 류에가 나왔을 때 같은 폭발조차 일어나지 않고 모두 그 모습에 압도되어 있었다.

아니면 저 여자의 지위에 차마 그럴 수가 없거나.

"대단해……. 저게 왕가의 혈통이 가지는 아름다움…… 고귀함인 걸까요……."

레이스가 감탄한 표정으로 여자를 보았다.

"그렇게 생각하지 않으세요? 카이— 저기, 카이 씨, 눈이 마안으로……."

"응? 아, 해제, 해제."

메뉴 화면에서 어느샌가 발동한 마안을 해제했다.

"카이 씨, 저분 이름이 브라이트라면 이크스와 같은…… 그런 거죠?"

전해야 할까? 레이스에게 진실을.

옛날에 류에를 속인 일족의 피가 이크스 씨에게도 흐른다고.

망설이는 나를 보며 그녀는 나의 갈등을 꿰뚫어 본 것처럼 조용히 말했다.

"카이 씨. 지금 당신이 품은 감정을 저는 알아요. 제발 저에게 말해주세요. 당신의 입으로 알고 있는 사실을, 브라이트라는 이름에 관해서요."

"그래……. 역시 숨길 수 없구나…… 레이스에게는."

그렇다. 확실히 그녀에게는 숨길 수 없다. ……이대로 여행을 계속하면 언젠가 나는 그 나라에 도착하게 될 것이다. 그리고 그녀도 진실을 알게 되겠지.

그렇다면 말하자. 브라이트라는 이름이 가지는 의미를…….

§ § §

"그랬나요……. 그럼 이크스도……."

"하지만 그 사람은 나라를 떠났어. 분명히 무슨 일이 있었던 거야, 그 왕가에서."

"카이 씨는 이크스도 밉나요?"

"한순간은. 정말로 한순간이었어. 나도 이상하다고 생각해. 그 사람은 굳이 말하면 같은 동료야. 너나 류에를 위해 행동하고 지금까지 홀로 싸웠던, 소중한 동료인데……."

감정이 폭주했다고도 할 수 있는, 때때로 나를 덮치는 충동. 그것이 지금 무대 위에 있는 저 여자에게도 일어나고 있었다. 그것도 끓어오르는 증오를 담아서.

지금 막 사회자가 내민 마이크를 건네받은 **그것**의 말에 귀를 기울였다.

『레일라입니다. 방금 왕가의 혈통이라고 하셨는데 여러 갈래로 나뉜 피의 일부를 이었을 뿐이에요. 하지만 그래도 우리 일족의 시조인 브라이트의 이름에 부끄럽지 않게 열심히 해 보겠습니다.』

유리로 만든 방울을 연상케 하는 아주 맑고 아름답게 울리는 목소리였다.

머리로는 그렇게 평가할 수 있건만, 그럼에도― 증오하지 않고는 배길 수 없었다.

가능한 한 그녀와 연관되지 않는 편이 좋을지도 모르겠다.

『이상으로 자기소개 타임이 끝났습니다! 그럼 이제부터 준비를 위해 잠깐의 휴식을 가지겠으니 질의문답 시간에 할 질문을 미리 생각해주세요~!』

시간이 있다면 머리를 식혀야겠다고 생각해 무대에서 내려가려던 그때였다. 시야 한쪽에 류에의 모습이 들어왔다. 고개를 숙이고, 얼굴을 숨기는 듯한 그 모습은 마치―.

눈물을 흘리는 것처럼, 보였다.

왜? 설마 기억을 떠올려서? 과거를, 깊은 고독을?

"아, 카이 씨, 눈이, 뿔까지……."

"류에가…… 울어."

"네……?"

서둘러 메뉴를 열고 다시 발현한 마안과 뿔을 해제했다.

어쩔 수 없지 않은가. 그녀가 그 이름을 듣고 과거를 떠올려 울고 있었다.

"카이 씨? 저…… 류에, 자는 거 아닌가요?"

"……엥?"

설마 그럴 리가, 싶어 다시 한 번 더 류에를 보자 역시 선 채로 고개를 숙이고—.

……꾸벅거린다.

그리고 갑자기 고개를 퍼뜩 들더니 주변을 돌아보고 급히 무대 뒤로 이동했다.

뭐야…… 진심으로 걱정했는데 그냥 졸았던 거니?

아, 그러고 보니 오늘 꽤 일찍 일어났었지……?

긴장했던 몸에서 힘이 쭉 빠졌다. 하~, 다행이다. 나는 또 뭐라고…….

무대에서 내려온 크롬웰 씨가 흥분하여 달려왔다.

"보, 보셨습니까, 카이본 님! 류에 님의 자태는 저희가 떠받들어 온 여신님과 똑같습니다……. 몰라볼 정도로 늠름해지셨습니다. 분명 좋은 여행을 했기 때문이겠죠."

감격한 와중에 미안하지만, 그건 콘테스트용으로 꾸며서 그럴 겁니다.

아마 끝난 다음에는 피곤하다면서 또 뒹굴뒹굴 굴러다니겠죠.

아무튼 그것이 류에의 성장인지 변신인지는 일단 넘어가고, 지금은 크롬웰 씨에게 물어야 할 것이 있었다.

"크롬웰 씨, 심사위원석 왼쪽은 엘프분들이 모여 있더군요?"

그 화제를 꺼낸 순간, 그의 눈썹이 움찔 하고 움직였다.

"네, 있었죠. 그들은 외교를 위해 서디스 대륙에서 온 분들입니다."

"그렇군요. 마지막에 나온 출전자도 그 일환으로 참가했나 보죠?"

"네, 맞습니다. 그들의 대표라고 들었습니다."

그는 대수롭지 않게 내 의문에 대답해줬다. 그렇다면—.

"그럼 마지막으로…… 서디스 대륙에서는 류에가 어떤 식으로 전해지나요?"

거짓말이나 얼버무릴 생각은 하지 말라고, 그의 푸른 눈을 똑바로 쳐다보면서 물었다.

역시 오잉크의 스승님이다. 이렇게 나올 거라고 처음부터 각오했겠지.

그는 표정을 바꾸지 않고 그저 조용히 내가 바라는 답을 알려줬다.

"1년에 두 번, 여름의 마지막 날과 해의 시작에 진혼식이 이루어집니다. 한때, 엘프의 낙원인 숲을 눈과 얼음으로 뒤덮은— 세미엘의 마녀의 분노를 달래기 위한……."

"……계속하세요."

"서즈가르드 왕국에서는 백발을 가진 사람을 『세미엘의 고아』라고 부르며 기피하는 문화가 오래전부터 남아 있습니다. 그래서…… 저들은, 그……."

그래. 아, 그래그래. 그렇군, 잘 알았다. 그래, 그렇단 말이지.

너희는 너희들이 속이고 옭아맨 끝에 그 원인까지 그녀

한 사람에게 덮어씌우고, 그것도 모자라 그런 전승까지 남겨서 문화로 심어 놓았다고?

"……제발, 제발 분을 가라앉혀 주십시오. ……어쩌면 이대로 류에 님이 계속 출전하면 안 좋은 일을 당하실지도 모릅니다……."

그녀에게 기권을 권하라는 말인가?

요 며칠간 우리를 놀라게 하려고 몰래 즐겁게 준비해 온 류에의 무대를 저런 녀석들 때문에 망쳐야 한다고……?

"다행히 류에라는 이름은 전승되지 않았습니다. 그러니 이 틈에—."

그때 갑자기 크로웰 씨가 이야기를 하다 말고 눈을 크게 떴다.

무슨 일인지 뒤를 돌아봤다. 그곳에는 그녀, 류에가 조용히 서 있었다.

"안녕, 카이 군. 보러 와줬구나. 어때? 놀랐지?"

넋을 잃고 바라보게 된다. 내가 추구하던 성기사의 완성형이 지금 눈앞에 있었다.

류에는 웃으면서 레이스에게 화장이 잘됐냐고 물었고, 레이스도 감격하면서 「멋져요. 자랑스러운 제 언니예요」라며 살며시 손을 잡았다.

"류에…… 저기, 실은—."

"방금 있잖아."

그런 류에에게 말을 건 순간, 류에가 내 말을 끊고 입을 열었다.

"무대 뒤에서 레일라가 말을 걸었어."

"……대체 뭐라고?"

설마 류에에게 직접 상처 주는 말이라도 했을까?

"『당신의 강한 마음과 고귀한 영혼에 경의를 표한다』고 했어."

뭐? 그게 무슨 의미야?

"처음에는 뭐라고 말하는지 몰랐지만, 그 뒤에 이렇게 덧붙였어. 『저주받은 머리를 기르고 사람들 앞에 나서는 건 내게는, 우리나라에서는 상상도 못 할 일이다』라고. 그쪽 나라에서는 이 머리가 아주 불길한 것으로 전해진다고 해."

류에는 아무것도 아닌 것처럼 말했다. 그리고 아무 일도 없던 것처럼 웃었다.

……왜, 왜 웃을 수 있지? 그것들은 네 희생, 헌신, 소원을—.

감정이 표정으로 드러났던 것일까? 류에가 손을 뻗어 내 두 뺨을 만졌다.

그리고 똑바로 바라봤다. 마치 지금부터 잔소리를 하겠다는 듯이.

"카이 군, 잘 들어. 나는 안 져. 누가 어떻게 생각하든, 어떻게 전해졌든, 나는 내 인생을 살아가. 여기에는 네가 있고, 레이스가 있고, 나를 알아주는 크롬웰 군도 있어. 게다가 처음에 말했지? 오늘은 내 소중한 동료들이 보러 왔어. 그러니까 반드시 우승할 거야."

그때 정면에 있는 류에의 눈동자 안쪽에서 뜨거운 빛이 보였다. 타오르는 불길 같은 뜨거운 영혼의 고동을 느꼈다. 사람은 그것을 분명히 불굴의 투지라고 부르리라, 그렇게 생각했다.

자랑스러웠다. 마냥 자랑스러웠다. 혼자 감정을 주체하지 못하고 이를 갈았던 내가 한심했다. 그녀는 이렇게나 아름답다. 그 영혼이, 그 살아가는 방식이.

"류에…… 당신은 어떻게 그렇게, 그렇게 강할 수 있나요……."

"후훗, 물론. 언니란 강한 생물이야. 그러니까 안심하고 보고 있어."

"류에 님…… 저는 심사위원이지만, 승리를 기원하겠습니다. 우리 리히트가 신앙하는 여신은 그 누구에게도 지지 않고 그 어떤 역경이라도 뛰어넘는다고 증명해주십시오."

그녀의 말에 두 사람 모두 나와 같은 마음을 품었나 보다. 레이스는 감격하여 류에에게 말을 걸었고 크롬웰 씨는 정말로 기도하기 시작했다.

"게다가 뭐라고 말하든 상금이 무려 200만 룩스니까! 이번에야말로 한 달 치 숙박비를 처음으로 버는 건 나야! 아기다르에서는 결국 카이 군이 먼저 계약금을 받아서 달성해 버렸으니까! 크롬웰 군 마을 이후 내 첫 승리야!"

"류에…… 내가 이 도시에서는 의뢰를 안 받아도 된다고 하지 않았어?"

"……아! 그, 그래도 돈을 벌지 말라는 말은 안 했으니까……."

설마 차별이니 과거의 악연이니, 그런 생각조차 하지 않은 거야……? 아니, 오히려 마음이 든든하지만. 안중에도 두지 않는 점이.

"이, 일단 내가 상금을 타면 이번에는 내가 1등이란 걸로…… 오케이?"

"하하하하하, 알았어. 류에가 먼저 상금을 얻으면 네가 이긴 걸로 쳐 줄게."

"후후, 그럼 다녀올게! 질의문답, 쉬운 걸로 해줘!"

그렇게 말하며 다시 무대 뒤로 돌아가는 류에를 셋이 함께 배웅했다.

어때? 역시 우리 류에 아가씨는 다양한 의미로 최강이지?

§ § §

이후 콘테스트 첫 심사가 시작됐다.

남성 부문 질문자는 레이스였다. 그러나…… 레이스의 질문이 어찌나 날카로운지 남성들이 차례차례 격침당했다.

"그럼 당신이 생각하는 여성이 가장 기뻐하는 상황은 뭔가요?"

"글쎄요…… 역시 프러포즈……일까요?"

"그렇군요. 저는 한마디도 『연인』이라고는 안 했는데 당신은 그렇게 답하시는군요."

"아차!"

어떨 때는 바다 사나이를 쥐락펴락하며 거친 파도로 밀어버리는 듯한 질문을 던지고—.

"오늘 입은 의상은 어떤 이유로 고르신 거죠?"

"그건, 제가 가장 좋아하는 옷을 입고 왔습니다."

"그렇군요. 본인이 가장 좋아하니까, 인가요?"

"으…… 저기, 안 되나요?"

"아뇨, 가장 좋아하신다면서요? 자신감을 가지세요."

또 어떤 때는 아직 어린 소년을 눈물짓게 하고—.

"당신이 생각하는 최고의 프러포즈 멘트를 부탁할게요."

"저와 마지막 순간까지 함께해주세요……일까요?"

"자료에 따르면 기혼자시네요. 사모님께도 그렇게 프러포즈하셨나요?"

"아니요, 다른 말을 했죠."

"그럼 최고가 아닌 프러포즈를 하셨다는 말인가요?"

"으…… 대답하기 난감하군요."

그리고 때로는 댄디한 신사를 철저하게 때려눕혔다.

완전히 레이스 무쌍이었다. 남성 출전자들이 불쌍해서 못 보겠다!

사회자 누님도 머리를 싸맸다!

『이, 이상으로 남성 부문 첫 심사를 마치겠습니다! 이거 참…… 날카로운 질문 공세에 출전자들도 쩔쩔매는군요. 질문을 마친 소감을 말씀해주실까요?』

『순간적인 재치나 두뇌 회전, 예측하지 못한 사태에 어떻게 대응하느냐를 심사하는 거라고 생각했어요. 그래서 조금 어려운 질문을 던졌는데, 만족스러운 결과를 얻었네요.』

『하하, 듣고 보니 그러네요……. 첫 심사에서 제법 차이가 벌어진 느낌이에요.』

으음…… 역시 레이스였다. 이성의 마음을 움직이는 방법에 정통했다. 이것이 경험에서 나오는 기술이겠지.

나도 질의문답 내용을 생각해 둬야겠다.

『그럼 이어서 여성 부문 질의문답으로 넘어가겠습니다! 아, 참고로 지나치게 성적인 질문은 금지예요. 작년에 큰일이 있었거든요.』

"안심하십시오. 저는 한 명의 인간으로서 이 자리에 있습니다. 굶주린 짐승이 아닙니다."

네, 크나큰 야유 감사합니다! 너희도 좀 자중해!

질문석으로 옮겨 첫 출전자가 나오기를 기다렸다. 자기소개 순서대로 한다면 류에가 나타났겠지만, 공평성을 유지하기 위해서 제비뽑기로 순서를 정했다고 한다.

그렇게 무대에 첫 번째 여성, 이곳에서 옷가게를 하는 사람이 등장했다.

레이스처럼 날카로운 질문을 할 수 있을 만큼 경험이 없으므로 전형적인 참가 동기나 남성 취향, 그 외에도 상대 직업에 관한 질문을 섞어 무난하게 심사를 진행했다.

사회자 누님이 안심했다고 얼굴로 말해주고 있었다. 반대로 남성 관객들은 더 아슬아슬한 질문을 하라고 야유까지 날렸다. 그러니까 자중하래도.

그렇게 단 두 명을 남겨 놓은 시점에서 마침내 기대하던 순간이 왔다.

『그럼 계속해서! 류에 씨, 나와 주세요!』

다시 행사장이 열기에 휩싸였다. 기합 바짝 넣고 준비해 볼까.

무대로 나온 류에와 눈이 마주치자 한순간 평소 같은 웃음을 지으려다가 꾹 참고 새침한 표정을 유지한 채 주위에 가볍게 어필했다.

"그럼 바로 질문하겠습니다. 우선 처음으로 좋아하는 이성 타입을 말해주세요."

"가족을 소중히 하면서 함께 있으면 즐거운 유머러스한 사람. 그리고 무엇보다도 저를 지켜줄 수 있을 만큼 강한 사람을 희망해요."

"그렇군요. 백은장인 후보를 지키려면 아무나 할 수는 없겠네요."

"후후, 그렇죠."

와아…… 그런 어른스러운 얼굴로 미소를 지으니 심장이 두근거린다.

평소와 다른 그 점잖은 분위기에서 처음 만났을 무렵의 류에가 연상됐다.

"다음으로 당신의 어필 포인트를 알려주실래요?"

무난한 질문에 사회자 누님도 안심했다. 사실 아직 가벼운 잽이지만.

"신체에서 말인가요? 아니면 내면을 말씀하시는 건가요?"

"양쪽 다 부탁드립니다."

"신체부터 말하자면…… 보시다시피 저는 그다지 여성스러운 몸매는 아닙니다. 하지만 굳이 하나를 들자면 이 머리일까요?"

류에는 손으로 머리카락을 사라락 흘러내리게 했다.

진주를 녹인 것처럼 아름답게 빛나는 머리에 관중들이 탄식을 흘렸다.

"잘 알겠습니다. 정말로 아름답네요. 아주 매력적이에요."

"후후, 고맙습니다. 다음은 내면인데…… 생각보다 어렵네요."

류에는 턱에 손을 대고 잠깐 생각하는 시늉을 보였다.

"저는 누구보다 올곧게 살고자 합니다. 어떤 일이 있어도, 어떤 역경이 기다려도 나는 내 신념을 굽히지 않겠다, 그런

삶의 방식이 제 자랑거리입니다."

그래, 바로 그거다. 너는 언제나 올곧고 어떤 일이 일어나도 정면으로 맞선다. 절대로 굴하지 않고 언제나 너의 길을 걸어 온 것을 나는 바로 옆에서 봐 왔다.

"그렇군요. 후보자에게서 그런 올곧은 기개가 느껴집니다."

이것으로 모범적인 질문은 끝났다. 마지막으로 하나, 행사장 남자들이 기뻐할 질문을 류에에게 던져 보자. 저 쿨한 표정을 무너뜨리고 싶다.

"그럼 마지막으로— 후보자는 이성에게 어떻게 안기고 싶으신가요?"

『자, 잠깐만요~! 집사 오빠, 성적인 질문은 금지라니까요!』

역시 제재가 들어오나? 하지만 여기서 포기할 수는 없지.

"남녀의 아름다움을 정하는 콘테스트라면 사랑이 엮이는 건 당연합니다. 조금 전까지 저는 그와 관련된 질문들을 했습니다. 그리고 사랑의 한 가지 종착점으로서 이 이야기는 피해 갈 수 없죠. 지금까지 완벽하게 대답한 그녀에게 마지막 난관으로서 이 질문을 드리고 싶습니다만…… 안 될까요?"

궤변! 나오는 대로 떠드는 헛소리! 의도가 불순하지 않으면 괜찮다는 사회 풍조!

미남은 무엇을 물어도 용서받는 암묵의 규칙! 자, 어떻습니까, 누님?

관중도 웬일로 엄호해주지 않습니까. 「좋았어! 형씨, 밀어

붙여!」라고.

『으으으…… 알겠습니다. 질문을 허가하겠습니다! 그럼 류에 씨, 대답해주세요.』

어디 구경해 볼까? 이런 화제에 익숙하지 않아 보이는 네가 과연 어떤 대답을 할……지……?

"아…… 아, 안겨?! 이, 일단 꽉 안아주면 좋겠어여……."

……저는 그 대답에 백 점 만점 드리겠습니다. 순진한 기사님 귀여워요.

그렇게 무사히 모든 질문을 끝내고 내 일은 끝났다며 자리로 돌아가려고 했다.

그러나 사회자 누님이 그런 나를 불러 세웠다. ……아, 그랬지.

마지막 한 명이 아직 남아 있었다. 그 여자에게 할 질문이 남아 있었다.

설령 류에가 신경 쓰지 않더라도 내가 너를 신경 쓰지 않을 이유는 없다.

미안하지만 내 심술을 받아줘야겠어, 브라이트 공주님.

재킷 단추를 풀고 셔츠 목깃을 느슨하게 하여 두 번째 단추까지 풀었다.

그리고 다리를 꼬고 몸을 삐딱하게 등 받침에 기대어 내려다보는 표정을 지었다.

상상하는 이미지는 불량한 호스트. 의욕 없는 분위기를

내기 위해 몸에서 힘을 뺐다.

『저, 저기요? 갑자기 왜 그러시죠? 그런 나쁜 남자 분위기를 다 내시고.』

"고귀하신 아가씨라죠? 집사가 하는 응대는 익숙할 겁니다. 공평함을 위해서라고 생각해주세요."

『그…… 그렇군요……. 그럼 마지막을 장식하는 건 이분! 레일라 님, 나와 주세요!』

무대 위에 나타난 그 여자는 역시 긴장감도 보이지 않고 당당하게 위치에 섰다.

"잘 부탁드립—."

"자, 첫 질문. 당신, 이 대회는 왜 나왔어?"

말을 끊고 억양 없이 건성으로 무례한 말을 던졌다.

이렇게 나올 줄은 차마 몰랐는지, 눈썹이 살짝 올라갔다.

"어…… 그건, 이웃 대륙 간의 교류를 넓히고자 하는 차원에서—."

"여긴 외교를 위한 곳도, 사교계도 아니거든요? 들을 필요도 없을 거 같으니까 다음 질문~."

또 말을 잘랐다. 내가 했지만 뻔뻔할 정도로 쓰레기 같은 태도에 패고 싶어질 정도였다.

하지만 그 이상으로 나에게 악의를 품기 시작한 인간이 심사위원석에 있었다.

서디스에서 온 엘프들이었다. 아마 아버지와 그의 비서쯤

되는 인물이겠지.

그 비서 같은 젊은 남자가 마법이라도 쏠 것 같은 눈매로 이쪽을 노려봤다.

"당신이 무슨 가치가 있는지 여기서 말해 봐. 아, 혈통이니 가문이니 그딴 건 내려 놓고."

"……."

아무 대답도 못 하나? 자기가 가진 가장 큰 강점을 갑자기 빼앗겼을 때 자신에게 무엇이 남는지, 지금까지 생각한 적도 없겠지.

딱히 이 여자를 옹호할 생각은 없지만, 누구든 바로 대답하기 어려운 문제였다.

"……이, 외모예요."

"아, 당신 내면은 별 볼 일 없고?"

쥐어짜낸 대답에 무관심한 말을 쏟아냈다.

"모르겠어요……."

"……하긴, 그렇게 쉽게 알 리가 없지. 아가씨한테는 어려웠을까요?"

이만하면 됐겠지. 이쯤에서 수습하지 않으면 문제가 불거질 것 같다.

곧바로 옷차림을 단정하게 고치고 자세를 바로잡아 똑바로 상대를 바라봤다.

"이런 사람과 말을 나눌 기회가 적었으리라 생각해 이런 질문을 해 봤습니다만, 어떠셨나요? 이게 마지막 질문입니다."

"아, 그게, 저…… 심사를 너무 쉽게 생각했나 봐요. 저도 아직 부족한 점이 많다고 배웠어요."

너무 큰 격차에 상황 파악이 제대로 안 되는지, 말 그대로 혼이 쏙 빠진 것 같은 얼굴을 보인 직후 안도의 한숨을 쉬었다.

"이렇게 자신과는 전혀 다른 가치관을 가진 사람과 만나거나, 문화의 차이를 모르고 엇갈리는 일도 많습니다. 모쪼록 오늘 경험이 인생의 밑거름이 되었으면 하는 바입니다."

"네. 귀중한 체험을 시켜 주셔서 정말로 고맙습니다."

억지스럽게 마무리 지었다. 다 너를 위해서 한 말이라는 것처럼.

내 화를 삭히려고 한 짓 주제에 빠져나갈 길을 준비해 둔다. ……나도 참 비겁해.

그래도 뭐…… 도망치는데 쫓아오겠다면 돌아서서 맞이해 줄 거지만.

그렇게 나는 역할을 완수하고 무대에서 퇴장해 자리로 돌아왔다.

"너무하셨어요, 카이 씨."

"미안한데, 레이스가 할 소리는 아니야. ……남자들이 다 고개를 숙였잖아."

"그, 그랬나요……?"

괜찮아. 지금은 진정됐으니까. 과도하게 관련되지 않으면 이 충동은 억누를 수 있다.

다만…… 레이스 누님, 왜 그렇게 사람을 뚫어지게 쳐다보십니까?

"카이 씨, 방금 류에에게 한 마지막 질문 말인데요……."

"하하하…… 심술 좀 부려 봤어."

아, 그 이야기를 꺼내려고? 죄송합니다, 장난기가 발동해서 그만.

하지만 레이스는 타이르지 않고 조금 토라진 투로 말했다.

"저라면 이렇게 대답할게요. 사랑하는 사람에게 사랑받는다면 어떤 방식이든 상관없다고."

"……그건, 어…… 기억해 두겠습니다."

갑자기 그런 말을 하면 솔직히 심장에 해롭다.

나이도 먹을 만큼 먹었으면서 왜 나는 얼굴을 붉히는 건지 원. 안 돼, 레이스를 똑바로 못 보겠다.

"후후후, 류에의 복수예요."

§ § §

『마지막 심사가 끝났습니다만, 뒤늦게 특별 심사위원이 도착했습니다!』

다음 심사로 넘어가기 전 준비 시간에 갑작스럽게 사회자가 소리쳤다.

무슨 일인가 하고 주목했지만, 우리 외에는 모두 그게 무슨 의미인지 아는 것처럼 들떠 있었다.

『그럼! 살아 있는 전설, 유성의 사수, 그리고 구국의 성녀라는 이명을 가진 이분의 등장입니다!』

앗, 역시 너도 나오는구나? 바로 우리 꿀돼지의 등장이었다.

그 순간, 관중이 오늘 최고의 열기를 보였다.

"역시 인기인이야…… 오잉크 주제에."

"그런 소리 하는 사람은 카이 씨밖에 없을걸요? 저도 아직 긴장돼요."

무대에 나타난 오잉크가 마이크를 건네받아 단상에 올라 국내외 귀빈에게 인사했다.

『지금 소개받은 오잉크입니다. 도착이 늦어져서 죄송합니다.』

늦게 왔는데도 불구하고 첫인사만으로 오잉크가 이곳을 완전히 지배하는 것 같은 착각에 빠졌다. 자연스러운 태도인데 신기하게도 그녀의 일거수일투족에 눈이 가고 다음 말이 기다려졌다. 이것은 천부적인 재능일까?

『이제 프리 어필 시간이라고 들었어요. 여러분의 아름다움이 가장 부각되는 시간이라고 생각합니다. 저도 순수한 한 사람의 관객으로서 여러분의 활약을 기대하겠습니다.』

『감사합니다! 이제 곧 프리 어필 시간이니 여러분께서는 자리에 대기해주십시오.』

무대를 내려온 오잉크가 심사위원석 옆에 설치된 특별석 앞을 지나 관계자석까지 왔다. 다시 말해 우리가 있는 곳으로 말이지.

다른 관계자들이 웅성거리는 가운데, 그녀는 태연하게— 내 옆에 앉았다.

"아~, 난 오잉크 옆자리 싫은데~. 딴 자리로 갈까~."

"초등학생처럼 심술부리지 마세요! 두 사람 모두 안녕하세요?"

"안녕하세요, 오잉크 씨. 그런데 이런 곳에 앉아도 괜찮으세요?"

"상관없어요. 오히려 이쪽이 전체적으로 잘 보이니까요."

"오잉크, 너 류에가 나오는 거 알면서 말 안 했지?"

"후후후, 글쎄요? 무슨 말씀이신지?"

연기처럼 웃는 오잉크의 볼을 당장 꼬집고 싶었지만, 주위에 보는 사람이 너무 많았다. 아마 정말로 불경죄니 모욕죄니 하며 큰일 날지도 모른다.

그런 생각을 하는 사이 첫 사람이 무대 위에 나타났고, 그 모습에 무심코 혀를 찼다.

"본본…… 역시 브라이트라는 사실만으로 그녀가 밉나요?"

나타난 것은 그 여자였다. 마음에 안 들지만, 역시 행사장의 분위기는 크게 고조됐다.

이건 설마 류에와 저 여자의 1대 1 대결이 된 게 아닐까?

"며느리가 미우면 손자까지 밉다지. 그리고 류에한테 이상한 소리를 했대."

진의가 어떻든 적어도 자기네 시각에서 일방적으로 남의 신체적 특징을 헐뜯었다. 처음부터 악감정을 가진 사람으로서 참을 수 있을 리가 없었다.

공연이 시작되고 귀로 독특한 음색이 흘러들었다. 무대를 보자 그녀가 무슨 노래라도 부르는 것처럼 보였다. 하지만 아쉽게도 내 뇌는 그것을 객관적으로 인식할 생각이 없는 것 같았다. 오잉크와 레이스도 경청하고 있건만…….

……이쯤 되면 병이다. 내가 생각해도 요즘 조금 이상하다.

"제가 당신의 감정에 참견할 권리는 없죠. 하지만…… 아무쪼록 경솔한 행동은 삼가주세요, 본본."

"저쪽에서 허튼짓을 안 하는 한 내가 먼저 손을 대지는 않아."

다시 신경을 돌리자 무대에서 그 여자…… 레일라가 퇴장하고 있었다.

정말로 한순간, 기분 탓일지도 모르지만, 그녀와 눈이 마주친 것 같았다.

……괜히 인상에 남고 말았나. ……그 질의문답은 실수였군.

다음 공연이 시작되고 오잉크가 내 기분을 전환하기 위해 해설을 시작했다.

하지만 의외로 오잉크의 해설에 관심을 보인 사람은 내가 아니라 레이스였다.

"검이나 활 기술을 가진 사람은 모험가 중에서도 드물어요."

"맞아요. 소위 신예기부터 전해지는 기술인데, 마술과는 달리 학문으로서 남지 않아 이 시대에서 쓰는 사람은 드물어요. 다만, 구전으로 유파가 남았거나 옛 피를 이은 사람 중에서 사용자가 나타나기도 하죠."

마침 지금 무대에 선 여성이 기초적인 궁술과 정밀 사격을 선보여 오잉크가 그에 관해 설명했고, 마찬가지로 마궁을 쓰는 레이스가 흥미를 보였다.

오잉크도 궁투사고, 두 사람은 공통점이 많다고 어렴풋이 생각했다.

"……옛 시대의 기술이라. 그래, 우리는 여기서 고대 사람이었지."

"왠지 실감이 안 들지만요. 나중에 저분과 말을 해봐야겠네요."

"응? 스카우트라도 하게? 저런 기술을 쓰는 사람은 귀하니까?"

"맞아요. 아마도 낮은 랭크겠지만, 장차 크게 될 사람이에요."

눈빛을 빛내며 말하는 그녀가 어쩐지 재미있어서 서서히 음울함과 답답함이 가시는 느낌이 들었다.

무대 위에서는 이미 몇 번째 후보인지 모를 소년이 마술을 부리고 있었다.

남녀 혼합으로 준비에 시간이 덜 드는 사람부터 공연을 하는 모양이었다.

그렇게 생각하자 자기 몸 하나로 해결한 레일라는 진행상 고마운 존재였을지도 모르겠다.

……흠? 내가 언제부터 머릿속에서나마 그녀의 이름을 부르게 됐지?

"머리가 조금 식었나?"

"……그거 다행이네요. 보세요, 이제 세 명밖에 안 남았으니까 슬슬 류에가 나올지도 몰라요."

"그러게요. 다음에는 뭘 보여줄지 기대돼요."

그래. 류에가 어떤 장기자랑을 준비했을지 생각하면 마음이 즐거웠다.

그러나 아쉽게도 다음으로 나온 사람은 상체를 탈의한 근육이 우락부락한 바다 사나이였다.

일부 여성들의 옥타브 높은 성원에 굵직한 목소리가 섞여 있는 것 같지만, 분명 내 착각일 것이다.

그렇게 공연이 진행되고 차츰 관객들도 류에의 등장을 기다리며 기대에 찬 눈으로 무대를 주시했다. 그러나 뒤를 이어 나타난 조금 경박한 분위기의 남자를 보고 일제히 한숨을 쉬었다. 솔직히 불쌍하게 생각했지만, 그 남자가 『나만의 헌팅 테크닉』이라는 경험담을 풀어놓자 야유가 터져 나왔다.

"네, 지금 이야기를 들은 두 분의 감상을 말씀해주시죠."

"말할 가치도 없네요. 멍청해 보이는 남자는 싫어요. 만약 게임에서 만났으면 스샷 찍어서 인터넷에 올렸을 거예요."

"아마도 저 사람은 아직 인생 경험이 적기 때문이겠죠. 제 딸들은 저런 사람에게 안 넘어가요."

상당히 신랄한 의견을 내는 꿀돼지와 진심으로 관찰하는 레이스가 대단히 재미있었다.

그리고 마침내 때가 왔다. 마지막을 장식하는 사람은 모두 기다려 마지않던 류에였다.

류에의 무대에도 아무 소품이 놓여 있지 않았다. 아마 몸 하나로 뭔가를 보여줄 생각 같았다.

『저는 싸움 말고는 잘하는 게 없으니 마법을 하나 보여드리려고 합니다.』

류에는 조용히 양손을 앞으로 내밀었다. 마치 보이지 않는 공을 내미는 듯한 포즈를 유지한 채 눈을 감았고, 들리지는 않지만 주문을 외는지 입술이 작게 달싹였다.

이윽고 양손 사이에 흰 안개가 생겼다. 그것이 소용돌이처럼 말리며 빛이 섞여 들었다.

햇빛을 반사해 반짝이는 그것은 아마도 얼음 결정. 다이아몬드 더스트라고 불리는 현상일까? 하지만 규모가 작아 굳이 말하면 조금 맥이 빠졌다.

『제가 여러분께 보여드릴 것은 원래는 있을 수 없는 광경, 자그마한 기적입니다.』

그러더니 그녀는 양손을 하늘로 들어 올려 손안에 있던 작은 자연현상을 해방했다.

그 작은 마법이 천천히 하늘로 올라 저 멀리 사라져 갔다.

행사장에서 당혹감이 섞인 목소리가 들렸다. 대미를 장식하기에는 조금 심심할지도 몰랐다.

그러나— 그 직후 행사장 전체가 크게 술렁였다. 그 있을 리 없는 광경에…….

여름 하늘에 흩날리는 새하얀 결정. 녹지도 않고 하늘하늘 손으로 떨어지는 겨울의 대명사.

눈이 내렸다. 조용하게, 행사장 전체에 포근하게, 구름도 없는 푸른 하늘 아래에서.

『스트레인지 스노. 떨어지면 사라져 버리는 한순간의 꿈을 즐겨주세요.』

박수는 일지 않았다. 어른도 아이도, 심사위원도 관객도 하늘에서 떨어지는 기적에 모든 정신을 빼앗기고 말았다. 물론 나도.

심사위원석을 보니 크롬웰 씨가 사랑스럽게 눈을 손으로 받았고, 서디스의 엘프들은 경악한 표정으로 눈을 관찰했으며, 개중에는…… 입을 크게 벌리고 하늘을 올려다보는 사람도 있었다. 아무리 놀라워도 다 큰 어른이 그런 표정을 짓는 건 조금…….

"응? 오잉크, 저기 눈 먹는 사람, 엘프지?"

"아, 저 사람은 하프 엘프예요. 자신들을 다크 엘프라고 부르죠. 서디스 대륙의 소수 민족 대표예요."

"아아…… 역시 세상은 넓구나. 다양한 종족이 있어."

"네, 지금 이곳에는 많은 사람, 많은 인종이 모여 있어요."

"후후, 류에는 그 모든 사람들을 아이로 바꿔 버렸나 보네요."

정말로 그랬다. 심사위원들까지 테이블에 쌓인 눈으로 장난을 치기 시작했다.

그렇게 한순간의 꿈에서 깰 때까지 행사장에는 즐거운 웃음소리가 끊이지 않았다.

§ § §

『현재 최종 심사로 올라갈 후보를 의논 중입니다만, 여기서 알려드릴 소식이 있습니다! 여성 부문 출전자 중 류에 후보를 제외한 네 명이 전원 기권을 표했습니다!』

그 발표에 행사장이 웅성거렸지만, 이내 이해했는지 조용해졌다.

다만, 조금 의문도 들었다. 우선 꿀돼지. 너, 왜 심사에 참가 안 해?

"저는 거의 게스트 취급이니까요. 애초에 첫 심사에 늦었는걸요."

"그것도 그런가? 하지만 이건 무슨 상황이야? 최종 심사는 어떻게 되지?"

"저를 포함해서 기대하는 분들이 있지 않을까요?"

나는 레일라와 류에의 승부가 될 줄 알았다.

결승에서 우리 류에 아가씨가 브라이트 일족에게 마침내 한 방 먹이는 전개를 기대했다.

아니, 이것도 어떻게 보면 KO 승리라고 치자…….

"그럼 저도 저쪽 의논에 참가하러 가볼게요. 연설은 해야 한다고 제안해야겠어요."

자리를 떠나는 그녀를 지켜보다가 다시 콘테스트를 돌아봤다.

그러나 거의 류에에 관한 인상밖에 남아 있지 않았다. 남자들은 레이스의 질문에 나가떨어진 모습밖에 안 떠오르고…….

그나저나— 내 비정상적인 정신 상태가 부각되는 사건이었다.

원래 이런 성격인 것은 알았지만, 이렇게 좋아하는 사람과 함께 있을 때도 감정이 폭주하는 것은 생각해 볼 문제였다. 이 대륙에 있을 때는 가능한 한 그 일족과 연관되지 않도록 주의하는 게 좋을 듯했다. 오잉크에게 폐를 끼치고 싶지는 않으니까.

"곧 저녁이네요. 오늘 하루는 참 길었던 것 같아요."

"나도 그래. 그나저나…… 류에는 놀라웠어."

"그러게요. 깜짝 놀랐어요. 그렇지만 생각해 보면 저에게 콘테스트에 나가지 않는지 묻거나 화장 방법을 알려달라고 하거나, 조짐은 보였죠."

우리를 놀라게 하는 목적 외에도 창피하다는 이유도 있었을 것이다.

어쩌면 몰래 숙박비를 벌려는 속셈이었는지도 모르지만.

『아, 이례적인 사태지만, 여성 부문 최종 심사는 예정대로 진행될 예정입니다. 지금부터 류에 후보의 연설을 들어보죠. 그 내용을 듣고 후보의 우승에 찬성하시면 큰 박수를 보내주십시오.』

"어쩌죠? 카이 씨. 박수를 받지 못하면 류에가 우승하지 못하나 봐요……."

"괜찮아. 아마 형식적으로 하는 걸 테니까."

진심으로 걱정하는 레이스와는 별개로 자신감이 엿보이는 당당한 걸음걸이로 류에가 무대 위에 올랐다. 과연 어떤 연설을 할까?

『연설 주제는 사전에 전한 대로 『인생』입니다. 제한 시간 10분을 넘어서도, 남아서도 안 되며, 대본을 읽는 것도 감점 요인입니다!』

인생이라……. 류에의 인생을 10분으로 표현하기는 너무 어렵지 않을까.

천 년의 고독을 품은 인생. 그녀는 그것을 대체 어떤 식으로 말할지 상상조차 되지 않았다.

류에는 사회자에게 마이크를 건네받아 무대 중앙에 섰다.

그리고 조용히 이야기했다. 자기 인생에서 골라낸 10분간의 메시지를.

『인생이라는 척도는 종족의 수명이나 개개인의 삶에 따라 크게 다릅니다.』

마이크를 든 류에가 조용히 이야기했다.

이 세계에서는 종족의 수명 차이가 크며, 때로는 강한 힘에 따라 변동하기도 한다. 그런 면에서는 이 세상의 인생은 원래 있던 세계보다 다양하다고 할 수 있었다.

『저는 보시다시피…… 엘프입니다. 힘이 강한 저는 그중에서도 제법 긴 수명을 가졌죠. 하지만 제가 살아온 긴 시간을 인생이라고 불러도 될지 고민되네요.』

자그마한 동요가 일었다. 그것은 엘프들 사이에서 작게 퍼져갔다.

『지금까지 저는 홀로 좁은 세상에서 살아왔습니다. 감동도 분노도 슬픔도 없이, 무감정하게 흘러가는 계절을 바라볼 뿐인 시간이었죠.』

그것은 정확하게 그녀의 환경을 나타내는 말인 동시에 개념적인 말이기도 했다. 사람은 때때로 「왜 그런 시간을 낭비했을까?」 하고 후회할 때도 있었다.

마음에 짚이는 것이 있는 사람도 많겠지. 그들은 말없이 류에의 이야기에 귀를 기울였다.

『시간을 보내는 것과 산다는 것이 같지 않다고, 저는 최근 들어서 알았습니다. 저를 인생이라는 여행길로 데리고 나와 준 동료와의 만남이 그걸 알려줬죠.』

두근, 가슴이 강하게 뛰며 뜨거운 것이 올라왔다. 그러지 마라. 이곳에는 많은 사람들이 있는데, 레이스가 옆에 있는데 이 오빠를 울리지 마라.

그녀의 목소리가 힘차게 행사장에 울렸다. 마치 인생 찬가처럼 뜨거운 마음을 풀어놓았다.

『그래서 제 인생은 이제 막 시작된 참입니다! 지금 고독에 사로잡힌 사람도 있을지 몰라요. 감동을 잊고 타성에 젖어 시간을 보내는 사람이 있을지도 모르죠. 하지만 새로운 시작은 언제든 스스로 정할 수 있어요.』

류에의 말을 『결과적으로 잘 풀렸으니까 할 수 있는 성공한 사람의 말』이라고 무시하는 사람도 있을 것이다. 아니, 나도 마음 한쪽에 그런 생각이 드는 것을 부정할 수 없었다.

하지만— 류에의 일거수일투족이 그런 부정적인 감정을 없애려고 했다.

희망에 넘치는 뜨거운 말이, 너무나 눈부신 표정이 그런 어둠을 비췄다.

『누구든 새로운 인생을 걸을 수 있습니다! 겨우 인생에 첫 걸음을 뗀 미숙한 제가 말씀드리기는 주제넘지만, 누구든 시작을 정하고 인생이라는 여행을 출발할 수 있어요! 그것을 저는 여러분께 전하고 싶습니다!』

틀림없이 이곳에서 가장 깊은 절망을 아는 사람은, 지금 희망을 논하는 그녀였다.

그것을 알기에 류에는 이토록 강하게 희망을 논할 수 있는 것이다.

그녀가 살아온 환경을 아는 사람은 눈물을 흘릴 뿐이었다. 크롬웰 씨도, 레이스도, 오잉크도.

물론 이미 인내심의 한계를 넘은 내 눈물샘도 무너지고 말았다.

류에는 계속 이야기했다. 세상을 돌아보는 것이 얼마나 멋진지, 사람과의 만남이 얼마나 귀중한지.

행사장은 이미 완전히 그녀의 말에 빠져들었고, 심사위원도 모두 매료되었다.

『이제 시간이 얼마 없네요. 마지막으로 저는 제 소중한 동료들과 이곳에서 제 이야기에 귀를 기울여 인생의 한순간을 공유해주신 여러분께 깊은 감사의 마음을 바치며 마무리 짓고자 합니다.』

류에는 고개를 깊이 숙이고 연설이 끝났다는 뜻을 전했다.

여운에 잠겨 모두 움직이지 않았다. 사회자 누님도 류에에게 마이크를 건네받고 겨우 마음이 현실로 돌아와 손에 있던 시계를 확인했다.

『류, 류에 후보의 연설이 끝났습니다! 시간은…… 정확히 10분입니다!』

그 순간, 행사장이 떠나갈 듯한 박수와 함께 모두 그녀의 우승을 인정했다.

"멋져요! 정말 멋져요! 그저, 그저 멋질 따름이에요!"

"그래, 레이스. 오늘 류에는 완벽했어."

레이스가 손수건으로 눈가를 누르며 떨리는 목소리로 말했다.

나도 동감하며 여운에 잠겼을 때, 머릿속에서 익숙한 소리가 들렸다.

메일이었다. 누가 보냈지? 메뉴를 열자마자 또 한 통이 도착했다.

가장 최신 것을 확인하니 보낸 사람은 류에였다.

[제목: 처음 거 보지 마.]

[방금 건 실수로 보냈으니까 보지 말고 그냥 지워줘~.]

너무나도 평소와 같은 귀여운 글귀에 마음이 사르르 녹아내릴 것 같았다.

하지만…… 그렇게 말하면 보고 싶어지는 것이 사람 마음이었다.

목록 창으로 돌아가서 앞에 온 메일을 확인하자—.

[제목: 없음]

[인생이라는 척도는 종족의 수명이나 개개인의 삶에 따라 크게…….]

……이거 대본 아닙니까?

아하, 자기만 볼 수 있는 메뉴 화면을 써서 커닝했군?

게다가 화면에는 시간도 표시된다!

으, 음, 감점해도 후보는 류에뿐이니까 어차피 우승했겠지.

이건 내 마음속에만 담아 두자!

에필로그

관객들이 지켜보는 가운데 무대 위에서는 오잉크가 직접 시상식을 진행하고 있었다.

여성 부문 우승자인 류에가 웬일로 긴장한 얼굴로 양손을 몸에 착 붙이고 있었다. 어찌나 몸이 굳었는지 손가락으로 찌르면 딱딱 소리가 날 것 같았다.

그리고 또 다른 한 명. 여성 부문의 흥미진진한 전개에 가려 빛을 보지 못했으나, 남성 부문 우승자인…… 이름이 기억나지 않는 바다 사나이도 옆에 서 있었다.

이렇게 바라보고만 있자니 내가 옆에 설 수 없다는 것이 조금 불만스러웠다.

"우선은 여성 부문부터 티아라를 수여하겠습니다. 류에 씨, 한 걸음 앞으로 나와 주세요."

"네, 넷."

색안경이라고 생각할지도 모르지만, 긴장한 모습마저 귀여웠다.

아마 무대를 지켜보는 다른 사람들도 다 같은 생각을 하겠지.

류에의 머리 위에 백은색으로 빛나는, 은실 세공처럼 섬세한 티아라가 씌워지자 귀청을 찢을 듯한 박수가 쏟아지고 류에는 쑥스러움에 배시시 웃었다.

"멋져요. ……해냈네요, 류에."

레이스가 당장에라도 단상으로 뛰어가서 껴안고 싶은 분위기로 그렇게 중얼거렸다.

나도 가능하다면 지금 당장 옆에 서고 싶을 정도였다.

"미스 세미피나르로 선발되신 것을 축하합니다, 류에 양."

"류에 양……? 왜…… 아, 그렇지. 네, 감사합니다."

공식 석상이라서 존대말을 썼겠지만, 류에는 그 점에 한 순간 불만스러운 반응을 보였다.

평소처럼 「우리가 남도 아니고 왜 그래?」라거나 「응. 고마워, 오잉크!」라고 말하는 게 아닌가 싶어 순간 간담이 서늘해졌다.

이어서 남성 우승자에게도 왕관이 수여되고 다시 큰 박수가 터졌다.

한 쌍의 액세서리를 하고 나란히 선 두 사람에게 질투가 나는 것은 어쩔 수 없었다.

시상식을 끝낸 오잉크가 천천히 마이크를 들었다.

『이것으로 시상식을 마치겠습니다. 여러분, 다시 한 번 두 우승자에게, 그리고 이 격전을 거친 모든 출전자에게 아낌

없는 박수를 보내주시기 바랍니다!』

오늘 몇 번째인지 모를 소리의 파도에 휩싸이며 류에의 모습을 눈에 새겼다.

이제 정말로 끝이라고 생각한 그때였다. 다시 오잉크가 어떤 선언을 했다.

『그럼 올해 미스터 세미피나르, 미스 세미피나르는 내일 밤 개최되는 만찬회에 함께 출석할 파트너를 정해주시기 바랍니다!』

뭐라고?! 제, 제발 먼저 류에에게 물어봐. 거기 미스터 바다 사나이에게 먼저 물으면 십중팔구 류에를 부를 거 아니야!

저거 봐! 벌써 눈이 류에에게 고정됐잖아! 부탁한다, 우리 애를 마수에서 구해다오!

『그럼, 먼저 류에 씨에게 들어볼까요? 함께 만찬회에 출석할 사람을 한 명 고를 수 있는데, 지금 이곳에서 부르고 싶은 분이 계신가요?』

아마도 의례적으로 매년 우승자끼리 페어가 되어 참가했겠지.

행사장도 그것을 기대하겠지만, 과연 류에는 뭐라고 대답할까…….

『음…… 그렇다면 이곳에 있는—.』

행사장에서 오오, 하며 기대에 찬 소리가 울려 퍼졌다! 류에, 나! 나 여기 있어!

하지만 류에가 선택한 사람은 무정하게도 내가 아닌—.

『오잉크, 같이 가자.』

『어머…… 후후, 그럴까요? 후후후, 좋아요. 함께 갈까요? 류에.』

행사장에서 놀라는 소리가 들렸다. 그리고— 괜찮아, 바다 사나이! 순식간에 눈앞에 있는 미녀 두 명을 부를 기회가 영원히 날아갔지만, 기운 내!

『참고로 친구를 두 명까지 부를 수 있으니까 나중에 누군가…… 물을 것도 없다고 생각하지만, 같이 와주세요.』

그 말을 듣고 안도의 한숨을 쉬었다. 만찬회에 류에를 혼자 보내는 것이 내심 걱정이었다.

기타 소식을 전한 후, 사회자 누님이 류에에게 대회를 마친 소감을 물으려고 하는데 류에가 난데없이 큰 소리를 질렀다.

무슨 일인지 모두 주목하는 가운데 류에가 마이크를 잡아채며 관객석에 있는 우리를 향해 소리쳤다.

『노점 결과 발표할 시간이야! 지금 바로 가야 해!』

그러더니 기사 갑옷을 입은 채로 인터뷰나 제지를 뿌리치고 무대에서 뛰어내려 곧장 달려가 버렸다.

그 이유, 그 모습이 너무나도 평소대로라서 나와 레이스는 저도 모르게 서로를 보며 웃었다.

"후후, 류에는 류에네요. 쫓아갈까요, 카이 씨?"

"그러자. 일단 오잉크에게 메일을 보내고."

송신 버튼을 누르자 무대 위에서 오잉크가 체념한 듯 씁쓸하게 웃었다.

하하하, 미안하다, 오잉크. 우리 축제 스케줄이 제법 빠듯하거든.

류에에게 부탁할 의뢰나 칠성에 관한 걱정. 렌 군 문제나 이루와의 관계 회복.

문제는 산더미지만, 그건 나중 문제다. 지금은 달려간 류에와 함께 이 축제를 실컷, 마음껏 즐기는 것이 우선이다.

왠지 모두 잘 풀릴 것만 같은 기분이 들어. 마음 가는 대로 두 사람과 함께 있으면 말이지.

그러니까 오늘은 너그럽게 봐줄 수 없을까? 나는 쫓아가야만 해.

앞을 보고 누구보다 똑바로 달려 나가는 류에를, 앞으로도 쭉…….

§ § §

도시 동쪽에서 세미피나르 대륙 남단까지 흐르는 큰 강을 타고 유람선이 유유자적 흘러갔다.

원래는 육로로 가야 할 길을 우아하게 가는 이 배는 극히 일부의 인물밖에 탈 수 없는 것이었다. 그것은 예를 들면 우아한 시간을 보내는 데 정성을 쏟는 귀족이나 넘치는 재산을 주체하지 못하는 대상인, 혹은— 타국의 중역이나 요직에 앉은 중요인물일 것이다.

"……수확제, 재밌었어."

"그러게. 노점도 마음껏 돌아봐서 만족했어."

"게다가 좋은 선물도 받았고 말이지."

"그러고 보니 이왕 온 김에 오잉크한테 얼굴이라도 비춰야 하지 않았어?"

"몰래 나왔잖아. 일을 크게 만들기는 싫지?"

로브를 두르고, 키만 보면 어린애로 착각할 만한 두 사람이 말을 나눴다.

"그것도 그런가? 그래도…… 그 고기 맛은 끝내줬어."

"……맞아. 간장을 써서 그런가? 무지하게 그립더라."

"……그게 다가 아니야. 왠지 그 녀석이 생각나는 맛이었어."

"……난 몰라. 나는 너랑 달리 현실에서 만난 적 적으니까."

"솔직하지 못하네, 슌."

"흥."

아직 이어졌다고 믿고. 헤어진 뒤 시간이 지나고, 입장이 바뀌었어도…….

한 명은 그 추억을 가슴에 품고, 다른 한 명은 과거에서 등을 돌리고 자신의 길을 걸었다.

한번 가까워졌던 두 갈래 길은 지금 다시 갈라져 각자가 있어야 할 곳으로 향해 갔다.

그래도 언젠가 반드시 그들의 길은 이어질 것이다. 그 땅, 서디스 대륙에서.

한쪽이 그 증오를 없애지 않는 한, 한쪽이 자신의 나라를 계속 생각하는 한—.

그들은 반드시 만날 운명이었다. 하지만 그날이 찾아오는 것은 아직 조금 더 미래의 일이었다.

■작가 후기

(´･ω･`)읽어주셔서 감사합니다. 저자인 돼지 아이아츠시입니다.

사적인 이야기지만, 처음 책을 출판하고 무려 2년이 지났습니다.

2년입니다, 2년. 초등학교에 입학한 아이가 3학년이 되고, 중학교에 입학한 아이가 중3이 되고, 고등학교에 입학한 아이가 고3이 되는 시간입니다. ……뭐가 이렇게 애매해?

아무튼 진정한 의미에서 레이스의 여행이 시작됐다고 말할 수 있지만, 평화를 얻고 다른 곳에도 신경을 쓰게 되면서 새로운 고민도 얻은 그녀입니다. 하지만 그 고민도 조금은 해소되었나 봅니다.

레이스는 조금씩 자신이 하고 싶은 일을 찾아가고, 류에도 단독으로 행동에 나서는 약간의 성장(?)을 보여줬습니다.

또 당분간 느긋한 이야기가 이어집니다만, 그런 와중에도 사소한 그들의 변화에 주목하신다면, 어쩌면 색다른 즐거움을 발견하실지도 모릅니다.

이제부터 새로운 생활을 시작하는 분도 많으시겠죠. 류에의 말을 빌린다면 『인생이라는 긴 여행』의 새 출발입니다. 부디 그 여정에 행운이 가득하기를 바랍니다.

추신 사냥 한판 가자고. 집에 안 가도 돼.

백수 마왕 6권! 읽어주셔서 감사합니다!
햄쥐 족 아이가 너무너무 귀여워서 재미있었습니다!
카츠라이 요시아키

백수, 마왕의 모습으로 이세계에 6

초판 1쇄 발행 2020년 1월 10일

지은이_ Aiatsushi
일러스트_ Yoshiaki Katsurai
옮긴이_ 김장준

발행인_ 신현호
편집국장_ 김은주
편집진행_ 최은진 · 김기준 · 김승신 · 원현선 · 권세라
편집디자인_ 양우연
국제업무_ 정아라 · 전은지
관리 · 영업_ 김민원 · 조은걸 · 조인희

펴낸곳_ (주)디앤씨미디어
등록_ 2002년 4월 25일 제20-260호
주소_ 서울시 구로구 디지털로 26길 111 JnK디지털타워 503호
전화_ 02-333-2513(대표)
팩시밀리_ 02-333-2514
이메일_ lnovelpiya@naver.com
L노벨 공식 카페_ http://cafe.naver.com/lnovel11

ISBN 979-11-278-5391-4 04830
ISBN 979-11-278-4210-9 (세트)

값 7,800원

피학의 노엘 1~2권

원작 카나오 | 저자 모로쿠치 마사미 | 옮긴이 안수지

노엘 체르퀘티는 항상, 언제나 1등이어야만 한다.
명가의 딸로서 장래를 촉망 받으며 피아노 콩쿠르에 도전하지만,
친구 질리안에게 패하며 우승을 놓친 노엘.
실의에 빠진 노엘은 시장 버로우즈의 유혹에 넘어가
인생을 바꾸고 싶다며, 악마를 소환한다.
"대악마 카론. 소환의식에 따라 찾아왔다."
소원을 들어준 《대가》로 팔다리를 빼앗기며
노엘은 시장에게 속았다는 것을 깨닫는다.
"구해줘."
절망의 늪에서 죽어가는 노엘의 「제2의 소원」을 들어준 카론은,
노엘에게 버로우즈에 대한 복수를 제안하는데—.

대인기 호러게임 『피학의 노엘』 대망의 소설화!

NOVEL

라이트노벨의 새로운 빛! L노벨의 신간은 매월 10일에 발매됩니다. http://cafe.naver.com/lnovel11